Brainwash

Eerder verschenen van Carry Slee:

Bangkok boy
Fatale liefde
Joël

CARRY
SLEE

BRAINWASH

www.carryslee.nl

Omslagbeeld Yolande de Kort/Trevillion Images
Omslagontwerp Suzanne Bakkum
Opmaak binnenwerk ZetSpiegel, Best

ISBN 978 90 499 2582 6
NUR 285/301

Carry Slee is een imprint van FMB uitgevers bv

MIX
Papier van verantwoorde herkomst
FSC® C013683

Dit boek is ook leverbaar als e-book
ISBN 978 90 499 2583 3

Augustus 2011

Hij pakt het zware ijzeren kruis om het gevaar af te wenden en houdt het met gestrekte armen voor zich.

Ze kijkt vol vertrouwen naar zijn krachtige blik, zijn ogen vol vuur. Dit is waarom ze hem nooit zal verlaten. Hij heeft het hun pas nog verteld, de kracht van het kruis. Zo bracht hij mensen tot andere gedachten. Dat zal hem nu ook lukken. Ze voelt zich trots dat ze in zijn omgeving mag verkeren en een uitverkorene van God is. Zonder enige twijfel zal hij ook deze indringer het zwijgen opleggen.

Maar dan wordt het kruis uit zijn handen gerukt.

'Nee!' gilt ze. 'Niet doen! We houden van hem.'

Ze ziet hoe het kruis woest tegen zijn hoofd wordt geslagen. Bij de derde slag stort hij op de grond neer. Zijn ogen zijn open en er sijpelt bloed uit zijn mond. Haar angstkreet is door het hele gebouw te horen.

Van alle kanten komen mensen aangerend. Ze krijsen en schreeuwen en vallen huilend bij hem neer.

Mei 2011

Jelle

Jelle voelde het meteen toen hij wakker werd: dit wordt weer zo'n slepende dag waarop hij verlamd lijkt en er niets uit zijn handen komt. Hij hangt maar wat, terwijl hij toch genoeg te doen heeft. Om te beginnen moet hij woonruimte zoeken. De zolderkamer waar hij nu zit is tijdelijk. Hij huurt hem via via en voor een heleboel geld. Twintig vierkante meter waar je officieel niet eens in mag wonen. Het is brandgevaarlijk.

Vorige week kreeg hij drie adressen van een gast in de kroeg. Hij is nog niet eens gaan kijken of er iets voor hem bij zit. Hij stelt het steeds uit. Op z'n minst had hij een mailtje of sms'je kunnen sturen. Elke keer neemt hij het zich voor en als het zover is haakt hij af. Afhaken, daar is hij goed in. Hij loopt overal voor weg, net als zijn vader. Hij moet nu maar eens in actie komen en een bericht sturen naar de eigenaars van die kamers.

Op weg naar zijn laptop gaat hij voor het raam staan. Hij ziet een bestelbus aankomen. Ineens herinnert hij het zich weer. Elise, die naast hem woont, heeft hem verteld dat haar zus bij haar intrekt. Achter het stuur zit een knappe meid.

Kom op, lul, denkt hij, help haar verhuizen, ze is helemaal alleen. Dan doe je tenminste nog iets. Ze stapt uit en schuift charmant de deur van de bestelbus open. Hij draait zich om en loopt haastig de trap af.

Als hij aan komt lopen, draait ze zich om. Twee prachtige felle ogen kijken hem aan. Er gaat een schok van herkenning door hem heen, terwijl hij zeker weet dat hij haar nog nooit heeft gezien. Voor sommige dingen bestaan geen woorden. Hij haat clichés, vooral in de liefde, maar er gebeurt iets met hem. Er is geen twijfel mogelijk: dit is niet zomaar een ontmoeting. Hij heeft genoeg ervaring met meiden, maar dat leidde nooit ergens toe. Met daten is hij allang opgehouden; als hij ergens eenzaam van wordt is het dat wel. En nu vindt hij haar, op deze ochtend, voor zijn huis. De brutale blik die zachtheid verbergt, de enorme energie die ze uitstraalt. Hun blikken worden naar elkaar toe gezogen als magneten. Ze moeten alle twee grinniken. Ze heeft kracht en humor. Hij denkt dat zij hem wel aan zou kunnen. Ze lijkt hem niet het type dat het op zichzelf betrekt als hij een dipje heeft en dat aan zijn liefde twijfelt wanneer hij een dag lang op zijn bed blijft liggen als hij het even niet meer ziet zitten.

'Hi.' Ze steekt haar hand naar hem uit. 'Naomi. Ik trek bij mijn zus in. Je kent Elise misschien wel.'

Hij knikt. 'Jelle,' zegt hij. 'Ik woon hiernaast.' Hij kijkt naar de bus. 'Leeghalen dan maar?'

'Graag.'

Hij tilt een stoel uit de bus. Ze pakt hem aan, en op dat moment horen ze het gerinkel van een fietsbel.

'Hi, Froukje.' Naomi zet de stoel neer. 'Ik heb toch over de muurschildering van Eric heen geschilderd,' zegt ze.

'Zonde,' zegt Froukje terwijl ze afstapt.

'De hele kamer was leeg,' zegt Naomi. 'En toen bleef hij zo eenzaam achter.'

Jelle geeft Froukje een hand. Hij vraagt zich af wie Eric is. Een lover, een ex? Zoals Naomi net naar hem keek, kreeg hij niet de indruk dat ze bezet is.

'Tof dat je helpt,' zegt Froukje en ze zet haar fiets op slot.

Hij haalt een palm uit de bus en geeft hem aan Naomi. Als ze met de plant naar het huis loopt, kijkt hij haar na. Ineens draait ze zich om. Hij voelt zich betrapt. Brutaal steekt ze haar tong naar hem uit.

Met een paar dozen loopt hij het huis in. 'Wauw! Wat een ruimte!'

'Onze oma heeft hier haar halve leven gewoond. Elise woonde bij haar in toen ze ging studeren. Toen oma naar een verzorgingshuis moest, bleef Elise hier wonen. Mijn oma heeft daarna nog maar heel kort geleefd.'

'Zielig voor je oma, en voor jullie natuurlijk, maar mag je zus hier dan zomaar blijven wonen? Het is best een groot huis.'

'Nou, niet zomaar, hoor. Het was een heel gedoe,' zegt Naomi. 'Ze heeft er veel voor moeten regelen, maar oma had een goede band met de huiseigenaar. Hij heeft moeite voor Elise gedaan en nu heeft ze toestemming gekregen.'

'Wat een mazzel. Ik zag dat jullie ook een tuin hebben.'

'En een aardige buurman,' zegt Naomi lachend.

Je flirt echt, denkt hij, dat is geen inbeelding. Ze lopen weer samen naar het busje. 'Zullen we deze naar binnen tillen?' Hij haalt een tafel uit de bus.

'Prima,' zegt Naomi en ze tilt de tafel aan het andere uiteinde op. 'We geven donderdagavond een housewarmingparty. 'Als je zin hebt mag je komen, hoor. Kijk maar, in elk geval ben je welkom.'

'We wonen hier met drie mannen,' zegt hij en hij zet de tafel even neer om te kijken hoe die het best naar binnen kan.

'Je vrienden zijn ook welkom.'

'Het zijn geen vrienden, hoor. Ik woon in bij een van hen. Maar ik zal het vragen.'

Naomi's mobiel gaat. 'Sorry, mijn zus, ik moet even opnemen.'

Ze zet de tafel neer en neemt op. 'Hoi, Elise, we zijn aan het verhuizen. Ik zet alles maar gewoon neer, inrichten moeten we toch samen doen. Ik bel je straks.'

Naomi hangt op en samen zetten ze de tafel in de woonkamer. Froukje komt binnen met een beeld. 'Was dit niet van Eric? Waar wil je het hebben?'

'Dat heeft Eric voor me meegenomen toen hij in India was. Zet maar op tafel, ik wil het een heel mooi plekje geven.'

Weer die naam, denkt Jelle. Hij wil ze niet afluisteren en gaat naar buiten. 'Wie wil er even helpen met het bed?' roept hij.

Naomi komt naar hem toe. 'Het moet naar boven.'

Samen sjouwen ze het bed de trap op. Bij de bocht moeten ze het even neerzetten. Hij kijkt haar aan, recht in haar prachtige ogen. Hij ziet dat ze even ongemakkelijk wordt en hij kijkt gauw weg.

'Iets meer naar links draaien,' zegt hij. 'Nou, dat wordt nog wat, het is een groot bed.'

Naomi knikt. 'Als het niet lukt, moeten we het takelen.'

Jelle kijkt naar de overloop. 'Dit gaan we niet redden, heb je touw en blok?'

'Nee, maar mijn bed zal toch naar boven moeten.'

'Je mag wel bij mij logeren,' grapt hij.

Ze wordt rood. 'En nu?' vraagt ze, zonder op zijn opmerking in te gaan.

'Je zult touw en blok moeten huren. Een paar straten verderop zit zo'n zaak. Ik heb het daar ook gehuurd; ik heb namelijk ook een heel groot bed. Helemaal voor mezelf alleen,' voegt hij er gauw aan toe.

'Ik ook,' zegt Naomi bijdehand.

Nu is het zijn beurt om rood te worden.

Jelle loopt in zijn kamer heen en weer. Hij vraagt zich af of hij wel naar de housewarmingparty van zijn buurmeiden zal gaan. Wat moet hij daar, als die Eric er ook is? Hij heeft het in zijn hoofd weer veel te mooi gemaakt. Naomi heeft met hem geflirt, meer niet. Het kan niet anders dan dat Eric haar lover is, anders ga je niet zo zorgvuldig een mooi plekje voor zijn beeld zoeken. Dat doe je niet als je het van zomaar iemand hebt gekregen, en ook niet als het van je ex is. Hij moet eens in de realiteit gaan leven, de dingen zien zoals ze echt zijn, dat zou al een hoop schelen.

'Jelle!' wordt er van beneden geroepen.

'Ja!'

'Ben je zover?'

Wat moet hij nu tegen Harold zeggen? Dat hij ineens toch niet meegaat? Hij maakt zichzelf belachelijk, ook tegenover Naomi. Hij gaat dan wel verhuizen, maar voorlopig woont hij nog even hier. Oké, er zit niets anders op, en hij gaat naar beneden.

Naomi doet open en kleurt als ze hem ziet. Misschien had ze gehoopt dat hij niet op de uitnodiging in zou gaan. Nu hij hier toch is, wil hij die Eric weleens ontmoeten. Met z'n drieën lopen ze de kamer in.

'Dat ziet er goed uit!' Harold kijkt vol bewondering rond. 'Kunnen jullie bij ons ook niet even komen klussen? Ja, Jelle, jij hebt het al gezien, jij bent hier kind aan huis, geloof ik.'

Hou je er even lekker buiten, denkt Jelle. Hij ziet een groepje studenten staan. Naomi loopt naar het groepje toe. Wie van die gasten zou Eric zijn?

Elise wijst naar een tafel vol drank en glazen. 'Pakken jullie zelf maar,' zegt ze.

Het valt Jelle op dat Elise heel anders is dan haar zus. Veel introverter, bijna schuw zoals ze daar staat. Naomi staat met een jongen te praten, met haar rug naar hem toe. Als dat die Eric is, verbaast het hem niet dat ze met anderen flirt. Hij ziet eruit als een nerd.

Froukje loopt met een stoer uitziende gast de tuin in. Hij vangt iets op over een blowtje. Daar begint hij dus niet meer aan. Zo was het een paar jaar geleden ook begonnen, op een feest. Hij voelde zich in die tijd hopeloos ellendig. De zoveelste vriendin had hem gedumpt. Met moeite sleepte hij zichzelf naar dat feest. Het begon met een blowtje, dat was hij wel gewend. Maar ineens stond hij honderduit te lullen tegen een of andere onbekende gast. Achteraf moet die klootzak in de gaten hebben gekregen dat hij er slecht aan toe was. 'Ik heb wel iets voor je waar je van opknapt,' zei hij. Het was de eerste keer dat Jelle snoof. In no time zat hij zo ongeveer in de hemel. Die gast gaf hem nog wat mee voor thuis, en hij kreeg zijn nummer voor als hij iets nodig had. En dat alles gratis, want dat deed hij wel meer voor vrienden van vrienden. Allemaal leugens natuurlijk. Na twee dagen hing Jelle al aan de lijn of hij nog wat kon krijgen. Die gast kwam het zelf brengen op een scootertje. Chocolate, noemden ze hem, zijn echte naam wist niemand. Jelle weet nog heel goed dat het toen faliekant misging.

Hij neemt een slok van zijn bier en kijkt rond. Er zijn best veel meiden, maar hij heeft geen interesse. Hij merkt dat ze hem wel leuk vinden en hij maakt hier en daar een praatje. Dat heeft hij intussen wel geleerd in de kroeg, waar hij alweer een tijdje werkt. Een beetje ouwehoeren over niets gaat hem prima af. Hij kijkt naar Naomi. Ze schenkt voor zichzelf een whisky in. Als hij verkering had met zo'n eikel zou hij ook sterkedrank nodig hebben. Ze schijnt zich nogal te amuseren. Ze praat met iedereen, maar tegen hem heeft ze nog geen woord gezegd. Hij ziet haar wel af en toe zijn richting op kijken. Die Eric praat nu met haar zus. Zij ziet er ook niet bepaald uit alsof ze hem interessant vindt.

'Bart!' wordt er opeens geroepen. 'Een hijs?' De gast van wie Jelle denkt dat het Eric is, draait zich om en loopt naar buiten. Er is helemaal geen Eric op dit feest. Misschien komt hij zo nog. Jelle kijkt Naomi's kant op. Ze lacht uitdagend naar hem en komt naar hem toe. 'Whisky?' vraagt ze.

'Doe maar een biertje,' zegt hij. Hij moet zijn kop erbij houden, anders staat hij straks toch te blowen.

Naomi loopt naar de bar en schenkt een biertje in. Ze zet de muziek harder en loopt met het glas bier terug naar Jelle.

'Proost!' Ze klinken.

Die blik, verdomme, hij heeft het zich niet ingebeeld, er is wel iets.

'Dansen?' vraagt ze.

Jelle schrikt wakker van een wekker. Waar is hij eigenlijk? Hij heeft helemaal geen wekker. Als hij naast zich kijkt en Naomi ziet, weet hij het weer. Hij had nooit gedacht dat hij met haar in bed zou belanden. Stel je voor dat hij niet naar het feest was gegaan!

Ze slaapt nog. Lief, zoals ze daar ligt. Zo vredig. Nu nog wel, maar zodra ze wakker wordt en hem ziet schrikt ze zich kapot. Het was vast haar bedoeling niet om vreemd te gaan.

Die Eric kwam de hele avond niet opdagen. Misschien kon hij niet komen omdat hij voor een of ander tentamen moest leren. Jammer voor je, jongen. Ik heb van je vrouw genoten. Dan moet je maar niet zo braaf zijn, denkt Jelle. Ze had nogal wat whisky's op, anders was het waarschijnlijk niet gebeurd. Hij heeft er echt niet op aangedrongen. Ze nam hem mee naar de tuin en toen begon ze te zoenen. Van het een kwam het ander. Ja hallo, hij is ook niet van steen. Ze is verantwoordelijk voor haar eigen leven. Hij zag haar zus wel kijken toen ze later met z'n tweeën naar boven gingen. Zo te zien vond ze het wel leuk. Weet jij veel, het kan best dat ze die Eric helemaal niet mag.

Hij kijkt naar Naomi. Haar ademhaling gaat heel rustig. Maar als ze zo wakker wordt, komt de klap. Ook al was het maar een onenightstand, ze is toch vreemdgegaan. Hij heeft zin om haar te kussen, maar het is beter van niet. Hij wil er niet bij zijn als ze zo meteen begint te balen. Hij kan nu maar beter meteen weggaan. Hij wil al uit bed stappen, als hij geluiden in de badkamer hoort. Dat zal Elise wel zijn. Van háár wekker is hij dus wakker geschrokken. Hij wacht liever even tot ze de deur uit is.

Hij hoort Elise nog steeds beneden als Naomi haar ogen opendoet. 'Goedemorgen, schoonheid,' zegt hij.

Naomi kijkt verrast op. Zo te zien heeft ze helemaal geen spijt.

'Je megagrote bed was dus toch niet helemaal alleen voor jezelf.' Hij strijkt met zijn vinger over haar neus. 'Maar ik moet zeggen: het is een heerlijk bed. Ik heb verrukkelijk geslapen, maar wat wil je na zo'n goddelijke vrijpartij?'

Hij trekt haar naar zich toe en drukt haar tegen zich aan. Hij krijgt meteen weer een stijve. Als ze zachtjes kreunt, pakt hij haar bij haar billen en rolt haar op haar rug. Waar zijn die condooms, denkt hij. Ineens herinnert hij zich dat hij het doosje naast het bed heeft gelegd. Hij buigt zich voorover uit bed. Mazzel, het ligt er inderdaad, en hij haalt er een uit. Hij vrijt altijd safe. Vannacht ook; daar is hij heel zorgvuldig in. Hij heeft geen zin om een of andere ziekte op te lopen voor een wip.

Hij doet het condoom om, duwt haar benen uit elkaar en masseert heel zachtjes met zijn vingers haar schaamlippen. Zo te horen vindt ze het fijn. Opgewonden neemt ze zijn stijve in haar hand en duwt hem bij haar naar binnen. Hij kreunt van genot en laat zich helemaal gaan. Hij merkt dat het haar opwindt. In no time komen ze klaar.

'Je bent fantastisch.' Hij kust haar – een lange, zachte kus.

Dan ziet hij dat de tranen over haar wangen lopen. Zie je wel, denkt hij. Nu komt het, ze heeft spijt.

'Eric?' vraagt hij. Hij streelt met zijn vingers door haar haar. 'We houden het tussen ons,' zegt hij. 'Ik wil niet dat jij in de problemen komt door mij. Het was maar één keer, twee keer dus, sorry. Maar we vergeten het. Van mij krijgt niemand het te horen. En als ik jou was, zou ik me niet zo schuldig voelen.' Als ze blijft snikken kust hij haar. 'Het kan iedereen gebeuren.'

'Ik ben niet vreemdgegaan,' snikt ze. 'Daarom huil ik niet. Maar het voelt wel zo.'

'Heb je geen relatie meer met die Eric? Is het soms uit?' Jelle snapt er niks van. Waarom dan al dat verdriet? Blijkbaar is ze nog dol op die gozer en heeft hij haar gedumpt.

'Eric is er niet meer,' zegt ze. 'Hij is een halfjaar geleden verongelukt.'

'Jezus!'

'Sorry,' zegt Naomi, die alweer wat rustiger wordt. 'We hadden drie jaar lang een relatie. Sinds het ongeluk heb ik met niemand meer seks gehad. Jij bent de eerste.'

'Ik voel me wel vereerd,' zegt hij. 'Shit! Ik weet even niet wat ik moet zeggen.' Dit had hij helemaal niet verwacht.

'Je bent lief,' zegt ze en ze kust hem. Hij merkt dat ze het er niet meer over wil hebben.

Beneden horen ze glasgerinkel. Dat moet Elise zijn, die alles naar de keuken brengt.

'Het zal beneden wel een puinhoop zijn,' zegt ze. 'Misschien moet ik even helpen. Ik kan mijn zus niet alleen voor die troep laten opdraaien. Het was mijn feest. Ik bedoel, van Elise hoefde het niet zo.'

'Blijf toch liggen,' zegt hij als ze omhoogkomt. 'Die glazen zijn zo afgewassen. Ik kan het weten, want ik sta achter de bar in de Apotheek. Ken je die kroeg?'

Ze knikt. 'Ik heb er wel van gehoord.'

'Ik werk er tijdelijk,' zegt hij. 'Ik ga in september studeren, Chinees.'

'Wauw!'

Hij zet zijn kussen rechtop tegen de muur en gaat half zitten. 'Ja, ineens wist ik het, na heel wat omwegen.'

'En wat waren die omwegen?' vraagt ze. Zij gaat ook rechtop zitten, met haar hoofd tegen zijn borst.

'Noem maar een studie op of ik heb het geprobeerd. Geschiedenis, fotografie, de sportacademie, tenminste, daar wilde ik naartoe, maar ik werd uitgeloot. En rechten natuurlijk. Mensen die niet weten wat ze willen, proberen heel vaak rechten.'

Naomi lacht. 'Wel allemaal verschillende dingen,' zegt ze.

Jelle zit in het zonnetje bij Naomi in de tuin terwijl zij een ontbijtje voor hen klaarmaakt. Hij denkt aan haar verhaal. Ze heeft dus drie jaar een relatie gehad, dat is niet niks. En hij is de eerste met wie ze weer heeft gevreeën. Het is dus niet zomaar een onenightstand voor haar. Hij voelt zich gevleid, maar het klinkt ook heel serieus. Als hij gisteravond had gehoord dat ze vrij was, had hij een gat in de lucht gesprongen, maar hier krijgt hij het benauwd van. Zijn faalangst speelt weer op. Hoeveel mannen zullen het laatste halfjaar niet iets hebben geprobeerd bij haar, en dan kiest ze voor hem. Hij voelt de druk op zijn schouders, maar misschien moet hij gewoon nog aan het idee wennen. Het liefst gaat hij nu meteen weg, maar ze komt al met het ontbijt aan. Hij kan het niet maken haar nu in de steek te laten.

'Wat een service,' zegt hij. 'Dat krijg ik hiernaast niet.'

'Woon je hier al lang?' vraagt ze.

'Nee, een maand of drie.' Hij heeft geen zin om te vertellen dat hij noodgedwongen moet verhuizen. Snel mijn ontbijt naar binnen werken en dan wegwezen, denkt hij.

Zodra hij zijn croissantje op heeft en zijn koffie heeft opgedronken, kust hij haar en klimt hij over de schutting.

Elise

Hè, daar gaat de bus. Hij rijdt vlak voor Elises neus weg. Ze is niet de enige die hem mist. Er komen nog meer mensen aanrennen. Een man vloekt en een jongen kijkt boos op het bord. Ze heeft wel vaker meegemaakt dat de bus een paar minuten te vroeg vertrekt. Meestal houdt ze daar rekening mee. Ze wil absoluut niet te laat op haar werk zijn. Maar vanochtend moest ze nog veel opruimen.

Elise heeft geen zin om zich te ergeren en gaat met haar rug tegen het bushokje staan, met haar gezicht in de zon. Heerlijk! Ze denkt terug aan gisteravond. Ze is zo blij voor haar zus dat de housewarmingparty een succes was. En dat Jelle is blijven slapen had ze nooit van tevoren gedacht. Ze had wel zo'n vermoeden dat het een keer ging gebeuren. Naomi is nooit lang alleen geweest; vóór Eric had ze ook altijd vriendjes. Ze zag wel dat haar zus een beetje dronken werd, maar ze weet niet precies hoeveel whisky's ze op had. Stel je voor dat het wat wordt met die Jelle. Ze gunt het haar, maar het zal ook raar zijn. Met Eric was ze zo vertrouwd. Hij kwam al jaren bij hen over de vloer. Ze mocht hem graag, de hele familie mocht hem graag. Wat dat betreft zal het voor Jelle of de volgende niet makkelijk zijn.

Zelf zag ze op tegen het feest, maar ze had het toch wel naar haar zin. Ze baalde alleen van Bart, een jongen uit Naomi's vakgroep. Hij drong zich zo aan haar op. Ze ziet niks in hem. Wat een saai type. Zelf is ze al zo rustig. Als ze iemand wil, moet hij wel een beetje levendig zijn. Ze vindt zichzelf heel serieus. Dat merkt ze ook op haar werk. Elise gaat nooit eerder naar huis voor alles af is. Maar haar collega's zitten al om kwart voor vijf achter een leeg bureau en om klokslag vijf uur staan ze bij de deur. Zo zit zij niet in elkaar. Daar heeft ze een te groot verantwoordelijkheidsgevoel voor. Dat kan ook niet anders als je op een boerderij bent opgegroeid. Ze moest elke dag om zes uur op om te helpen met het melken. Ze hoefde het echt niet in haar hoofd te halen om een kwartier later te komen, al was ze nog zo brak. Discipline is er bij haar wel in gestampt. Naomi had het makkelijk, omdat ze de jongste was. Haar broer Steven en zij moesten altijd op komen draven.

Mmm... wat schijnt het zonnetje lekker op haar gezicht. Ze vindt het bijna jammer als de bus de hoek om komt.

Ze heeft geluk, voorin is plek.

Bij het Muiderpoortstation stapt ze uit. In een van de straten achter het station zit hun kantoor.

Raar om naar haar werk te gaan. Daar weet niemand van de housewarmingparty. Ze heeft het expres niet verteld. Een paar mensen vindt ze wel aardig, maar als ze hen had gevraagd had ze Layla, Maaike en Annemiek ook moeten vragen, en dat wilde ze niet. Ze vertrouwt ze niet. Ze weet zeker dat ze achter haar rug over haar roddelen. Ze vinden haar een burgerlijk trutje, omdat ze anders is dan zij. Zij hebben het alleen maar over mannen. Op maandag is het het ergst, dan krijgt ze de halve ochtend te horen wat ze in het weekeind hebben uitgevreten.

Ze loopt het gebouw in. John is er al.

'Morning,' zegt hij.

'Goedemorgen.' Ze hangt haar jas op en stopt haar tas in een la van haar bureau. Tien minuten later druppelt iedereen zo'n beetje binnen. Elise kijkt naar een map die op haar bureau ligt.

'Heb jij dit neergelegd?' vraagt ze aan John.

'Ja, de baas gaf het aan me, hij vond het een klus voor jou.'

'Wanneer moet het af zijn?'

'Schrik niet, voor de lunch.'

Elise begint er meteen aan. De laatste tijd is elke spoedklus voor haar.

'Is jullie huis al klaar?' vraagt John.

'Ja,' zegt Elise. 'Naomi woont nu bij me.'

'Aha,' zegt John. 'En wanneer is jullie housewarmingparty?'

'Zij en een party,' hoort ze Annemiek zeggen. 'Dat zal wat worden!'

Elise doet net of ze het niet hoort.

'Een leesparty,' zegt Maaike lachend. 'Iedereen moet een boek meenemen en dan mag je om de beurt een mooi stuk voorlezen.'

'Ik weet wel een goed boek voor Elise,' zegt Layla. '*Vrouwen en porno*, daar leert Elise wat van.'

'Nou, meiden, zo kan-ie wel weer,' zegt John, maar Elise hoorde hem wel meelachen. Ze gaat door met haar werk.

Ze is het wel gewend dat ze grappen over haar maken waar ze bij zit.

Elise krijgt een intern telefoontje. Het is Birgit, de secretaresse.

'Ja,' zegt ze als ze opneemt.

'De baas wil een gesprek met je.'

'Nu?' vraagt Elise.

'Ja, hij wacht.'

Ook dat nog! Hoe wil hij dan dat ze het contract af krijgt? Wat zou hij willen? Ze staat op. De anderen kijken elkaar nieuwsgierig aan.

Elise loopt naar het kantoor van de baas.

'Elise, ga zitten,' zegt haar baas uitnodigend. 'Koffie?'

'Nee, dank u.' Laat hij maar opschieten, daar heb ik meer aan, denkt ze.

'Elise, ik ben zeer tevreden over jou, dat heb ik nooit onder stoelen of banken gestoken. Je bent een uitstekende kracht en een aanwinst voor dit bedrijf. Iemand met wie we de oorlog kunnen winnen, zou ik willen zeggen. Begrijp je me?'

'Ja, dank u,' zegt Elise. Hij heeft iets van haar nodig, dat is duidelijk.

'Laten we eerlijk zijn,' gaat hij verder. 'Jij werkt onder je niveau. Daarom heb ik besloten dat jij de plek van Birgit gaat innemen.'

'Secretaresse?' Het overvalt haar.

'Ja, Birgit gaat weg, dat weet je. En als er iemand geschikt is voor die baan, ben jij het wel. Er hangt ook nog een leuk prijskaartje aan. Je gaat er driehonderd euro per maand op vooruit. Blij?'

'Goh, ik, eh...'

'Ja, je bent bescheiden, zoals altijd, dat siert je.'

Elise ziet het meteen voor zich. Wat zullen de meiden van haar afdeling jaloers zijn. Iedereen zit te azen op die plek. Wat het werk betreft: daar zit ze niet mee, want ze weet bijna alles. Maar hoe zal het gaan als zij de plek van Birgit inneemt? Annemiek heeft ook Schoevers gedaan, net als zij. Ze werkt er zelfs een jaar langer. Ze kan het vast niet verkroppen dat ze wordt gepasseerd.

'Annemiek gaat ervan uit dat zij die plek krijgt,' zegt Elise.

'Dat regel ik wel. Als ik haar geschikt had gevonden, dan had ze die baan ook gehad. Wat mij betreft kun je volgende week beginnen. Dan is Birgit er nog en kan ze je inwerken.'

'Meneer Vonk.' Elise kijkt hem aan. 'Ik weet het nog niet. Ik moet erover nadenken.'

'Kijk, dat waardeer ik nou in je. Niet zomaar een baan aannemen, zoals de meesten zouden doen. Jij neemt de tijd om het te overwegen. Zullen we afspreken dat ik na het weekeind hoor wat je hebt besloten?'

'Best,' zegt Elise.

Haar baas houdt de deur voor haar open. 'By the way, ik heb er alle vertrouwen in dat jij het kunt.'

'Dank u.' Ze staat op en loopt naar de deur. Op de gang haalt ze even diep adem. Ze kan promotie maken, als ze het wil.

Elise is er nog niet uit als ze aan het eind van de dag het perron op loopt. Haar mobiel gaat.

'Hi, zus.'

'Hi,' zegt Naomi. 'De housewarmingparty viel mee, toch?'

'Ja, het was heel geslaagd. En jij was ook goed geslaagd,

zag ik. Ik had nooit gedacht dat Jelle al mee naar boven zou mogen.'

'Nee, ik snap het zelf ook niet helemaal. Ja, achteraf baal ik wel, ik had het misschien nooit moeten doen. Maar ik wilde zo graag opnieuw beginnen. Ik had natuurlijk ook wel wat op en toen dacht ik: je wilt toch een nieuwe start maken? Het is nu of nooit. Een beetje te impulsief misschien.'

'Dus je hebt spijt?'

'Na vanochtend wel. Sta ik me uit te sloven om een lekker ontbijtje te maken, zodat we even gezellig konden napraten, maar hij had het nog niet op of hij was weg.'

'Misschien moest hij werken.'

'Ja hallo, Elise, jij wilt altijd alleen het beste van iemand denken. Maar je gaat er toch niet vandoor als je net bij iemand hebt geslapen en ontbeten?'

'Ja, dat is wel cru, ik snap het. Terwijl het voor jou best iets betekende. Maar dat risico loop je altijd.'

'Nou ja, laat maar. Ik heb me gewoon vergist,' zegt Naomi. 'Was jij niet heel moe op je werk? Ik dacht nog aan je vanochtend.'

'Het ging wel. Ik kan trouwens promotie maken,' zegt Elise.

'Echt?'

'Ja, de plek van Birgit komt vrij. Het scheelt me driehonderd euro per maand.'

'Wauw! Driehonderd euro. Wat een mazzel. Dat kost je weer een feestje.'

'Ik weet nog niet of ik het doe.'

'Doe normaal, schat. Weet je wel hoeveel driehonderd euro is? Daar hoef je toch niet over na te denken?'

'De trein komt eraan. Ik spreek je nog, oké?'

'Een kus voor mam en Steven.'

'Doe ik. Ciao.' Elise hangt op.

Ze wist wel dat Naomi zou vinden dat ze die baan moest nemen. Naomi zou inderdaad geen seconde hoeven nadenken, maar voor haar is het een heel moeilijke keus. Voor het werk zelf is ze niet bang, ze weet intussen genoeg van het bedrijf. Maar het is de vraag of haar collega's haar dan niet het leven zuur gaan maken. Maar ja, driehonderd euro opslag is niet verkeerd. Eerlijk is eerlijk: er zit echt een heel positieve kant aan.

Elise knikt vriendelijk naar de buschauffeur.

'Is je weekeind weer begonnen?' vraagt hij.

Hij weet dat ze elke vrijdagavond naar Nederhorst den Berg gaat. Hoeveel jaar doet ze dat al niet? Zodra ze van de middelbare school kwam is ze bij haar oma ingetrokken in Amsterdam. Daar heeft ze ook haar opleiding gevolgd. Maar in de weekeinden ging ze steevast naar de boerderij, en nog steeds. Naomi zien ze niet zoveel thuis. Die verveelt zich daar dood, zegt ze altijd, en ze geniet juist van de weekeinden in de stad.

De bus rijdt langs een weiland. Op het land ziet ze een boer op een trekker met zijn dochtertje naast zich. Ze denkt aan vroeger, toen zat ze ook zo bij haar vader op de trekker, samen met Steven.

De bus stopt en Elise stapt uit. Ze kijkt naar Anna's hoeve, die een eindje verderop ligt. Als ze er maar eerst langs is. Ze voelt dat ze onrustig wordt. Nog steeds, na al die jaren. Ze is weleens een halte verder uitgestapt, maar toen mopperde haar moeder weer dat ze zo laat was. Nog een paar meter. Ze versnelt haar pas. Ze merkt het aan haar ademhaling, die op hol slaat. Het zweet breekt haar uit.

'Elise!' hoort ze ineens achter zich. Ze verstijft, maar het is Kees, haar oude buurjongen. Waarom moet hij haar nou uitgerekend hier aanhouden?

'Hoi,' zegt ze, 'ik, eh... Ik heb haast, sorry, een andere keer praten we.' Ze loopt snel door. Als ze eenmaal voorbij Anna's hoeve is wordt ze weer rustiger. Verderop ziet ze haar moeder op het erf staan. Ze haalt de was binnen. Nog altijd wappert het wasgoed buiten aan de lijn, daar is niets aan veranderd. Als het vroeger 's winters had gevroren en ze kwamen langs de waslijn, gaven ze altijd een ram tegen het stijf bevroren wasgoed. Haar moeder rende dan naar buiten en riep boos dat het kon breken, maar haar vader lachte altijd stiekem naar hen.

Zodra ze het erf op loopt, springt Baloe tegen haar op. Ze aait hem. Baloe heeft geluk: hij mag gewoon mee naar binnen. Toen hun vader nog leefde moest de hond buiten in zijn hok blijven. Hij lag aan een ketting. Elise vond het altijd heel zielig. Vooral als het 's winters koud was en ze allemaal gezellig binnen zaten, hoorden ze de hond buiten janken van eenzaamheid.

Haar moeder steekt haar hand naar Elise op. Ze is altijd aan het werk, Elise weet niet beter. Er moet ook zoveel gebeuren op de boerderij. Haar moeder staat elke dag om halfzes op en dan werkt ze aan één stuk door, tot ze 's avonds doodmoe haar bed in rolt. Alleen op zondag werkt ze niet, maar dan gaat ze naar de kerk. Vroeger moest Elise altijd mee, luisteren naar een ellenlange preek van de dominee waar ze geen woord van begreep. Ze verstopte zich weleens stiekem, maar haar moeder wist haar altijd te vinden.

'Pap hoeft toch ook niet mee?' zei ze dan pruilend. Haar moeder legde dan uit dat hun vader voor de dieren moest zorgen. Haar vader zei weleens expres dat hij hulp nodig had en dan mocht ze thuisblijven. Hij was niet zo gelovig.

Elise geeft haar moeder een kus.

'Steven wacht op je, de koeien moeten van de overkant worden gehaald.'

Met de mand vol wasgoed loopt haar moeder naar binnen.

Elise is het wel gewend dat ze meteen moet aanpakken als ze thuiskomt. Ze loopt naar Steven, die de weg al aan beide kanten heeft afgezet met een rood-wit lint. Hij is net bezig de koeien van het weiland af te drijven.

'Hoi!' groet hij als hij Elise ziet.

Hun moeder komt er nu ook aan. Ze gaat samen met Elise op de weg staan om het verkeer tegen te houden, maar het is niet druk. Steven heeft gewacht tot de bus langs is gereden. Elise kijkt naar haar broer. Hij woont nog altijd bij hun moeder op de boerderij. Soms heeft ze medelijden met hem. Eigenlijk is hij nooit kind geweest. Zodra hij uit school kwam, werkte hij op de boerderij. Ook in de weekeinden was hij altijd aan het werk. Uitgaan doet hij nooit. Steven heeft zelfs nog nooit een vriendinnetje gehad. Hun moeder zeurt er weleens over dat het tijd wordt dat hij iemand vindt. Dat is zo dubbel: ze verwacht wel dat hij dag en nacht op de boerderij aan het werk is. Waar moet hij dan iemand ontmoeten? Vroeger, als Naomi uitging, vroeg ze Steven weleens mee. Maar hij wilde niet. Hij is veel te verlegen. Steven zegt dat hij gelukkig is op de boerderij.

'Het eten is klaar,' zegt hun moeder als de koeien in de wei bij de stal staan. Elise gaat naar binnen. De tafel is al gedekt. Ze ruikt rodekool. Vroeger griezelde ze ervan, maar nu gaat het wel. Elise gaat aan tafel zitten. Steven zit al op zijn plek, eigenlijk de plek van hun vader. Je hoort het bestek tegen de borden tikken. Er wordt nooit veel gezegd onder het eten. Daar heeft Naomi het nog weleens over, die oersaaie maaltijden. Het benauwde haar. Het hele boerenleven benauwde haar. Ze ging ook een paar keer per dag onder de douche omdat ze bang was dat ze naar koeienpoep stonk.

'Ik moet de koeien naar de stal brengen,' zegt Steven na het eten.

'Doe maar, jong.' Hun moeder staat op en zet koffie. 'Wat sta je daar?' zegt ze tegen Elise. 'Je wilt iets zeggen, dat zie ik aan je.'

Elise aarzelt. Zal ze over de housewarmingparty vertellen? Maar dan gaat haar moeder vast weer zeuren of ze een man heeft ontmoet. 'Eh... ik kan promotie maken, kreeg ik vandaag te horen.'

'Mooi,' zegt haar moeder. 'Maar je kunt toch nog wel in de weekeinden hier komen, hoop ik? Steven redt het niet in z'n eentje.'

'Ja, natuurlijk kan dat. Ik houd dezelfde werktijden. Ik weet alleen niet of ik het wel aanneem,' zegt Elise.

Haar moeder loopt met de koffie naar de kamer. 'Dan doen we er maar een koek bij,' zegt ze. 'Promotie krijg je niet elke dag.'

Elise kent dat van haar moeder: ze praat er gewoon overheen.

'Mam, ik twijfel nog.'

'Hoezo?'

'Dat snap je toch wel?' zegt Elise. 'Ik kan secretaresse worden, maar dat willen er wel nog meer. Ik denk niet dat ze het me in dank afnemen als ik die plek krijg.'

'Dan moet je voor jezelf opkomen. Je moet altijd voor jezelf opkomen in het leven,' antwoordt haar moeder.

'Ik weet niet of ik wel zo sterk ben,' zegt Elise. 'Ik heb niet zoveel zelfvertrouwen.'

'Elise, hoe oud ben je nou? Het wordt tijd dat je in jezelf gaat geloven.'

Elise wil janken, ergens mee smijten, gillen, maar ze beheerst zich. 'Ik ga Steven helpen,' zegt ze.

Jelle

Jelle kijkt door het zolderraam naar de tuin van zijn buren. Daar zat hij vanochtend nog met Naomi te ontbijten. Wat heeft hij zich weer mallotig gedragen. Ineens was hij weg. Hij kent het gevoel: eerst krijgt hij het warm, dan lijkt het of zijn keel wordt dichtgeknepen en is hij bang dat hij stikt. Hij heeft er al een tijd geen last van gehad en dacht dat hij er eindelijk vanaf was. Hij weet niet precies waar het nu door kwam. Misschien die verwachtingsvolle blik in haar ogen. Verdomme, hij kan er niks aan doen, maar dan wil hij alleen maar wegwezen. Het is de enige oplossing. Hoe vaak heeft hij dat in zijn leven al niet gedaan? En altijd weer is dan alles verpest. Hij heeft het een keer op internet opgezocht. De symptomen – alles klopte. Hij heeft een ernstige vorm van faalangst.

Hij loopt bij het raam weg en gaat op zijn bed liggen. Hij vindt haar een leuke meid, daar niet van. Eindelijk weer eens iemand die hem iets doet. Humoristisch, sterk, en ze weet wat ze wil – tenminste, zo komt ze op hem over. En niet onbelangrijk: ze vrijt ook lekker. Hij kijkt tegen haar op, misschien is dat het wel. Daarom ging hij ook zo raar uit zijn nek kletsen.

Wat zei hij nou allemaal tegen Naomi? Hoeveel studies had hij zogenaamd gedaan? Nul dus. En dat hij Chinees gaat studeren in september is ook gelogen. Hij heeft die studie weleens overwogen, maar wat heeft hij niet overwogen? Als hij ooit wil gaan studeren, zal hij toch eerst zijn middelbareschooldiploma moeten halen. Vlak voor zijn eindexamen is hij van school gegaan, drie maanden ervoor. Twee leraren zijn nog bij hem thuis geweest. Ze hebben op hem ingepraat en gezegd dat hij terug moest komen. Maar hij durfde niet, hij was bang om te zakken. Nergens voor nodig, want hij stond er prima voor. Hij had zich voorgenomen dat hij het in de avonduren zou afmaken. Hij wilde zich inschrijven bij het Luzac College, maar helaas is het er nooit van gekomen. Hij weet zelf ook niet waarom. Geen tijd, uitstellen, wegschuiven. Hij is nu tweeëntwintig. Als hij zo doorgaat, wordt hij een grote loser. Hoe moet het in september, als Naomi erachter komt dat hij helemaal geen Chinees gaat studeren? Hij had beter eerlijk kunnen zijn en zeggen: 'Naomi, hier staat een grote loser voor je.'

Dat gevoel, dat hij een loser is, begon in groep acht op de basisschool. Ze hadden een voetbalteam. Tijdens een toernooi was hij de keeper. Ze hadden een zware tegenstander, maar toch liet hij geen bal door. Zelfs een penalty hield hij tegen. Hij dook met zijn kop tegen de paal, maar hij hield de bal mooi tegen. Ze hadden gewonnen en hij was apetrots. Ze droegen hem op hun schouders over het veld. Hij kon niet wachten om het aan zijn moeder te vertellen. Ze was vaak verdrietig. Jelle probeerde haar altijd op te beuren, maar dat lukte vaak niet. Er kwam zelfs een foto van hem in het plaatselijke krantje. Toen hij thuiskwam, stond zijn moeder te koken. ‘Mam, we hebben gewonnen!’ riep hij al bij de deur. Achteraf beseft hij dat ze hem waarschijnlijk niet eens had horen binnenkomen, maar toen snapte hij er niks van dat ze niet blij reageerde. ‘Het is een heel bijzondere dag,’ probeerde hij nog eens.

Zijn moeder knikte bedroefd. ‘Fijn dat je eraan denkt. Vandaag is het precies een jaar geleden.’

Ineens wist hij waar ze het over had: zijn broertje.

Precies een jaar geleden hadden ze hem naar een tehuis gebracht. Hij was het helemaal vergeten, hij voelde zich erg schuldig. Hoe had hij kunnen denken dat hij zijn moeder blij kon maken, en nog wel op deze dag? Hij voelde zich afschuwelijk en was naar zijn kamer gegaan. Hij zei dat hij buikpijn had en at die avond niets.

De volgende wedstrijd stond hij weer in het doel, maar toen lukte het niet meer. Bij elke bal die zijn kant op kwam zag hij het verdrietige gezicht van zijn moeder voor zich. Hij zou haar nooit meer blij kunnen maken, nergens mee. Ze verloren door zijn schuld. Kort daarna is hij uit het team gestapt.

Verdomme! denkt hij ineens. Ik ben niets veranderd. Vanochtend ben ik bij Naomi ook weggerend, net als toen. Waar ben ik mee bezig? Ik reageer nog precies zo gefrustreerd als vroeger. Hij staat op en bonkt met zijn hoofd tegen de muur. Dan gaat hij naar beneden en hij stapt op zijn fiets.

Hij is helemaal naar Zandvoort gereden, heeft een duik in de zee genomen en rijdt nu weer terug. Hij haalt het nog net, om zeven uur moet hij achter de bar staan. Een uur later zet hij zijn fiets voor de Apotheek. Hij loopt naar binnen en gaat achter de bar aan de slag. Hij moet aldoor aan Naomi denken. Hij haalt zijn mobiel uit zijn zak. *Hi Naomi, zin om vanavond uit te gaan? Ik moet wel tot twaalf uur werken. x Jelle.* Hij kijkt naar het sms'je. Hij aarzelt, maar dan drukt hij op Verzenden. Binnen een paar minuten heeft hij antwoord.

Om halfeen bij Max? Liefs, Naomi

Klokslag twaalf uur loopt Jelle de Apotheek uit. De hele avond heeft hij een opgewonden gevoel. Zijn baas vroeg of hij soms verliefd was. 'Je bent zo lekker wazig,' zei hij. Dit gevoel heeft Jelle lang niet gehad. De stress van vanochtend is helemaal weg. Terwijl hij de brug over fietst, vraagt hij zich af wat voor type die Eric was. Behalve dat hij verongelukt is, heeft Naomi niets over hem verteld.

Het maakt ook geen bal uit, want ze is nu met hem. Ze is wel heel anders dan zijn ex-vriendinnen. Die gaven niet zoveel tegengas en dat leek hem wel makkelijk, maar goed was het niet voor hem. 'Jij moet een vrouw hebben die je stuurt,' zei zijn moeder ooit. Hij heeft geen contact meer met zijn moeder, dus Naomi krijgt haar niet te zien. Het maakt niet uit, hij zou zijn moeder toch altijd teleurstellen, met wie hij ook aankomt. Ze snapte nooit iets van hem, zelfs niet toen hij nog klein was. Ook al wist hij dat zijn broertje Ollie het syndroom van Down had, Jelle wilde ook aandacht. Als hij zag dat zijn moeder de veters van zijn broertje strikte, wilde hij dat ze het ook bij hem deed. In gedachten hoort hij zichzelf nog jengelen. *Mijn blouse moet je ook dichtknopen, mijn tas moet je ook inpakken. Voor mij moet je ook kastanjes zoeken en oppoetsen.* Ineens kon hij zogenaamd niets meer en werd hij alleen maar kinderlijker. Achteraf begrijpt hij ook wel dat zijn moeder alleen maar geïrriteerd raakte, maar de kleine Jelle begreep dat helemaal niet. 'Jij kunt het zelf,' zei ze bij alles wat hij vroeg. Ze had niet eens de tijd om even bij hem te kijken. Jelle weet nog goed dat ze op een middag samen met de buurvrouw naar het bos gingen. Hij klom hoog in de boom. De buurvrouw schrok. 'Niet zo hoog!' riep ze. 'Dat is gevaarlijk.' Maar hij wilde juist dat zijn moeder bezorgd om hem was.

'Jelle klimt helemaal boven in de boom,' hoorde hij zijn buurvrouw tegen zijn moeder zeggen. Eindelijk keek ze. Hij had het niet van tevoren bedacht, maar toen ze keek, sprong hij en even later lag hij huilend op de grond. 'Mijn arm...'

De buurvrouw had een EHBO-diploma en wist zeker dat zijn arm was gebroken. Hij moest naar het ziekenhuis. Ze bood aan op Ollie te letten. Ze zou voor hem zorgen tot zijn moeder terug was, maar zijn moeder vertrouwde Ollie aan niemand toe. Toen Jelles arm werd gezet, zat de buurvrouw naast hem.

Die avond ving hij een telefoongesprek op tussen zijn moeder en zijn tante. 'Ik kan het niet meer aan,' hoorde hij zijn moeder zeggen. 'Als ik alleen Ollie had, zou het nog wel gaan, maar Jelle wordt onhandelbaar. Er moet iets gebeuren.'

Niet lang daarna vertelde zijn moeder dat Ollie naar een tehuis moest. Het komt door mij, dacht Jelle. Het is mijn schuld. Hij was tien toen zijn moeder vroeg of hij Ollies spullen wilde helpen inpakken. Zie je wel, dacht hij. Dat wil ze omdat het door mij komt dat mijn broertje naar een tehuis moet. Als hij niet zo lastig was geweest, had zijn moeder het wel aangekund en hadden de huisarts en de maatschappelijk werker er niet op aangedrongen Ollie naar een tehuis te sturen.

Ze zette een doos voor hem klaar waar hij al Ollies speelgoed in moest doen. Terwijl hij Ollies posters van de muur haalde, zat zijn broertje bij zijn moeder op schoot. 'Lieverd,' hoorde hij haar zeggen, 'mama vindt het heel erg dat je weg moet. Geloof me: ik heb er alles aan gedaan. Het komt niet doordat ik niet van je hou.' Jelle zag hoe ze Ollie huilend wiegde. Het komt door mij, dacht hij de hele tijd.

Ik wil ook niet dat Ollie weggaat, had Jelle willen roepen, maar hij had niks durven zeggen, bang dat zijn moeder kwaad op hem zou worden. Hij deed Ollies spulletjes keurig in de doos en daarna maakte hij een tekening voor hem.

De volgende dag brachten ze Ollie naar zijn nieuwe woonplek. Eerst wilde Jelle niet mee, maar hij moest van zijn moeder omdat het 'belangrijk' was. Hij wist zeker dat hij voor straf mee moest, zodat hij dan de gevolgen van zijn gedrag onder ogen kon zien.

Ollie zong in de auto. Ollie kan heel mooi zingen, toen al. Jelle vond het altijd fijn als hij zong, maar toen sneed het door zijn ziel.

Ollie huppelde het tehuis in en leek het allemaal prachtig te vinden. Jelle zag al die andere kinderen met dezelfde uitdrukking in hun ogen als Ollie. Hij prikte de poster boven Ollies nieuwe bed en legde zijn spullen in de kast die Ollie met een andere jongen moest delen. De verpleger liet hun alle ruimtes zien en Ollie huppelde mee. Daarna kwam het moment om afscheid van hem te nemen. Ze kusten hem, maar toen ze wegliepen rende hij achter hen aan en hij klampte zich aan Jelle vast. Hij wist dat Jelle hem altijd verdedigde als hij bang was voor kinderen die hem plaagden en uitscholden voor mongool. Hij keek hem smekend aan. 'Jelle!' riep hij. De verpleger moest hem losmaken. Hij nam Ollie mee terwijl die gilde en schopte.

De hele weg terug moest Jelle huilen en zijn moeder zat zwijgend achter het stuur. Thuis wilde hij niet eten. 's Avonds kwam hij uit bed om te vragen of zijn moeder wist of Ollie nog steeds huilde, maar zijn moeder zat met een glazige blik voor de tv. Ze reageerde niet, hoorde hem waarschijnlijk niet eens, en toen ging hij maar weer naar bed.

Heeft hij even mazzel dat hij korte dienst had! Anders zou het veel te laat worden voor Naomi. Om halftwee sluiten ze, maar soms is het zo'n troep dat hij pas na drieën buiten staat. Het ligt eraan hoe fanatiek zijn baas is. Als de tafels gesopt moeten worden, wordt het altijd laat.

Ze hebben afgesproken in Maximiliam, zijn favoriete tent. Raar dat hij Naomi daar nog nooit heeft gezien. Hoeveel jaar komt hij er al niet? Hij rijdt in de richting van het Rembrandtplein. Daar slaat hij rechts af. Tien minuten later zet hij zijn fiets voor Maximiliam en stapt naar binnen. Zodra hij zijn jas heeft afgegeven gaat hij de dancing in.

Het is bomvol, het zal niet makkelijk zijn om Naomi te vinden. Hij kijkt op de dansvloer, maar daar is ze niet. Misschien bij de bar. Jelle zoekt de hele dancing af, maar hij ziet haar nergens. Hij kijkt zelfs bij de toiletten. Zal hij haar bellen? Als ze het maar hoort, met die harde muziek.

Hij wacht nog even en dan belt hij haar. De telefoon gaat wel over, maar hij krijgt de voicemail. Ze hoort het niet, balen. Inspreken heeft geen zin.

Hij loopt naar de bar en maakt een praatje met een paar jongens die hij kent. Ze drinken een biertje. Onder het praten kijkt hij steeds naar de deur.

'Ben je op jacht?' vraagt een van de jongens lachend.

Jelle heeft geen zin om het uit te leggen en loopt een eindje weg van de bar. Opnieuw belt hij, maar hij krijgt weer Naomi's voicemail. Hij snapt er niks van.

'Hé, Jelle!' roept een gast die hij hier wel vaker heeft gezien. 'Heb jij iets bij je?' vraagt hij.

'Nee,' zegt Jelle.

De jongen loopt door. Altijd als hij die gast tegenkomt, vraagt hij of hij iets bij zich heeft. Hij moet nu toch wel weten dat hij clean is.

Waar blijft Naomi? Hij kijkt op zijn mobiel. Ze heeft ook niets ingesproken. Voor de laatste keer belt hij haar op. Yes! denkt hij als de telefoon wordt opgenomen.

'Laat me slapen...' klinkt het slaperig.

Jelle hangt vloekend op. Lekker is dat. Ze is gewoon naar huis gegaan. Zoiets flik je toch niet als je iets hebt afgesproken?

Hij heeft geen zin om nog langer te blijven. Hij zet zijn halfvolle glas neer en vertrekt. Balend fietst hij naar huis. Hij heeft zich al lange tijd niet zo nijdig gevoeld. Hij zou het niet zo erg moeten vinden, maar het raakt hem toch. Hij kan er niet tegen als mensen hem laten barsten. Dat komt door vroeger, door zijn vader, die was ineens vertrokken.

Jelle was vijf en hij begreep er niets van. Hij hield van zijn vader. Ze gingen vaak samen naar het bos en dan bouwden ze een hut. En ze maakten ook fietstochten. Jelle wachtte zijn vader elke dag op als hij uit zijn werk kwam. Dan stond hij op de hoek van de straat te wachten en mocht hij van zijn vader op de bagagedrager staan. Toen zijn moeder zwanger was van Ollie ging zijn vader een kamertje voor de baby maken. Jelle mocht hem helpen. Hij voelde zich heel stoer. Hij was supergelukkig, tot de baby werd geboren. Hij herinnert zich nog precies het verschrikte gezicht van zijn vader elke keer als hij in de wieg keek.

Een week na Ollies geboorte kwam zijn vader niet meer thuis. 'Papa is weg bij ons,' zei zijn moeder verdrietig. 'Dat komt door Ollie. Hij is anders dan andere kindjes. Hij zal nooit een grote jongen worden zoals jij.' Jelle begreep er niets van, hij vond Ollie juist zo lief. Als zijn broertje huilde, dacht hij dat hij zijn vader miste en dan knuffelde hij hem.

Elke dag rende hij naar de hoek van de straat en wachtte hij zijn vader op. Twee maanden hield hij het vol, maar hij heeft nooit meer achter op de bagagedrager gestaan.

Jelle rijdt de straat in en wil zijn fiets op slot zetten, maar het slot weigert. Dat kloteding, het was nog duur ook. Hij hoort iets achter zich en dan ziet hij Naomi aankomen fietsen. Haar gezicht staat op onweer.

'Waar kom jij nou vandaan?' vraagt hij verbaasd. 'Je sliep toch?'

'Waar heb je het over, man. Ik heb een uur voor niks op je zitten wachten, bedoel je zeker.'

'Ik heb je gebeld. Ik kon je in Maximiliam niet vinden en toen...'

'Maximiliam!' roept Naomi. 'Was je daar?'

'Ja,' zegt Jelle. 'Je zei toch Max?'

Nu moet Naomi heel hard lachen. 'Max, van de Lotus. Portier Max.'

'O, nee!' Nu moet Jelle ook lachen. 'En ik belde je en toen zei je dat je lag te slapen.'

'Dat moet Froukje zijn geweest,' zegt Naomi. 'Ik had mijn mobiel aan haar gegeven, maar ze ging eerder weg, met mijn mobiel in haar tas.'

Ze kijken elkaar een paar lange seconden aan, alsof de wereld even stilstaat, en dan beginnen ze elkaar te zoenen.

'De nacht is nog lang,' zegt Naomi na een tijdje.

'Lang en mooi,' fluistert Jelle. 'Bij jou of bij mij?'

Elise

Elise stapt de bus uit en loopt naar haar werk. Ze heeft besloten de nieuwe functie te accepteren. Niet alleen om die driehonderd euro, maar ook omdat het werk haar een uitdaging lijkt.

Ze heeft al precies bedacht hoe ze het gaat doen. Eerst wil ze vandaag rustig haar werk afmaken en dan gaat ze aan het eind van de dag naar Vonk om te zeggen dat ze het doet. Ze heeft er gisteravond nog met Naomi over gepraat en ze is er nu honderd procent van overtuigd dat het een goede beslissing is.

Ze wordt blij als ze aan Naomi denkt. Haar zus wil het nog niet toegeven, maar volgens haar is ze verliefd op Jelle. Elise gunt het haar zo. Naomi heeft het laatste halfjaar veel verdriet gehad. Ze waren er wel voor haar: Froukje, Naomi's werkgroep en zij. Iedereen heeft haar opgevangen, maar ze moest er toch zelf doorheen.

Als Elise aan het eind van de dag aan Vonk vertelt dat ze de nieuwe baan aanneemt, krijgen haar collega's het waarschijnlijk morgen te horen. Ze mag zich daar wel op voorbereiden, want reken maar dat Annemiek moeilijk gaat doen. Als Elise eenmaal aan haar nieuwe functie begint, krijgt ze een eigen kamer en dan heeft ze niet zoveel meer met de anderen te maken. Sommige collega's zal ze wel missen, vooral John, met hem heeft ze vaak lol. En Conny en Susan ook. Het zal wel stil zijn, alleen op een kamer, maar als ze zin heeft in een praatje kan ze hen altijd opzoeken. En ze kunnen met elkaar blijven lunchen.

Ze voelt dat ze best moe is. Ze keek vanochtend in de spiegel en schrok van de wallen onder haar ogen. Als je haar ziet, zou je denken dat ze het hele weekeind heeft gefeest, maar ze heeft juist heel hard gewerkt. Haar moeder legt altijd een briefje met taken voor haar klaar. Meestal zijn het huishoudelijke klusjes. Deze keer was het nogal veel, en Steven vroeg ook nog of ze in zijn plaats wilde waken. Een schaap stond op het punt te lammeren en dat gebeurt meestal 's nachts. Ze had het graag voor hem over. Om deze tijd, als er veel lammetjes worden geboren, is Steven doodmoe. Nu kon hij lekker blijven liggen. Ze vond het ook heel mooi om erbij te zijn. Gelukkig ging het allemaal prima.

Vroeger wilde ze altijd boerin worden. Het leek haar geweldig om elke dag tussen de dieren te zijn. Ze hielp haar vader vaak met het melken. Dat was supergezellig. In de stal was altijd muziek. Haar vader had gehoord dat koeien dan meer melk gaven. Soms neurieden ze mee. Toen kon ze nog niet bedenken dat ze secretaresse zou worden.

Als ze het kantoor binnenstapt, staat Vonk haar op te wachten in de gang.

'Ah, Elise, goedemorgen. Fijn dat je er bent. Wil je meteen even meekomen?'

Wat een haast. Ze heeft amper de tijd om haar jas op te hangen.

'Kom binnen.' Hij houdt de deur voor haar open. 'Heb je erover nagedacht?'

Elise lacht. 'Ik wist niet dat het zo'n haast had. Ik had aan het eind van de dag naar u toe willen komen, maar ik neem de promotie aan.'

'Mooi zo, meid, daar ben ik blij om. Het komt heel goed uit, want je kunt meteen beginnen. Birgit belde op in het weekeind, haar moeder heeft een ongeluk gehad. Het valt gelukkig achteraf allemaal mee, maar ze is op het nippertje aan de dood ontsnapt. Birgit moet naar huis om voor haar zusjes en broertjes te zorgen. Haar moeder zit met een gebroken been thuis. Birgit neemt al haar vakantiedagen op en zal wel een tijdje wegblijven. Ik denk niet dat we haar nog terugzien.'

Vonk vertelt wat er precies is gebeurd, maar Elise hoort hem niet en denkt aan vroeger. Ze zat op school toen ze uit de klas werd gehaald. Het hoofd zei dat ze meteen naar huis moest. Dat was nog nooit gebeurd. Ze liep langs het lokaal van Naomi, maar die zat nog gewoon in de klas. Ze vroeg zich af wat er kon zijn en fietste heel hard naar huis. Toen ze aan kwam rijden zag ze haar moeder en Steven en nog een man in het weiland staan. Later herkende ze de dokter. Ze stonden bij haar vaders trekker, die schuin tegen de omheining tot stilstand was gekomen.

'Je vader heeft het leven gelaten,' zei haar moeder. 'De schapen hebben water en korrels nodig.' Ze zei verder niets en sprak met de dokter. Terwijl haar vader op een brancard werd gelegd, liepen Steven en zij naar de schapen.

'Ik heb haar vanochtend nog gesproken,' zegt Vonk. 'Je mag haar bellen als je ergens mee zit. Haal je spullen maar uit de laden van je bureau en installeer je in je nieuwe kamer.'

Elise moet er even van bijkomen. Het overvalt haar. Zij houdt ervan de dingen onder controle te hebben en nu moet ze meteen aan haar nieuwe baan beginnen.

Ze staat op en loopt naar Birgits kamer. Voor haar gevoel is het nog steeds Birgits kamer. Ze doet hem open. Al Birgits spullen staan er nog. Arme Birgit, daar gaan haar vakantiedagen. Zelf zou ze het ook doen. Als haar moeder haar nodig had op de boerderij, ging zij ook. Ze is nog nooit op vakantie geweest. Steven ook niet. Alleen Naomi gaat weleens weg. Elises moeder rekent op haar. Ze vraagt altijd wanneer ze vakantie krijgt en dan ligt er een lange lijst met extra werkjes voor haar klaar.

Vonk komt binnen en zet een doos op Birgits bureau. 'Stop haar eigendommen hier maar in. Ik ga toch naar haar toe en dan neem ik ze mee.' Hij loopt de kamer uit.

Elise voelt zich een beetje trillerig. Ze gaat voor het raam staan. Wel mooi, ze zit aan de tuinkant. Nou ja, ze moet haar spullen verkassen. Als ze naar haar afdeling loopt, hoort ze Vonks stem.

'Dus dan weten jullie het: Elise is onze nieuwe secretaresse.'

Elise wacht met naar binnen gaan. Dit lijkt haar niet het goede moment.

'Vragen?' Vonks stem klinkt gehaast.

'Ja. Wie komt er eigenlijk in Elises plaats?' Echt een vraag voor Maaike.

'Niemand,' zegt Vonk rustig. 'We kunnen het ons niet permitteren iemand aan te nemen.'

'Dus wij moeten Elises werk erbij nemen? Hoe kan dat

nou? We barsten nu al van het werk. Ik zie niet voor me hoe dat moet.'

'Dat moet prima lukken, volgens mij,' zegt Vonk. 'Jullie zijn verwend. Toen John hier begon, had hij maar twee collega's. Toch, John?'

'Ja, hallo,' zegt Maaike verontwaardigd. 'Toen was het nog half niet zo druk als nu.'

'Ik zou zeggen: doe je best. Als er problemen zijn, hoor ik het van John.' Vonk loopt weg en botst bijna tegen Elise op. 'O, eh... iedereen is ingelicht,' zegt hij in het voorbijgaan.

'Jij bent wel lekker, hè?' begint Annemiek meteen als Elise binnenkomt. 'Slijmen met de baas en ons voor je werk laten opdraaien.'

'Je mag ook wel blij voor Elise zijn,' zegt Conny.

'Hoezo blij?' roept Annemiek. 'Ik werk hier al langer dan zij. Ik heb ook Schoevers gedaan, hoor. En toen ik hier kwam dacht ik dat ik vooruit kon komen. Hij moet mij eens vertellen waarom ik die baan niet krijg.'

'Elise, gefeliciteerd,' zegt Susan zachtjes.

'Het is heel onrechtvaardig,' zegt Maaike. 'Alleen maar omdat jij je hebt uitgesloofd. Expres eerder komen en langer blijven. Zo gaat dat dus. Je wist dat Birgit zou vertrekken.'

'Nee,' zegt Elise, 'dat wist ik niet.' Ze haalt haar la leeg. 'Ik wist van niks. Vonk heeft het me vrijdag gevraagd.'

'Gluiperd!' zegt Annemiek. 'Je wist het vrijdag dus al. En ons niks vertellen! Heel collegiaal. Ze heeft hier de hele dag met ons gezeten en niks gezegd. John, wat zeg jij?'

'Sorry, ik krijg een belangrijk telefoontje,' zegt hij en hij loopt naar de gang.

Elise stopt de laatste spullen in een doos en vertrekt.
'Ga maar gauw!' roept Annemiek.

Elise ruimt alle spullen van Birgit op en installeert zich dan op haar kamer. Ze voelt zich niet bepaald blij. Als de sfeer zo blijft, valt er niet te werken. Ze kan helemaal niet tegen spanning. Misschien had ze het inderdaad vrijdag gewoon moeten zeggen, maar ze wilde er nog over nadenken. En ze kon toch ook niet weten dat Birgit niet meer terug zou komen?

Gelukkig leeft Birgits moeder nog. Zelf was ze pas elf toen haar vader verongelukte. Het voelde zo onwerkelijk, het drong niet eens tot haar door. Ze was dol op haar vader. Ze begrepen elkaar zo goed. Hij hield ook van de natuur. Ze zaten soms heel lang bij de sloot en dan luisterden ze naar het gekwaak van de kikkers, en ze keken naar de insecten en salamanders. Als ze met haar vader was, voelde ze zich compleet. Raar is dat: als haar vader nog had geleefd, had ze hier nooit gezeten. Dan was het hele probleem er niet geweest, want dan was ze absoluut boerin geworden.

Elise zit net achter haar pc als ze Annemiek voorbij hoort komen. De deur van Vonks kamer gaat open en weer dicht. Als ze haar best doet, kan ze alles verstaan, maar dat wil ze niet. Ze hoort geruzie in de kamer van Vonk. Annemiek klinkt behoorlijk nijdig, maar zo te horen is Vonk ook kwaad.

'Goed dat ik het weet!' hoort ze Annemiek schreeuwen. 'Ik neem mijn ontslag!' Ze rent de kamer uit.

'Annemiek!' Vonk gaat haar achterna. 'Annemiek, neem nou geen overhaaste beslissing.'

Elise zucht. Wat een puinhoop, en dat allemaal omdat zij deze functie heeft aangenomen. Het is het niet waard. Zo zit ze niet in elkaar. De andere collega's zullen het haar nooit vergeven als Annemiek vertrekt. Moet ze het niet terugdraaien? Ze wil zich echt niet omhoogwerken over de ruggen van de anderen. Als het zo moet, gaat ze nog liever weg.

Elise schrikt als Vonk in de deuropening staat. 'Is mijn kersverse secretaresse gereed voor haar eerste vergadering met haar baas?'

'Dit is het,' besluit Vonk. 'Meer dingen zijn er niet op dit moment.' Hij bladert door zijn papieren.

'Oké.' Elise is opgelucht. Als ik het maar snap, dacht ze toen ze Vonks kamer in ging. Ze valt er ook van het ene op het andere moment in. Maar het ging goed. Helemaal als ze bedenkt dat het alweer een paar jaar geleden is dat ze van Schoevers kwam. Er waren maar een paar puntjes waar ze niet uit kwam; en het tempo waarin Vonk dicteerde kon ze gelukkig bijhouden. Birgit klaagde er weleens over dat hij zo snel dicteerde. Maar Elise heeft van zichzelf ook een heel hoog werktempo.

'Jij kijkt nog even na wat Birgit met het theater heeft afgesproken,' zegt Vonk. 'Ik zal je het wachtwoord van haar account geven.' Hij schrijft het op en geef haar het papier. 'Ik ben erg blij met hoe het ging vandaag, Elise.'

'Gelukkig, ik vond zelf ook dat het goed ging. Ik werk alles uit en dan leg ik een uitdraai voor u neer.'

'Graag.' Hij bergt de papieren in een ordner op. 'O ja.' Hij kijkt haar aan. 'Ik zou het fijn vinden als je me Arnold noemt.'

'O, eh... Ja, natuurlijk. Wel even wennen, maar ik ga het proberen.'

Elise voelt zich prima als ze haar nieuwe kamer in komt. Ze mag dus Arnold zeggen. Birgit noemde hem dus ook Arnold. Dat wist niemand. Tenminste, niet voor zover ze weet. Het hoort blijkbaar bij deze functie. Birgit had het nooit over Arnold trouwens, altijd over Vonk. Vonk dit en Vonk dat. Erg blij was ze niet met haar baas. Anders had ze natuurlijk ook nooit haar ontslag genomen. Vonk is ook echt een baas, hij is een beetje autoritair, maar dat is zij wel gewend. Haar moeder beslist ook alles op de boerderij.

Elise gaat het niemand vertellen. Ze hoeven het niet te weten, Conny en Susan ook niet. Dan plaatst ze zich boven hen. Knap van Birgit dat ze zich nooit heeft vergist.

Elise zit achter de pc op haar nieuwe kamer. Gek genoeg hoeft ze helemaal niet te wennen. Het is ook zo'n fijne ruimte. Zal ze maar eerst even opzoeken wat Birgit met het theater heeft afgesproken? Ze pakt het briefje met Birgits wachtwoord. Wat een handschrift heeft Vonk, ze kan het nauwelijks lezen. Ja, ze heeft goed gegokt, ze is ingelogd. Ze verandert het wachtwoord meteen in haar eigen wachtwoord. Ze vindt het best een beetje raar om in Birgits mails te zoeken. Zo zie je maar dat je nooit iets wat privé is in je werkmail moet zetten. Maar Birgit kan haar vertrouwen. Ze maakt alleen de noodzakelijke mails open.

Waar staat dat ding? Aha, hebbes. Het Kikkertheater. Dit moet het zijn. Birgit heeft ook een mailtje over de kwestie naar Vonk gestuurd. Eh... naar Arnold. Het voelt nog erg onwennig. Wat heeft Birgit precies geschreven. Ze leest het over. *Beste meneer Vonk, hierbij...* Meneer Vonk? Elise staart verbaasd voor zich uit. Er staat helemaal geen 'Arnold'. Zou het een vergissing zijn?

Ze opent de mails die aan Vonk zijn gericht, maar elke mail begint met 'Beste meneer Vonk'. Het hoort dus helemaal niet bij deze functie. Birgit heeft hem nooit getutoyeerd. Waarom wil hij opeens dat zij wel Arnold zegt? Het voelt ineens veel te intiem. Ze wil geen uitverkorene zijn, ze wil dezelfde plek als haar collega.

Elise raakt ervan in de war. Ze krijgt hetzelfde gevoel als vroeger met oom Evert. Alleen naar haar keek hij op die speciale manier. Nooit naar Naomi. Elke zondag kwamen oom Evert en tante Anna koffie bij hen drinken. Ze heeft er toen op gelet, maar die blik was alleen voor haar bestemd. Ze vond het afschuwelijk dat hij zo naar haar keek, maar ze zorgde er altijd voor dat ze hem ontliep. Toen haar vader was gestorven kon dat niet meer. Haar moeder maakte zich ernstige zorgen om de boerderij. Zij allemaal. Ze waren bang dat ze de boerderij moesten verkopen nu hun vader er niet meer was.

Op een dag kwam Elise uit school. Oom Evert zat in de kamer in haar vaders stoel.

'Jullie oom komt ons een groot geschenk brengen,' zei haar moeder. 'Jullie mogen hem wel heel dankbaar zijn. We hoeven de boerderij niet te verkopen. Oom Evert komt ons helpen.'

Naomi juichte van blijdschap en ze vloog haar oom om de hals en gaf hem drie zoenen. Elise stond als aan de grond genageld.

'En mijn oudste nicht?' vroeg hij.

'Geef je oom eens gauw een dikke pakkerd,' zei haar moeder en ze gaf Elise een duw. 'Het lijkt wel of je niet blij bent.'

'Ik ben wel blij,' zei ze, en dat was ook zo. Ze konden op de boerderij blijven wonen. Ze gaf hem een snelle kus op zijn wang. Later kreeg ze van haar moeder op haar kop. Ze had niet hartelijk gereageerd. Of ze wel besefte wat oom Evert voor hen ging doen. Elise schaamde zich, want ze wilde helemaal niet onhartelijk overkomen. Maar ze verstijfde op dat moment. Ze was doodsbang voor die blik.

Ze was nog maar net aan het puberen. Ze kreeg al een beetje borsten. Dat was heel spannend. Ook haar vriendinnen waren er veel mee bezig, met wie er al borsten had. Elise kon niet wachten om volwassen te worden. Toen haar vader nog leefde, mocht ze van mam een bh kopen. Ze had de kleinste maat. Eigenlijk was hij nog te groot, maar er zat vulling in. Ze stond op haar kamer uren voor de spiegel. Ze herinnert zich nog dat ze voor het eerst met een bh aan naar beneden ging. Vlak voor ze de kamer binnenliep trok ze haar truitje nog even strak. Ze voelde zich mooi en groot!

Maar vanaf het moment dat ze had gehoord dat haar oom bij hen op de boerderij zou komen werken, was dat mooie gevoel verdwenen. Nu kon ze hem niet meer ontlopen. Ze kon hem niet uit de weg gaan, want ze moest hem van haar moeder helpen met het melken en dan waren ze alleen in de stal. Ze wilde niet dat hij nog langer zo naar haar keek. Ze had hem al zo vaak naar haar borsten zien kijken, of beter gezegd: gluren. Ze dacht dat het wel zou stoppen als ze geen borsten meer had. Ze wilde niet meer groot worden, ze wilde juist klein blijven.

Naomi was veel jonger. Zij had nog helemaal geen borsten, maar ze vond het heel interessant en deed vaak alsof.

Als ze dan met Froukje was, leenden ze Elises bh. Om de beurt deden ze hem aan en dan vulden ze hem op. Wie de bh aan mocht, speelde het meisje en die moest zich heel sexy aankleden. De ander was dan de jongen. Ze waren zogenaamd in een discotheek en draaiden swingende muziek. De jongen moest het meisje versieren. Elise moest daar altijd om grinniken. Ze kende dit soort spelletjes wel; zij had ze zelf ook gespeeld, met haar vriendinnen. Ze waren vaak met z'n vijven. Twee van hen waren dan de meisjes, die heel wijs langs de andere drie liepen, de jongens. De jongens maakten ruzie om de meisjes en floten hen na. De twee die hadden gewonnen kregen verkering met hen. Het was maar een spel, want in het echt hadden ze nog niet eens gezoend. Maar sinds haar oom zo vaak bij hen werkte, vond Elise die spelletjes met haar vriendinnen niet meer fijn. Ze kreeg zogenaamd hoofdpijn en ging naar haar kamer.

Elise staart uit het raam.

Ze hield van strakke T-shirts, maar die durfde ze niet meer te dragen. Ze trok alleen nog maar wijde truien en bloezen aan, en hoopte dat oom Evert niet meer zou kijken.

Toen ze op een middag met Sonja in de boomhut was, kwam haar oom op zijn trekker aan. Ze hoopte dat hij hen niet zou zien. Maar Sonja riep hem en stak haar hand op. Hij kwam naar hen toe en zette de trekker stil. Ze hield haar adem in.

'Zo meiden, zijn jullie langzamerhand niet veel te groot voor de boomhut?'

Hij dacht zeker dat ze nog steeds speelden zoals vroeger. Ze zaten er heerlijk te kletsen met een zak chips tussen hen in. Ze hadden het over van alles – over leraren, jongens en wat ze later wilden worden.

Hij deed de deur van de trekker open en keek naar haar met die speciale blik van hem. Ze was bang dat Sonja het had gezien, maar toen hij wegreed begon ze er niet over.

Elise dacht dat niemand haar geheim wist, maar een tijdje later kwam er een nieuwe jongen in de klas. Zowat alle meisjes werden verliefd op hem. Ze keken naar hem terwijl hij voetbalde in het park. Een van de meisjes stelde voor erom te dobbelen wie van hen verkering aan hem mocht vragen. Ze wilde de steen aan Elise geven toen Sonja riep: 'Zij hoeft niet, ze is al verliefd op haar oom. Ik zag heus wel hoe je naar hem keek.'

Elise sprong op. 'Hou op! Doe normaal.'

'Haha, je houdt het zeker liever geheim?' zei Sonja lachend. 'Maar waarom werd je anders rood?'

Elise schrikt op als de deur van haar kamer opengaat. Haar baas staat in de deuropening.

'Ik ben een paar uurtjes weg, Elise. Als het theater belt, geef je mijn mobiele nummer maar.'

'Ja, eh... prima.' Ze kijkt naar Vonk. Ze moet zich niet zo aanstellen. Hij heeft niks met oom Evert te maken. Hij mag toch wel opeens Arnold genoemd willen worden? Misschien heeft hij het Birgit ook gevraagd, maar wilde ze het niet.

Ze heeft een mailtje van Conny. *Ik mis je wel hoor, xxx.*

Jelle

Jelle staat op en haalt een cola uit de koelkast in de keuken.

'Ben je al achter die kamers aan gegaan?' vraagt Harold, die muesli in een kom doet.

Stom, hij is het helemaal vergeten. 'Dat ga ik binnenkort doen,' antwoordt Jelle.

'Jezus, man, wat ben jij toch traag. Ik wil je niet opjagen, maar als de inspectie langskomt moet je weg zijn.'

'Komt er dan inspectie?'

'Ik zei áls.' Harold pakt de krant.

Zeik niet, man, denkt Jelle. Wel poen voor die zolder vragen, maar hem niet brandveilig maken. Maar Jelle is niet van plan om zijn humeur te laten verpesten door die corpsbal. Hij heeft een superweekeind gehad. Het hele weekeind is hij samen met Naomi geweest. Zaterdag hebben ze heel lang in bed gelegen, en niet om te slapen. Ze waren bij Naomi. Elise schijnt elk weekeind weg te zijn, dus ze hadden het hele huis voor zich alleen. Toen ze opstonden hebben ze de muziek keihard aangezet. Dat kan hij nooit doen, want dan begint meneer Harold meteen te brullen. Daarna zijn ze naar de Albert Cuyp gegaan, ze hebben verse vis gekocht en gebarbecued. 's Avonds zijn ze uit geweest, ze hebben tot in de vroege uurtjes gedanst. Even werd het nog lastig, want Naomi wilde dat ze xtc namen om lekker de hele nacht te kunnen swingen. Maar Jelle liet zich niet in de verleiding brengen. Hij stond van zichzelf te kijken, zo sterk als hij was. Hij zei dat er iets in zat waar hij allergisch voor was. Naomi nam toen ook niet, hoewel het voor haar geen kwaad kon. Een heel enkele keer gebruikt ze iets, zei ze. Maar als hij er weer aan begint, wordt het meteen een drama.

Het ergste wat hij heeft gedaan toen hij gebruikte was dat hij zwaar onder de drugs zijn broertje heeft bezocht. Hij zat er heel erg mee dat Ollie niet meer thuis woonde. Als Ollie nou gelukkig was geweest in dat tehuis, maar dat was niet zo. Ze haalden hem soms in het weekeind op en dan ging het prima met hem, maar de ellende begon als hij werd teruggebracht. Zijn geschreeuw was hartverscheurend. Meestal zat Jelle dan zondagavond jankend op zijn kamer, en zijn moeder was ook kapot van verdriet. Ze liep bij een psychiater en kreeg medicijnen.

In die tijd begonnen de nachtmerries. 's Nachts werd hij badend in het zweet wakker en kreeg hij geen lucht meer. Hij had steeds dezelfde nachtmerrie, waarin hij werd achtervolgd door een heel leger. 'Staan blijven!' riepen de soldaten. 'We zullen je leren. Jij hebt het leven van je broertje afgepikt.' Hij kon het schuldgevoel niet meer aan en nam zich voor later voor Ollie te zorgen.

Toen hij op kamers woonde en drugs gebruikte, dacht hij dat het al zover was en ging hij het tehuis binnen. Zelf herinnert hij zich er niets meer van wat hij heeft gedaan, maar het schijnt dat hij Ollies spullen heeft ingepakt. Hij zou hebben gezegd dat Ollie bij hem mocht wonen, want daar had Ollie het almaar over. De verpleger kwam binnen toen ze op het punt stonden te vertrekken. 'Hij gaat met mij mee!' riep Jelle en hij drukte Ollie tegen zich aan. De verpleger riep om assistentie en probeerde de inmiddels krijsende Ollie van Jelle los te trekken. 'Klootzakken, blijf van mijn broertje af!' schreeuwde Jelle. Hij werd door twee verplegers de straat op gezet. Zijn moeder moest komen om Ollie te kalmeren. Sindsdien mocht Jelle het tehuis niet meer in.

Toen heeft hij zichzelf gezworen geen drugs meer te gebruiken. Hij jankte zijn ogen uit zijn kop toen hij hoorde dat hij zijn broertje niet meer mocht bezoeken. Het had geen zin om zijn excuus aan te bieden aan het tehuis. 'Die junk komt er niet meer in,' hadden ze tegen zijn moeder gezegd. En bij zijn moeder mocht hij ook niet meer komen; anders had hij Ollie daar kunnen zien.

Later lag er een brief voor hem op de mat waarin het tehuis bevestigde dat hij niet meer welkom was. Hij miste zijn broertje en stuurde hem elke week een kaart. Voor Ollie wilde hij van de drugs af en hij hield op met snuiven. Het was hartstikke moeilijk. Hij had iets kalmerends gehaald bij de huisarts en het zag ernaar uit dat het hem ging lukken.

In die tijd woonde hij in een souterrain in Amsterdam-West. Hij werkte in Aalsmeer op een bloemenkwekerij. Dat baantje had hij aan zijn hospita te danken. Elke dag ging hij met de bus op en neer. Af en toe had hij het zo moeilijk dat hij Chocolate wilde bellen, maar zodra zijn mobieltje overging, hing hij gauw op. Na een week begon Chocolate zelf te bellen, maar dan verbrak Jelle de verbinding. Tot Chocolate ineens met zijn scooter bij Jelle voor de deur stond. 'Ik heb heel speciaal spul voor je,' zei hij en hij haalde een zakje tevoorschijn. Op dat moment werd de deur van eenhoog opengegooid.

'Zie je wel, dat vermoedde ik al!' Zijn hospita stormde de trap af. 'Ik heb hier een vuile junk in het souterrain zitten.' Chocolate scheurde weg. De hospita stormde Jelles kamer in en begon zijn spullen op straat te gooien. 'Eruit!' schreeuwde ze. 'Mijn huis uit!'

Tien minuten later stond Jelle buiten. Waar moest hij heen? Bij zijn moeder kon hij niet terecht. Hij sliep die nacht in het Vondelpark. Misschien is het maar voor één nacht, dacht hij. Morgen ga ik naar mijn werk en dan heeft vast wel iemand woonruimte voor me, misschien ergens in Aalsmeer. Maar toen hij de volgende ochtend op zijn werk kwam, stond zijn baas hem al op te wachten. 'Voor jou is hier geen plaats meer,' zei die.

Hij had het kunnen weten. Hij stapte in de bus en reed terug naar Amsterdam. Er hing een dichte mist, maar dat merkte hij niet eens. De hele rit staarde hij voor zich uit. Bij het eindpunt kwam de chauffeur naar hem toe. 'Opstaan, jongen. We zijn er.'

Hij zwierf doelloos door de stad. Eerst voelde hij zich vooral depri, maar daarna werd hij bang. Bang voor de toekomst. De angst kroop in zijn lijf, nam bezit van hem, tot hij het niet langer kon verdragen, en hij pinde zijn laatste geld. Daarna belde hij Chocolate.

In het weekeind heeft Naomi hem over haar leven op de boerderij verteld. Haar leven was zo anders dan het zijne! Hij wil de boerderij wel een keer zien, en haar broer, die zo stil is en nooit een vriendin heeft gehad. Hij dacht altijd dat het super was om op een boerderij op te groeien, lekker buiten ravotten en de dieren verzorgen. Maar Naomi vond het er vreselijk.

Zijn mobiel gaat. Het is Naomi. 'Hi, schatje.'

'Heb je even voor me?' zegt ze.

Ze klinkt nerveus, denkt Jelle als hij haar sombere stem hoort. Die gaat het vast uitmaken.

'Ja, natuurlijk,' zegt hij, bang voor wat er komen gaat.

'Ik maak me zorgen om Elise.'

Jelle haalt opgelucht adem. Ze maakt het dus niet uit. Afgelopen weekeind had Naomi hem over haar zus verteld. Ze leeft heel teruggetrokken en Naomi is bang dat ze vereenzaamt. Daarom is ze bij haar komen wonen. Zelf is het hem ook opgevallen. Elise kijkt vaak weg als hij iets tegen haar zegt. Ze is heel schuw.

'Net kwam ze heel somber thuis,' zegt Naomi. 'Ik snap het wel, want wat doet ze nou helemaal met haar leven, behalve werken? Er gebeurt helemaal niets.'

'Neem haar ergens mee naartoe,' zegt Jelle. 'Waar wordt ze blij van?'

'Nergens van. Of toch... Van de tuin. Ze wil een wilde tuin. Een natuurlijke tuin heet dat, geloof ik.'

'Daar is vanavond een lezing over,' zegt Jelle. 'Ik kwam toevallig langs de Ooievaar, het clubhuis in de Wibautstraat, en toen zag ik een poster voor het raam hangen. Ik kijk wel even op mijn laptop. Momentje. Ja, hier heb ik het: DE MILIEUVRIENDELIJKE TUIN. VOORLICHTING EN BEWUSTMAKING OVER NATUUR, TUINIEREN, MILIEU EN DUURZAAMHEID.'

'Mijn god, wat een gezwets,' zegt Naomi. 'Moet ik daarnaartoe? Ik heb niks met tuinen.'

'Ja, eh... jij wilt iets voor je zus doen.'

Hij hoort Naomi zuchten. 'En hoe lang duurt die lezing dan?'

'Even kijken, waar staat het? Ja, hier. Het duurt anderhalf uur, en dan zit er ook een pauze in.'

'Misschien ziet ze daar een leuke jongen,' zegt Naomi. 'Nou ja, ik doe het voor mijn zus. Anderhalf uur.'

'Je kunt aan mij denken,' zegt Jelle plagend.

'Ja, aan onze duurzame milieuvriendelijke relatie. Als ik haar meekrijg tenminste, dat valt ook nog maar af te wachten. O, daar komt ze aan. Kus.'

Elise

'Hè hè, ik heb alles,' zegt Elise. 'Ik moest naar twee winkels. In de super hadden ze geen Parmezaanse kaas meer.'

'Ik ga gauw het eten maken.' Naomi pakt de tas aan. 'Want we gaan uit.'

'Ik ga niet uit, hoor,' zegt Elise. 'Ik ben doodmoe.'

'Maar hier wil je wel heen. We gaan onze tuin toch mooi maken? In de Ooievaar is vanavond een lezing over natuurlijk tuinieren.'

'En daar wil jij heen?' vraagt Elise verbaasd.

'Heel graag,' zegt Naomi. 'Ik wil samen met jou de tuin doen. Lees maar even.' Ze laat de aankondiging op haar laptop zien.

Elise gelooft er helemaal niets van dat Naomi dit interessant vindt. Ze doet het voor mij, denkt ze. Wel lief van haar. 'Interessant!' zegt ze. 'Zo komen we heel wat te weten.'

'Juist,' zegt Naomi.

'Ik help je even met koken,' zegt Elise. 'Anders redden we het niet. Het begint om halfacht.' Misschien is het ook wel goed om even iets anders aan haar hoofd te hebben.

'Ik had nooit gedacht dat jij met zoiets zou aankomen,' zegt Elise, die een paprika begint te snijden.

'Het gaat wél om onze tuin.' Naomi doet olie in de braadpan. 'Ik wil ook een wilde tuin.'

Elise weet niet of ze het meent, maar lief is het wel.

Naomi en Elise lopen het clubhuis in. Op de fiets ernaartoe voelde Elise ineens dat ze eigenlijk heel moe is, maar nu ze er zijn, heeft ze er toch zin in.

'Ik ben nog nooit in dit clubhuis geweest,' zegt ze, 'terwijl het zo dichtbij is. Misschien hebben ze hier wel vaker leuke lezingen.'

In de gang van het clubhuis staat een tafel. Er zit een jongen achter.

'Wij komen voor de lezing,' zegt Elise. 'Wat kost dat?'

'Je mag een vrijwillige bijdrage leveren.' De jongen wijst op een blik met een gleuf erin. Elise stopt er vijf euro in.

'Het is niet druk vanavond,' zegt de jongen. 'Jullie zijn de derde en vierde bezoeker.'

Elise schrikt. 'Gaat het dan wel door?'

'Jazeker,' zegt de jongen. 'Jullie zijn er toch? Maar we wachten nog een minuut of tien, je weet maar nooit.'

'Best een leuke jongen,' fluistert Naomi als ze doorlopen.

Ze gaan het zaaltje in. Er zitten twee mensen en voor de rest staat het vol lege stoelen. Op een podium staat een tafeltje met een laptop, en er is een scherm. Elise kijkt om zich heen. 'Zonde dat er zo weinig belangstelling voor is,' zegt ze.

Ze gaan zitten.

'Ben je blij met Jelle?' vraagt Elise.

'Hartstikke,' zegt Naomi. 'Raar eigenlijk. Als ik niet bij jou was gaan wonen, was ik hem misschien nooit tegengekomen. Wat hangt alles toch altijd van toeval aan elkaar.'

'Weet hij van Eric?'

'Ja, maar alleen dat hij is verongelukt, verder niets. Ik vind het ook niet nodig, ik ken hem net.'

'Het zal ook wel moeilijk zijn,' zegt Elise. 'Ik bedoel...'

'Ik weet wat je bedoelt,' valt Naomi haar zus in de rede. 'Gisteren had ik het even heel moeilijk. We liepen samen hand in hand over het strand en ineens kreeg ik het gevoel dat ik moest huilen. Net op dat moment ging een kleuter met vlieger en al bijna de lucht in. Jelle kon hem nog net grijpen. Van de schrik was het verdriet meteen over.'

'Voor Jelle zal het ook niet makkelijk zijn als hij weet hoeveel je van Eric hield. Je hoeft het er niet in te wrijven, maar je kunt het ook niet verloochenen.'

'Nee, dat besef ik ook wel. Ik weet niet hoe Jelle zal reageren. Hij zal ermee moeten dealen, maar hij komt best onzeker over.'

'Wat bedoel je?'

'Nou, eh... alleen al de manier waarop hij naar me kijkt als ik over mijn studie vertel. Ik schep heus niet op, zo ben ik niet. Hij wist al dat ik communicatie deed, maar toen ik vertelde wat ik wilde bereiken, dat ik bij de tv wil gaan werken als presentatrice, werd hij helemaal rood. Weet je wat hij vroeg?'

'Nou?'

'Of ik hem dan nog wel interessant vind! Hij zei zelfs dat ik wel iets beters kan krijgen dan hij. Zoiets zeg je toch niet over jezelf?'

'Misschien weet hij zelf niet wat hij wil,' zegt Elise peinzend.

'Hij heeft heel lang gezocht,' zegt Naomi. 'Maar nu weet hij wat hij wil. Hij gaat in september Chinees studeren. Dat durft hij dan toch maar.'

'En wat wil hij ermee?'

'Geen idee,' zegt Naomi. 'Maar dat komt heus wel. Ik vind het wel interessant.'

Er komt een man binnen. Hij stelt zich voor als Rafaël. Elise schat hem een jaar of dertig. Echt het type van een natuurfreak, met een baardje en een ribbroek. Ze vindt hem wel leuk, beter dan al die gladde types. Ze kijkt naar haar zus; die zal hem wel drie keer niks vinden. Zelf zou ze zich opgelaten voelen als er maar vier mensen zaten, maar hij blijft heel rustig. Alles gaat superrelaxed en je kunt zien dat hij er zin in heeft. Dat vindt ze wel knap. Naomi zit naast haar te sms'en. Het boeit haar vast niet. Ze kan in de pauze zeggen dat ze wel naar huis mag gaan als ze er niets aan vindt. Maar zelf geniet ze van elk woord. Rafaël vertelt heel enthousiast.

'Interessant, hè?' fluistert Elise.

Naomi knikt afwezig.

'Hebben jullie een vraag?' vraagt Rafaël als hij een paar beelden heeft laten zien.

'Ja,' zegt Elise. 'Je hebt het over erosie... Ontstaat die vooral door het gebruik van kunstmest in de tuin?'

Naomi kijkt haar zus vol bewondering aan.

Rafaël knikt enthousiast. 'Een goede vraag,' zegt hij. Hij begint uitgebreid te antwoorden. Elise hoort allemaal dingen die ze nog niet wist. Ze vindt het mega-interessant. Op school hield ze ook zo van biologie. Haar leraar vond dat ze biologie moest gaan studeren, maar ze wist zeker dat ze boerin wilde worden. Ze denkt er maar niet aan hoe het had kunnen zijn als haar vader nog had geleefd.

De twee bezoekers die een eindje van hen vandaan zitten zijn de hele tijd aan het smoezen. Elise schaamt zich tegenover Rafaël. Het is toch vreselijk als je je daar staat uit te sloven en ze praten er gewoon doorheen? Maar hij laat niets merken.

In de pauze lopen ze achter de twee anderen aan naar de gang. Maar die twee gaan niks drinken. Ze trekken hun jas aan en lopen naar buiten. Het verbaast Elise niks. Die twee zaten echt in de verkeerde voorstelling.

Rafaël ziet het ook en komt naar Naomi en Elise toe. 'Ze zijn vertrokken,' zegt hij. 'Nu wordt het wel een heel klein groepje.' Maar hij blijft vrolijk. 'Willen jullie iets drinken?'

'Graag,' antwoordt Elise.

'Wat een aardige vent,' fluistert ze tegen Naomi als Rafaël naar de bar loopt.

Even later komt hij terug met de drankjes. 'Hebben jullie misschien nog specifieke vragen? Is er iets wat je wilt weten?'

'Wij zijn hierheen gekomen omdat we een wilde tuin willen aanleggen,' zegt Elise.

'Sorry, ik krijg een telefoontje,' zegt Naomi, die haar mobiel pakt en een stukje bij hen vandaan loopt.

'Ik heb nog nooit een tuin aangelegd,' gaat Elise verder. 'Ik ben opgegroeid op een boerderij, ik hou van de natuur. Ik had daar wel een eigen tuintje, maar heel klein, alleen met viooltjes en dat soort plantjes. Mijn ouders hadden geen siertuin. Daar was simpelweg geen tijd voor. Dus ik heb helemaal geen ervaring, en mijn zus al helemaal niet. Ik denk dat het op mij aankomt.'

'Heb je iemand die je daarbij helpt?' vraagt Rafaël.

'Nee, niet echt.'

'Ik wil wel een keer langskomen om naar de tuin te kijken. Dan kan ik zien wat er mogelijk is,' zegt hij. 'En dan neem ik boeken met voorbeelden mee.'

'Dat zou geweldig zijn,' zegt Elise, 'maar het moet wel in ons budget passen, en dat is niet zo groot.'

Rafaël lacht. 'Ik doe het gratis. Ik hoef hier niet van te leven. Ik handel in zaden. Dit is mijn hobby.'

Jelle

Jelle zit op zijn bed in zijn kamer. Hij heeft een vrije dag, maar weet niet zo goed wat hij moet doen. Hij hangt een beetje rond en daar baalt hij van. Hij heeft geen plan. Hij heeft geprobeerd wat te lezen, maar na tien minuten sloeg hij het boek al dicht. Hij kan zich niet concentreren. Lezen is nooit echt zijn hobby geweest. Hij staat op, gaat naar beneden en loopt de keuken in. Eerst maar eens koffiezetten, dan ziet hij wel weer verder.

'Hé, loser!' Harold is bezig de keuken op te ruimen.

'Wat nou, loser!' Jelle vliegt hem zowat aan. 'Tegen wie denk je dat je het hebt?'

'Tegen jou. Waarom ruim je je troep niet gewoon op, zoals wij allemaal?'

'Dat doe ik op mijn eigen moment.' Jelle zet het koffieapparaat aan. 'Dat jij nou zo'n huisvrouwtje bent, ik niet. Ik had het heus wel gedaan, je bent me alleen voor.'

'Oké, dan heb ik niks gezegd,' zegt Harold en hij gooit een theedoek naar Jelle toe.

'Wat nou?' Jelle legt de theedoek op de tafel neer. 'Ik wil eerst koffie. Laat die troep nou maar staan, ik doe het straks.'

Hij schenkt koffie in en gaat ervandoor. Harold gaat toch alles afwassen. Dat doet hij altijd. Hij kan de afwas nooit even laten staan. En dan zeiken dat een ander niet meteen zijn troep opruimt. Hij zei toch dat hij het zou opruimen, maar hij maakt zelf wel uit wanneer. Hij laat zich niet de les lezen, door niemand.

Op zijn kamer ijsbeert Jelle heen en weer. De woordenwisseling met Harold zit hem niet lekker. Wat bedoelt Harold eigenlijk precies met 'loser'? Het kan nooit alleen om de afwas gaan. Hij vindt hem dus echt een loser, anders zeg je zoiets niet. Verdomme! Jelle geeft een trap tegen zijn bed. Hij ís ook een loser. Niet alleen omdat hij een onbenullig baantje in de Apotheek heeft, maar hij weet niet eens hoe hij zijn vrije dag moet invullen. Een zielig mannetje is hij.

Hij pakt zijn mobiel en belt Naomi, maar tegelijk schaamt hij zich. Ze zei dat ze de hele dag college had, dus hij moet niet aan haar kop gaan zaniken. Hij moet zijn eigen leven leiden. Een beetje zelfstandigheid kan geen kwaad, en het is ook niet sexy als hij zo afhankelijk doet. Hij wil de verbinding verbreken als ze opneemt.

'Hi,' zegt hij. 'Het zonnetje schijnt. Ik vroeg me af of je ergens met mij koffie wilt drinken. Een spontane actie, maar ik bedenk ineens dat jij college hebt.'

'Wat toevallig,' reageert Naomi enthousiast. 'Ik heb een uur vrij, er valt een college uit. Zie ik je bij de Coffee Company?'

'Super,' zegt Jelle. 'Ik spring op mijn fiets.'

Daar knapt hij meteen van op. Naomi's energie doet hem goed. Hij heeft Naomi toch maar, dat kan Harold niet zeggen. Die mag dan wel voor dokter studeren, maar bij Naomi maakt hij geen enkele kans.

Hij rent de trap af en werpt een blik in de keuken. Brandschoon, alles is opgeruimd. Wat een wijf is Harold toch, daar krijgt hij ook de stress van. Hij zal blij zijn als hij kan vertrekken. Daar mag hij trouwens weleens iets aan doen. Een goed plan voor de middag. Hij haalt zijn fiets van het slot en rijdt weg.

Jelle is er eerder dan Naomi. Hij gaat alvast op het terras zitten en bestelt een café latte. Op dat moment komt Naomi de hoek om. Ze straalt een en al blijheid uit en zwaait naar hem. Hij wilde dat hij zo was, zo levensblij. Dat zal wel door het boerenleventje komen. Ze zet haar fiets op slot en kust hem.

'Voor mij ook een café latte,' zegt ze tegen het meisje dat Jelles bestelling neerzet.

Naomi kust hem weer en ploft naast hem neer. 'Goed idee van jou.'

'Het is zulk mooi weer,' zegt Jelle. 'Dan krijg ik altijd zo'n gevoel van vrijheid. Ik spaar voor een motor. Als het een beetje meezit kan ik er een in oktober kopen.'

'Een motor?' Naomi verschiet van kleur.

'In het zuiden van Frankrijk is het dan nog heerlijk warm,' zegt Jelle dromerig. 'Ik zie me al gaan, met jou achterop.' Dan ziet hij Naomi's gezicht. 'Hé, wat heb je?' Hij pakt haar hand. 'Loop ik te hard van stapel?'

'Nee, eh... Ga je echt een motor kopen?' stamelt Naomi.

'Meisie, je ziet spierwit. Waarom schrik je zo? Heb je een hekel aan motors?'

Naomi slaat haar ogen neer. 'Ik, eh... Nee, ik...'

'Je hoeft niet achterop,' valt Jelle haar in de rede. 'Het leek me alleen leuk. Heb je weleens achter op een motor gezeten?'

Ach nee, denkt Jelle ineens. Haar vriend is verongelukt. Het zal toch niet... 'Had Eric een motor?' vraagt hij.

Naomi knikt. 'Ik zat heel vaak achterop. We zijn zelfs op de motor naar Spanje gereden. Eric reed echt goed, helemaal niet te hard of zo. Hij belde me op, het was een prachtige dag, zoiets als nu. Heel zonnig. "Ik kom je halen," zei hij. "We gaan naar de zee." Maar die dag wilde ik niet. Ik was moe en wilde thuisblijven, lekker in de stoel met een stapel boeken naast me. Eric bleef maar aandringen. Ik heb nog getwijfeld. "Nee," zei ik. "Ga maar alleen." Diezelfde middag werd ik opgebeld.' In Naomi's ogen blinken tranen.

Jelle slaat een arm om haar heen.

'Een vrachtwagen moest uitwijken voor een spookrijder en duwde hem van de weg,' gaat Naomi verder. 'Hij schijnt drie keer over de kop te zijn gegaan. En toen knalde hij tegen de vangrail. Gelukkig heeft hij niet lang hoeven lijden. Voor de ambulance er was, was hij al overleden. Diezelfde middag was het allemaal over, voorgoed voorbij.' Ze veegt haar tranen weg.

'Jezus, Naomi, ik snap wel dat jij niet op een vriend met een motor zit te wachten. Wat afschuwelijk!'

'Je bent lief.' Naomi legt haar hoofd op zijn schouder.

'Daar ben ik wel even stil van.' Jelle streelt haar haar. 'Ik weet eigenlijk niets van Eric, behalve dit ongeluk dan en dat jullie al drie jaar verkering hadden. Wat was het voor iemand? Wat deed hij bijvoorbeeld?'

'Hij wilde architect worden. Hij had talent, hij studeerde aan de TU in Delft. Ze hadden hoge verwachtingen van hem. Ik denk ook dat hij een heel goede architect was geworden.'

'Knap,' zegt Jelle, onder de indruk. 'Niet mis zo'n studie.'

'Jij gaat Chinees studeren en dat is ook heel knap.' Ze geeft hem een kus. Daarna kijkt ze op haar mobiel. Ze schrikt en springt op. 'Ik moet weg!'

Jelle loopt mee naar haar fiets en drukt haar tegen zich aan. Daarna stapt ze op en ze rijdt weg.

Hij kijkt haar na. Als ze op de hoek is, zwaait hij en dan loopt hij terug. Zuchtend zakt hij in zijn stoel neer. Wat een afschuwelijk verhaal. Je zou nooit denken dat ze zoiets ergs heeft meegemaakt. Ze is zo positief, zo vrolijk. Hij schaamt zich ervoor dat ze zo open is geweest. En hij maar liegen. Nou zie je wat ervan komt. Ze denkt dat hij Chinees gaat studeren. Wat moet ze wel niet denken als ze erachter komt dat hij niet eens zijn middelbareschooldiploma heeft? Hij had het haar moeten zeggen. Zeker nu zij zo open en eerlijk tegen hem was. Jelle schuift onrustig in zijn stoel heen en weer. Hij heeft zich behoorlijk in de nesten gewerkt. Naomi is ambitieus. En haar vriend was dat ook. Ze zou nooit met hem omgaan als ze wist wat voor een loser hij was. Hij had het moeten zeggen. Hij is de eerste met wie ze na Eric naar bed is geweest, dat zegt wel iets. Ze valt op hem, maar niet op wie hij echt is. Ze kent hem niet, maar hij wil haar niet kwijt. Toch kan hij niet met die leugens blijven doorgaan. Wat als ze er na een tijd zelf achter komt dat hij de boel heeft bedrogen? Ze laat het er dan heus niet bij zitten. Misschien komt ze wel het café in en zet ze hem voor schut waar iedereen bij is. Dan vinden ze hem allemaal een loser, dat kan hij nooit verdragen. Hij krijgt het er benauwd van. Hij trilt over zijn hele lichaam en staat op. Zijn hart slaat op hol en het zweet breekt hem uit. Hij loopt naar zijn fiets.

Angst knijpt zijn keel dicht en hij hapt naar lucht. De wereld begint voor zijn ogen te tollen. Auto's, voorbijgangers – er is geen enkele orde meer. In paniek zoekt hij in zijn mobiel naar Chocolates nummer. Hij krijgt een sms'je, maar hoort het niet eens. Hij staat besluiteloos met zijn mobiel in zijn hand. Hij heeft Chocolate al die tijd niet meer gesproken en nu staat hij op het punt hem te bellen. Je hebt het gezworen, lul, gonst het in zijn hoofd. Je hebt het gezworen. Denk aan Ollie. Wil je weer als een malloot in het tehuis van je broer aan komen zetten? Hij kijkt naar zijn mobiel. Hij kan wel janken van ellende.

Nee! denkt hij en hij stapt op zijn fiets en racet weg. Niet nadenken, trappen, tot hij bijna dood neervalt; dat helpt. Iedereen voorbijracen. Hij gaat bijna net zo hard als een jongen op een brommer. Hij fietst en fietst tot hij de duinen ziet. Hij smijt zijn fiets tegen een hekje en rent de strandtrap af, het strand op. Bij de vloedlijn trekt hij zijn kleren uit en hij duikt het water in. Hij zwemt tegen de stroom in. Ik moet het haar vertellen, denkt hij. Ik moet alles vertellen, de hele klerezooi moet ze weten...

Elise

Op weg naar kantoor moet Elise aan Naomi denken. Ze vindt het erg leuk dat haar zus met haar naar die lezing is geweest. Ze zei achteraf dat ze best had genoten. Ze had nooit gedacht dat haar zus lol in de tuin zou hebben. Vroeger, toen ze nog op de boerderij woonden, had zij een eigen tuintje, maar Naomi interesseerde zich er helemaal niet voor. Die had heel andere hobby's: muziek, kleren, jongens en keten met haar vriendinnen. Ze was overal bang voor: voor een muis in de stal, voor het donker 's nachts. Je hoorde buiten altijd wel iets ritselen. Elise weet niet hoe vaak Naomi vroeger 's nachts naast haar bed stond. 'Ik ben zo bang, mag ik bij jou liggen?' vroeg ze dan met trillende stem. Bij hun moeder hoefde ze niet aan te komen, die vond dat aanstellerij.

Naomi is echt een stadskind, toen al. Ze was vroeger vaak kwaad op het leven op de boerderij, vooral op de mentaliteit van hard werken. Als ze een vriendje mee naar huis nam, kon hij de hele zaterdag Steven helpen. Dat werd gewoon verwacht. Elise herinnert zich nog goed dat Naomi een keer verliefd was. Toen de jongen zich voorstelde aan haar moeder, kreeg hij meteen een overall in zijn handen gedrukt. 'Goed dat je op zaterdag komt, jongen, we kunnen hier wel wat hulp gebruiken.' Hij moest Steven helpen met het uitbaggeren van de sloten. Elise vergeet het gezicht van die jongen nooit meer. 'Tot volgende week, jongen,' zei hun moeder toen hij aan het eind van de dag doodmoe naar huis ging. Maar de dag erna had hij het uitgemaakt. Naomi had daarna nooit meer een jongen mee naar huis genomen, tot ze verkering met Eric kreeg. Eric vond het prima om op het land te werken, daarom mocht hun moeder hem ook zo graag.

Elise schrikt op uit haar gedachten als een man bij het station tegen haar op botst en gewoon doorloopt. Dat overkomt je nou alleen in de stad. Daar moest ze wel aan wennen toen ze hier kwam wonen. Over een tijdje heeft ze een auto, dan hoeft ze niet meer met de bus. Gelukkig is er voor hun kantoor altijd parkeerplek, dan kan ze makkelijk haar auto kwijt. Arnold heeft haar al laten weten dat hij nog een parkeerkaart overheeft, die legt ze dan voorin. Maar ze wil nog even wachten met de aanschaf van een auto. Het is een heleboel geld en de tuin moet eerst.

Elise wacht tot het voetgangerslicht op groen springt en dan steekt ze over. Ze let goed op, want het gebeurt heel vaak dat een auto gewoon doorrijdt. Nu racet er een brommer door rood. Een man springt opzij. Ze vindt het altijd een hectisch begin van de dag.

Vanochtend had ze een mailtje van Rafaël. Hij komt volgende week over de tuin praten. Hij heeft al een soort plannetje gemaakt. Ze vindt het fijn dat hij haar erbij helpt. Het plan mag niet te duur zijn, dat wist hij al, maar voor de zekerheid heeft ze het toch nog maar een keer gezegd. Naomi en zij gaan het samen betalen, en haar zus heeft toch al niet zoveel geld.

Elise gaat het kantoor in en loopt meteen door naar haar kamer. Sinds ze promotie heeft gemaakt, negeren Layla, Maaike en Annemiek haar. Gelukkig zijn Susan en Conny er nog, en John; anders hield ze het echt niet uit. Vandaag is Arnold er weer. Hij was een paar dagen op zakenreis. Het kwam haar wel goed uit; ze kon zichzelf even rustig inwerken. Ze is niet ontevreden over hoe het gaat. Het lukt haar prima. Nu heeft ze zo'n beetje alles op orde. Niet gek, in een paar dagen tijd. Ze heeft wel een paar keer wat langer doorgewerkt. Ze kan er nou eenmaal niet tegen als er dingen zijn die ze niet snapt. 'Jij wilt altijd alles onder controle hebben,' zegt Naomi vaak.

John steekt zijn hoofd om de deur van haar kamer. 'Morning.'

'Goedemorgen.' Elise start haar pc op. Dat is ook zo, ze heeft wat gegevens van de drukkerij nodig en die liggen bij Annemiek. Ze heeft het elke keer uitgesteld, maar vandaag moet ze ze echt hebben. Arnold zal er straks ook wel naar vragen.

'Gaat-ie?' vraagt Arnold, die in het voorbijgaan even zijn hoofd naar binnen steekt.

'Prima,' zegt Elise. Ze gaat gauw aan de slag.

Na een uurtje staat ze op en loopt ze naar haar oude kamer. Ze ziet ertegen op Annemiek iets te vragen, maar het zal toch moeten. Ze moet er maar aan wennen, want ook al zit ze niet meer op hun afdeling, ze zullen zo nu en dan toch moeten samenwerken. Annemiek blijft toch, heeft ze van Conny gehoord. Volgens haar heeft ze nog een gesprek met Arnold gehad en toen is de ruzie gesust. Ze weet niet hoe hij Annemiek heeft kunnen houden, misschien heeft ze opslag gekregen. Het is wel duidelijk dat Arnold haar niet kwijt wil. Annemiek is ook heel secuur in haar werk. En ze zal ook wel hebben bedacht dat ze in deze tijd niet zomaar een andere baan heeft.

'Hi,' zegt ze als ze binnenkomt. De drie kijken niet op of om. Elise gaat voor Annemieks bureau staan. 'Annemiek,' zegt ze zo zakelijk mogelijk, 'ik heb de nota's van Blauw nodig en volgens mij heb jij die.'

Zonder op te kijken haalt Annemiek een dossier uit haar la en schuift het met zoveel kracht en agressie naar Elise toe dat het over het bureau heen op de grond valt.

Elise wil het oprapen, maar dan springt Conny op. 'Doe normaal, Annemiek. Zo doe je toch niet tegen je collega? Het is maar werk, hoor.' Ze raapt het dossier voor Elise op.

'O, Conny is haar slaafje geworden,' zegt Maaike snerend. 'Tegen slaafjes praten wij helaas niet.'

'Hé!' roept Susan geërgerd. 'Denk even aan de sfeer, ja. Lekker zo, hoor.'

'Tot straks,' zegt Elise tegen Conny en Susan, en ze neemt het dossier mee en vertrekt. Kutwijven, denkt ze. Ze gaat haar kamer in. Aardig van Conny dat ze voor haar opkwam, maar de drie meiden zullen het haar niet in dank afnemen. Ze kent dat stel. Nu is Conny het pispaaltje, en ze weet uit eigen ervaring dat dat niet meevalt. Zelf is ze ook weleens jankend het kantoor uit gelopen. Ze kunnen zo vals zijn.

Elise is alweer aan het werk als Arnold binnenkomt. 'Ik heb het dossier van Blauw nodig,' zegt hij.

Ze wijst naar de hoek van haar bureau. Ze is met een heel lastig klusje bezig, dus ze kijkt niet op. Hoe doet ze dit? Ze kan Birgit bellen, maar ze wil er zelf uit komen. Zo zit ze in elkaar, ze geeft niet snel op. Vroeger ook, met die gekleurde kubussen. Naomi smeet ze al heel snel in een hoek, maar zij ging door. Ze kon het niet uitstaan. Ze ging net zo lang door tot het haar was gelukt.

Net op het moment dat ze snapt hoe het zit, voelt ze iets achter zich. Ze kijkt om. Arnold! Hij staat er nog steeds. Ze schrikt zich dood.

'Maak ik je aan het schrikken?' zegt hij verontschuldigend en hij legt een hand op haar schouder. 'Ik keek alleen even mee op je pc naar het dossiernummer. Niets aan de hand, meid.' Hij vertrekt.

Elise zit verstijfd achter haar bureau. Ze trilt over haar hele lichaam en haar adem versnelt. Het komt ineens allemaal terug.

Ze stond voorovergebogen in de stal. Ze moest wel voorovergebogen staan, want hoe kreeg ze anders de zuignappen op de spenen van de koeien? Ze was alleen met oom Evert. Eerst was Steven er ook, maar oom Evert stuurde hem weg. 'Niet weggaan!' wilde ze nog zeggen, maar dat kon niet. Hij mocht niet weten waar ze bang voor was. Ze wist dat hij vlak achter haar stond, ze hoorde zijn adem. Ze had zo vaak de zuignappen op de spenen gezet als ze haar vader hielp. Ze was er juist heel handig in. Haar vader maakte haar dikwijls een compliment, omdat ze zo goed kon melken. Maar die ochtend lukte het haar niet.

Elise rilt weer, na al die jaren. Ze wil er niet meer aan denken, het is al zo lang geleden gebeurd, maar het beeld in die stal dringt zich aan haar op. Oom Evert raakte haar niet aan, zoals die keer in de gang dat hij langsliep en een klap op haar billen gaf. Dit leek veel enger. Ze waren helemaal alleen in de stal en ze durfde niet om te kijken. Zijn adem ging snel, alsof hij hijgde. Ze was bang. Wat deed hij achter haar? Ineens was het stil, en toen liep hij weg. Later begreep ze pas wat er achter haar was gebeurd.

Elise hapt naar lucht. Het zweet breekt haar uit. Paniekerig grist ze een plastic zakje uit haar tas en ademt erin. De telefoon gaat. Ook dat nog. Het is Arnold. Ze neemt op, met het plastic zakje nog in haar andere hand.

'Elise, wil je even komen?'

Het is oom Evert niet, denkt ze. Maar het helpt niet. Ze kan nu niet zijn kantoor in.

'Elise!' klinkt het weer, nu iets dwingender.

'Ik, eh... Ik kom eraan.' Ze loopt naar Arnolds kamer.

'Doe de deur maar dicht.' Arnold gebaart vanachter zijn bureau. 'Dat werkt wat rustiger.'

Nee! denkt ze.

'Is er iets?' vraagt hij als ze blijft staan.

'Nee... eh ... niks.' Ze trekt de deur achter zich dicht, en probeert het trillen van haar handen te verbergen.

Jelle

Zodra Jelle thuiskomt gaat hij achter zijn laptop zitten. Hij moet nu toch echt achter een nieuwe woonruimte aan. Hij heeft het al te lang uitgesteld. Zo meteen wordt hij echt door Harold eruit gezet. Bouw- en Woningtoezicht heeft inderdaad de eigenaar van het pand aangeschreven. Ze hebben een lange lijst gekregen met dingen die verbeterd moeten worden. Dat zijn ze verplicht. Er moet een branddeur komen, en een brandmelder. De afvoer van de cv-ketel, die nu uitkomt in de binnentuin moet boven het dak uit komen. Als de inspectie komt controleren of het in orde is en ze zien dat de zolder is bewoond, dan staat hij geheid op straat. Voor de tweede keer is hij dan dakloos.

Zo erg als de vorige keer kan het niet zijn, want dat was één grote nachtmerrie. Als Chocolate toen niet voor zijn deur had gestaan, was het waarschijnlijk nooit gebeurd, maar doordat hij én zijn baan én zijn huis kwijt was, heeft hij toch Chocolate gebeld en is hij weer gaan gebruiken. En hoe! Hij had zijn laatste geld opgemaakt aan coke, maar hij kon er niet buiten. Chocolate gaf hem het spul gratis. 'Je betaalt later maar,' zei hij. 'Ik hou het te goed.'

Jelle hing als een junk bij het Muiderpoortstation rond. 's Nachts sliep hij met twee jongens en een meisje op het perron. Maar na nog geen week stond Chocolate voor zijn neus. Hij moest zijn schuld onmiddellijk afbetalen; het duurde hem te lang. Jelle was in alle staten. Chocolate was geen misselijke jongen; dat had hij ook van andere gebruikers gehoord. Als hij tegen je was, zag het er niet best voor je uit. Jelle had nooit gedacht dat hij zo diep kon zinken. Hij had nog een sleutel van zijn moeders huis. Hij wist waar ze haar geld opborg. Als hij er nu aan terugdenkt, walgt hij van zichzelf.

Hij wachtte tot hij zeker wist dat ze bij zijn broer was en toen ging hij het huis in. Hij liep naar de kast en deed het geldkistje open, maar er zat niks in.

Wat moest hij nu? In een impuls ging hij naar haar slaapkamer en graaide in haar sieradendoosje. Bij de juwelier verpatste hij de sieraden van zijn eigen moeder. Hij kreeg er aardig wat geld voor, maar coke is heel duur. Na een maand zat hij alweer zonder. Hij ging weer naar zijn moeders huis, maar toen zat er een ander slot op de deur. De schuurdeur stond wel open. Hij zag de scooter staan, en een uur later had hij die verkocht.

Hij wil net een e-mail naar een van de huisbazen sturen als hij aan Naomi moet denken. Zijn schuldgevoel steekt meteen de kop op. Waar is hij nou mee bezig? Al die leugens. Het wordt tijd dat hij Naomi de waarheid vertelt...

'Hi, stoor ik? Ik, eh... moet iets met je bespreken,' stamelt Jelle.

'Nee, natuurlijk stoor je me niet, kom binnen.' Naomi lijkt een beetje uit het veld geslagen door zijn onverwachte bezoek. Hij loopt meteen door naar de woonkamer en geeft haar niet eens een kus in het voorbijgaan.

'Je hoeft niet te blijven staan,' zegt ze.

'Eh... nee, natuurlijk niet.' Hij gaat niet naast haar zitten, maar op de stoel recht tegenover haar. 'Ik, eh...' begint hij. 'Ik kom alleen vertellen dat ik niet ben wie je denkt dat ik ben. Hoe zal ik het zeggen? Ik ben wel Jelle de Wijs natuurlijk, maar niet de Jelle zoals ik me heb voorgedaan.'

'Bedoel je dat je misschien niet vrij bent en ergens een vriendin hebt zitten?'

'Nee, o nee, in die hoek zit het niet. Ik heb geen vriendin.'

'Gelukkig, ik was even bang dat je me had voorgelogen. Daar zit ik nu niet bepaald op te wachten.'

Het blijft even stil. Kom op, lul, zeg dan iets.

'In zekere zin heb ik je wel voorgelogen,' zegt Jelle, die kleurt tot in zijn nek. 'Ik bedoel, ik heb gelogen over wie ik ben. Als je weet wie ik echt ben, gooi je me er waarschijnlijk uit.'

'Wat bedoel je?' zegt Naomi. 'Heb je een strafblad, of heb je in de bak gezeten of zo?'

'Nee, nee,' zegt Jelle, die steeds gestrester wordt. 'Ik ben geen crimineel, maar jouw vorige vriend had heel wat bereikt en jijzelf gaat ook veel bereiken. Misschien nu nog niet, maar wel in de toekomst.'

'En jij niet, bedoel je? Wil je geen Chinees meer studeren? Moet ik je er daarom uit gooien?'

'Nou, willen...'

'Ben je bang dat het te moeilijk is?'

'Ik kan geen Chinees studeren. Ik word niet toegelaten. Ik mis de juiste vooropleiding.'

'En de andere studies die je hebt afgebroken? Daar had je toch ook een diploma voor nodig?'

Het blijft stil.

'Wil je het weten?' zegt Jelle dan.

'Ja.'

'Ik heb nooit gestudeerd.' Hij springt op en loopt naar het raam. 'Ik heb gelogen. Ik heb maar wat aangekloot. Het ene onnozele baantje na het andere gehad. Ik heb geen diploma. Ik heb nooit mijn eindexamen op de middelbare school gedaan. Nou ja, je weet het nu. Sorry, ik had eerlijk moeten zijn. Ik snap dat je baalt, ik heb het zelf verpest.'

'Jelle!' Naomi pakt zijn hand en trekt hem naast zich. 'Wat maf dat je daarover hebt gelogen. Het maakt niet uit wat je doet, het gaat erom hoe je bent, als mens. Of je nou chirurg of advocaat bent, of achter de bar staat, wat geeft dat? Je doet wat je graag wilt, daar gaat het om.'

'Ik vind er geen ruk aan om achter de bar te staan,' zegt Jelle. 'Maar wat moet ik? Naomi, ik ben heel anders dan jij. Jij hebt een doel, een plan. Ik niet. Ik weet niet wat ik wil, nog steeds niet, en ik ben verdomme al tweeëntwintig.'

Naomi kust hem. 'Ik vind het heel dapper dat je hierheen bent gekomen om dit te vertellen. We lossen het op, geloof me.'

'Jij bent zo lief.' Hij kust haar. 'Dus je bent niet op me afgeknapt?'

'Ik vind je nu nog aantrekkelijker,' zegt Naomi lachend.

'I love you,' fluistert hij in haar oor.

Hij ziet dat ze het bijna wil zeggen, I love you too, maar ze durft het nog niet. Hij snapt het. Ze vindt het moeilijk tegenover Eric. Hij moet haar de tijd geven.

'Bedankt.' Ze kust hem. 'Bedankt dat je dit met mij hebt gedeeld.'

Elise

Wat een afschuwelijke dag! Elise was helemaal gestrest toen ze van haar werk kwam. Gelukkig heeft Arnold er niets van gemerkt toen ze in zijn kamer met de deur dicht zaten te werken. Het liefst was ze hard weggerend.

Ze hoopte dat het zou helpen als ze naar de sportschool ging. Ze heeft drie kwartier op de loopband gerend, maar toen ze thuiskwam was ze nog even gestrest als ervoor. Nog een geluk dat Naomi bij Froukje was, anders had ze gemerkt hoe onrustig ze was. Ze heeft van alles geprobeerd om tot rust te komen: lezen, een stom programma op de tv kijken, muziek luisteren, maar niets hielp. Ze gaat naar bed, morgen heeft ze misschien weer nieuwe moed. Als iemand haar op dit moment zou vragen of haar baan haar bevalt, zou ze antwoorden dat ze haar oude baan terug wil. Dan maar geen auto en niet zulk interessant werk. Maar waarschijnlijk denkt ze daar morgen anders over. Ze moet gewoon wennen. Ze is dit soort situaties steeds uit de weg gegaan. Ze moet opnieuw vertrouwen krijgen, want Arnold gedraagt zich heel normaal, aan hem ligt het niet. Als ze zo onrustig blijft, gaat ze naar de huisarts. Ze heeft wel vaker kalmerende middelen geslikt.

Ze poetst haar tanden en haalt twee aspirientjes uit de medicijnmand, die ze met een beetje water inneemt. Daarna kleedt ze zich uit en haalt ze een warme pyjama uit de kast. Het is helemaal niet koud, maar ze bibbert toch. Even aarzelt ze of ze een kruik zal maken, maar dat is misschien te veel van het goede, en ze stapt in bed. Nu nergens meer aan denken, slapen en vergeten. Dat is het enige wat ze nu wil: rust.

Elise kreunt zachtjes in haar slaap. In haar droom is ze in de kamer van Arnold. Hij neemt haar aan haar arm mee naar de kast. Ze moet iets van hem pakken en bukt. Arnold staat achter haar. Ze voelt de spanning. Hij hijgt en dan draait hij haar om. Ze moet kijken, hij dwingt haar te kijken. Ze wil naar buiten rennen, maar ze heeft geen kracht in haar benen. Hij pakt haar hand. Ze weet wat hij van haar wil en ze gaat gillen, maar er komt geen geluid uit haar keel.

Badend in het zweet wordt ze wakker. Ze krijgt bijna geen adem. Ze rent naar de wastafel en houdt haar gezicht onder de kraan. Wanneer haar ademhaling nog steeds gejaagd is, zoekt ze een plastic zakje en ademt erin.

Langzaam wordt ze weer rustig. Ze gaat weer op bed liggen, maar kan niet slapen. Het komt terug, alles komt terug. Ze ziet het weer voor zich, als in een film.

Haar broer Steven die in elkaar gebeukt de kamer in kwam. Zijn lip was gescheurd en hij had een trap tegen zijn kaak gekregen, zijn wang was helemaal dik. Hij was altijd een buitenbeentje geweest. Hij mocht nooit meedoen met de jongens. En op het vmbo knepen de meiden hun neus dicht als hij in de buurt kwam. Hij stonk zogenaamd naar stront. Ze sloegen hem ook. Hij vertelde het nooit, maar hij kwam regelmatig met een blauw oog of een bloedneus thuis. Maar deze keer hadden ze hem helemaal toegetakeld. Voor het eerst huilde hij dat hij nooit meer naar school wilde. Hun moeder was het helemaal zat. Ze schreef een brief naar school dat Steven niet meer kwam, omdat oom Evert hem op de boerderij nodig had.

Oom Evert moest de brief tekenen en ze zei dat Elise hem moest brengen. Elise verzon een smoes – ze had te veel huiswerk – maar toen werd haar moeder kwaad. 'Je wilt toch niet dat je broer nog langer door dat gespuis wordt afgetuigd?'

Elise voelt opnieuw de schaamte van toen, omdat ze alleen maar aan zichzelf had gedacht en niet aan Steven. Ze had de brief gepakt en was op weg gegaan. Ze had kramp in haar maag. Toen ze langs de weg liep, zag ze Steven de sloot uitbaggeren. Ze aarzelde nog even of ze zou vragen of hij de brief wilde laten tekenen, maar dan moest ze hem vertellen waarom ze bang was.

Toen ze aan kwam lopen zag ze gelukkig tante Anna in de kamer staan. Ze hield de brief op toen ze naar binnen liep. Het rook er naar draadjesvlees.

'Deze brief heeft mam aan Stevens meester geschreven. Er moet een handtekening van oom Evert onder,' zei ze.

Tante Anna wees naar de schuur. 'Hij is bij het pasgeboren kalf.'

Daar was hij dus alleen, dat kon niet anders, want de knecht was bij de schapen, had ze onderweg al gezien. Ze piekerde er niet over om daar naar binnen te gaan.

Tante Anna zag haar staan dralen. Ze vroeg waarom ze niet de schuur in ging. Elise kon nu niet anders dan toch de schuur in gaan. Met lood in de schoenen liep ze naar de schuur. In de deuropening bleef ze staan, zodat ze meteen naar buiten kon rennen. Ze wilde oom Evert roepen, maar hij zag haar al en wenkte dat ze moest komen.

'Kijk eens, meis, wat een mooi gezond kalf ik hier heb? Gisteren dacht ik nog dat we haar zouden verliezen, maar ze heeft het toch gered.'

'Deze brief moet u tekenen,' zei Elise, vanuit de deuropening.

'Dat komt goed.' Hij liep naar haar toe, pakte de brief en legde hem op een paar balen stro. Toen pakte hij haar hand en nam haar mee naar het kalfje. Bij elke stap die ze verder de schuur in zette, rilde ze.

'Waarom aai je het kalf niet?' vroeg hij toen ze verstijfd van angst voor het kalf stond. 'En jij wilt nog wel boerin worden. Mooie boerin! Geef dat beestje eens een aaitje.'

Ze aaide het kalfje. Ze wilde nergens aan denken, maar opeens hoorde ze het gehijg weer. Haar hand stokte.

Elise had het kalfje nooit moeten aaien. Het was haar eigen schuld.

Ze wil er niet meer aan denken, ze wil slapen, maar het beeld blijft zich aan haar opdringen.

Oom Evert draaide haar om, en ze had nog nooit zoiets gezien. Hij pakte haar hand en deed voor hoe zij het moest doen...

Ze wilde gillen, maar er kwam geen geluid uit haar keel. Haar moeders woorden dreunden in haar hoofd: ze mocht oom Evert niet teleurstellen. Ineens duwde hij haar hand ruw weg. Hij moet tante Anna hebben horen aankomen, want de deur ging open.

'Evert!' riep ze. 'Ik heb Elise wel naar je toe gestuurd voor een handtekening, maar je hebt vast geen pen op zak.' Ze hield een pen op.

Toen tante Anna weer weg was, rende Elise heel hard de schuur uit.

Ze was de hele brief vergeten. Pas toen ze thuiskwam en haar moeder ernaar vroeg dacht ze eraan.

'Ik ben hem vergeten,' zei ze.

Haar moeder werd woest. 'Zoiets vergeet je toch niet!' riep ze. 'Waar zit jij met je hoofd?' Ze gaf haar een draai om haar oren. 'Wie zijn hoofd niet gebruikt, moet zijn benen gebruiken. Terug jij!'

'Nee!' riep ze. 'Ik kan niet terug, mijn buik!' Ze rende de wc in en draaide de deur op slot.

Ze zat nog op de wc toen ze de stem van haar moeder hoorde. 'Dank je, Evert. Dan kan Steven hem morgen mee nemen.'

Elise was naar haar kamer gegaan en in bed gekropen. Ze kon alleen maar huilen. Toen Naomi boven kwam, vroeg Elise haar of ze een verhaal wilde vertellen. Een lekker gek verhaal. Naomi kon goed verhalen verzinnen en bedacht een verhaal over fantasiewezentjes die bij hen op de boerderij kwamen wonen en die alleen zij zagen, verder niemand. Ze vervulden al hun wensen. Ze vroeg aan Elise of ze weer op de boerderij wilde wonen als ze opnieuw geboren zou worden. En Elise zei ja, omdat ze zoveel van haar zusje hield. Ze wilde altijd bij haar zijn. Naomi zei dat ze eigenlijk nooit meer op de boerderij wilde wonen, maar dat ze het toch wenste omdat ze dan bij Elise was, maar zij wilde dan wel de oudste zijn. Dat leek haar stoer: dat zij de oudste was en al borsten kreeg. En toen sloeg Elise een arm om haar heen en drukte haar dicht tegen zich aan.

'Wat heb je?' vroeg Naomi toen Elise huilde. Elise kon het haar zusje niet vertellen, maar ze was blij voor haar dat zij niet de oudste was.

Elise zit achter haar bureau en checkt haar mails.

Beste Elise, wij denken dat de inhoud van deze mail niet voor ons is bedoeld.

Shit! Die mail is zeker niet voor hen bedoeld! Wat een blunder. Ze schrijft een mail waarin ze zich verontschuldigt. Dit kent ze helemaal niet van zichzelf. Als er één consciëntieus is, is zij het wel, en nu maakt ze de ene vergissing na de andere.

Ze is ook zo uitgeput. Het lijkt wel of ze niet meer goed kan nadenken. Sinds ze zo nauw met Arnold moet samenwerken heeft ze geen nacht meer goed geslapen. Als een nachtmerrie komen de herinneringen uit haar jeugd terug. Door gebrek aan slaap worden de stressverschijnselen alleen maar erger. Ze kan zich niet eens meer goed op haar werk concentreren. Nog een geluk dat Arnold niets van haar verwarring heeft gemerkt.

Toen ze vannacht weer na een nachtmerrie wakker schrok, besloot ze om haar oude baan terug te vragen. Het is niets voor haar om steeds alleen met haar baas in één ruimte te zijn. Ze zou het moeten kunnen, maar blijkbaar gaat het niet.

Maar vanochtend kwamen de twijfels opzetten. Hoe ziet ze dat voor zich? Dan moet ze zeker weer tussen die valse meiden gaan zitten. Wat zullen ze lachen, omdat het haar niet is gelukt. Ze weet nu al dat ze haar gaan pesten, en niet zo'n beetje ook. Er zit niets anders op: ze zal moeten doorzetten, en als het echt niet gaat, tja, dan moet ze naar iets heel anders uitkijken. Maar zo makkelijk is dat nu ook niet. Nergens gaat het goed, overal worden mensen ontslagen. De kans dat ze haar ergens aannemen is zeer klein.

Haar mobiel gaat. Ze kent het nummer niet en neemt op.

'Met Elise.'

'Goedemorgen, Elise, met Platina Cars spreek je.'

Shit! De garage. Dat was ze helemaal vergeten.

'Ik heb goed nieuws voor je. Je bent hier geweest omdat je op zoek bent naar een goede occasion. Laat ik nou morgen een Peugeotje binnenkrijgen van drie jaar oud. Een geweldig karretje. Vierdeurs, dat wilde je, en hij heeft nog maar vijftigduizend kilometertjes gereden. Ik ken de eigenares. Een heel sympathieke dame, die haar auto vertroetelde. Hij stond altijd in de garage en is hier onderhouden. De auto kost slechts vijfenveertighonderd eurootjes.'

Hij vertelt nog veel meer over de auto, maar Elise hoort niet meer wat hij zegt. Het klinkt goed, maar ze aarzelt. Stel dat ze haar baan niet aankan? Dan kan ze helemaal geen auto meer betalen. Wat moet ze nou? Het is natuurlijk een mooie aanbieding. Maar ze zal toch een gedeelte van het bedrag moeten lenen. Als ze teruggaat in salaris, komt ze in de problemen.

'Het is puur toeval dat ik dit wagentje nu binnenkrijg,' zegt de man. 'Ik bel jou het eerst, maar ik blijf er echt niet mee zitten. Zullen we een afspraak maken voor een proefrit?'

'Eh... ik zit nu op mijn werk. Ik bel u er nog over, oké?'

'Prima, maar wat ik zeg: het is een lot uit de loterij, dus wacht niet te lang.' Dan hangt hij op.

Elise zucht. Ze denkt dat ze het niet doet, maar ze kan nu geen beslissing nemen.

De deur van haar kamer gaat open. Arnold houdt een papier omhoog. 'Meijer uit Dronten komt met een rekening. Jij hebt ze toch gemaild dat de bestelling niet doorging?'

Elise wordt rood. 'Sorry...' Weer zoiets.

'Vergeten?'

'Ja, eh...'

'Zorg maar dat ze de bestelling terugnemen, het is jouw verantwoordelijkheid.' En weg is hij.

Elise voelt zich afschuwelijk. Wat stom van haar. Dit kan zo niet doorgaan, ze maakt er een puinhoop van. Als ze nog meer van dit soort blunders maakt, vliegt ze er nog uit. Ze moet langs de dokter voor slaappillen.

Ze belt meteen de huisarts, maar ze krijgt een bandje. Haar huisarts is de komende tien dagen op vakantie. Ze kan naar zijn vervanger, maar dat ziet ze niet zitten. Haar eigen dokter is juist zo makkelijk. Als ze zegt dat ze niet kan slapen, schrijft hij haar iets voor zonder dat ze van alles hoeft te vertellen. Ze wacht wel tot hij terug is.

Ze zucht. Het is nog maar elf uur en ze is nu al doodop. Vanavond komt Rafaël met zijn plan voor de tuin. Op zich vindt ze dat wel leuk, maar ze weet niet of ze nu de hele tuin op zijn kop moet zetten. Het kost veel geld, en nog meer druk erbij kan ze nu niet aan. Ze kan tegen Naomi zeggen dat ze het plan laten liggen tot het najaar, omdat ze het nu te druk op haar werk heeft. Naomi hoeft niet te weten dat ze haar baan niet aankan.

De telefoon gaat.

'Elise, ik zit hier te wachten.' Arnolds stem klinkt geïrriteerd.

'Sorry, ik kom eraan. Ik had een telefoontje,' verzint ze

gauw. Hoe kan ze die vergadering nou zijn vergeten? Ze kijkt in haar agenda; het staat er met grote letters in.

'Doe jij maar open,' zegt Naomi als de bel gaat. 'Jij bent de baas van de tuin.'

Elise loopt naar de deur. 'Dag, Rafaël, goed dat je langskomt. Wat wil je: meteen door naar de tuin of eerst koffie?'

'Koffie graag, als je hebt. Het is nog wel even licht buiten.' Hij schudt Naomi de hand, haalt een vel papier uit zijn broekzak en vouwt het op de tafel open. 'Mijn plan.'

'We hebben het gezien,' zegt Elise. 'Het ziet er heel goed uit. Precies zoals we het bedoelen: een wilde tuin.'

'Ik heb nog een paar dingen veranderd,' zegt Rafaël lachend. 'Kleine dingetjes, hoor. Ik kon het niet laten.'

Naomi haalt haar mobiel uit haar zak. 'Sorry, ik krijg net een sms'je van mijn werkgroep om te vragen waar ik blijf. Ik was die afspraak helemaal vergeten.'

'En nu?' vraagt Elise.

'Vind je het heel erg als ik toch ga? Anders krijg ik gedonder. Ik vind het plan prachtig, dus je hebt mij eigenlijk niet nodig.'

Elise knikt. Naomi trekt haar jas aan, grist haar tas van de bank en loopt haastig de deur uit. Elise zet koffie voor Rafaël en haarzelf klaar. 'Je hebt het heel mooi gedaan. Heel creatief. Ik, eh... Ik zit alleen met de uitvoering. Het zou mij financieel beter uitkomen als we het in het najaar doen.' Eigenlijk komt het haar nu wel goed uit dat Naomi er niet bij is. 'Ik heb net een nieuwe baan en ik ben er nog niet zeker van of het me gaat lukken. Maakt het jou uit? Oktober of november, bedoel ik.'

'In principe niet. Jij moet het op je eigen moment doen, alleen...'

'Je wilt wat zekerheid?'

'Nee, zekerheid heb je nooit. Ik weet alleen niet of ik er nog ben in november.'

'Ga je op reis?'

Rafaël lacht. 'Zoiets, maar dan wel een heel bijzondere reis.'

'Dat klinkt spannend.'

'Dat is het ook.'

'Hoe lang blijf je weg? Anders doen we het erna.'

'De Rafaël die weggaat komt niet meer terug,' zegt hij.

Elise kijkt hem nieuwsgierig aan.

'Ik ga naar Jonathan,' zegt hij.

'Dat zegt me niks.'

'Ben je gelovig?'

'Ik heb een christelijke achtergrond,' zegt Elise.

'Jonathan is de leider van de groep waar ik bij ga. Hij leidt je over het juiste pad en dat pad leidt je naar God.'

'Ga je bij die groep wonen?' vraagt Elise.

'Ja, en het is geen bevlieging, hoor. Ik ben daar al zo'n halfjaar elk weekeind. Ik vind daar de zin van het leven. Maar voor ik er voorgoed heen ga, wil ik eerst mijn bedrijfje verkopen. Ik heb een goed lopend kwekerijtje en ik handel ook in zaden. Ik heb al iemand die geïnteresseerd is. Het zou geweldig zijn als ik mijn bedrijf kan verkopen, want ik wil natuurlijk niet met lege handen aankomen.'

Elise verslikt zich zowat in haar koffie. 'Je bedoelt dat je al je geld aan de groep afstaat?'

'Aan Jonathan. De groep moet natuurlijk ergens van leven.

We krijgen daar eten, drinken, een dak boven ons hoofd en het allerbelangrijkste: de onvoorwaardelijke liefde van God. Meer heb ik niet nodig.'

Elise is er stil van. Wat een stap! Hoe komt iemand daartoe? Terwijl zij het alleen maar heeft over promotie binnen haar eigen kantoor. Rafaël gooit zijn hele leven om. Dan moet je wel heel overtuigd zijn en vertrouwen hebben.

'Ik ben nu een halfjaar bij Jonathan. Het heeft een totaal ander mens van me gemaakt.' Even blijft het stil en dan zegt hij: 'Elise, om nog even terug te komen op de tuin: je wilt het liever in het najaar, om het geld, maar geld is geen punt. Ik kan je zo zaden en plantenstekjes leveren, en de rest krijgen we samen ook wel voor elkaar. Geen reden voor uitstel dus.'

'Wil je het gratis doen? Maar dat kan ik niet aannemen. Ik ben een onbekende voor je. Je kunt me toch niet zoiets gratis en voor niks geven?'

Hij kijkt haar aan. 'Je ziet het verkeerd. Ik geef het mezelf.'

'Goed karma, bedoel je?' vraagt ze.

'Zo kun je het noemen,' zegt hij.

Jelle

Jelle zit op zijn kamer en installeert zijn nieuwe laptop. Een vaste klant van de Apotheek is altijd bezig met het nieuwste van het nieuwste en dan verkoopt hij zijn oude spullen voor een prikkie. Deze keer was Jelle aan de beurt. 'Doen!' riep zijn baas toen de man de laptop liet zien. Het ding was pas een halfjaar oud. Voor honderdvijftig euro mocht hij hem hebben. Wat een mazzel heeft hij gehad. Dat oude ding van hem is zo traag. Nu surft hij zo van de ene site naar de andere. Super! Nu alleen nog de bestanden overzetten, maar dat doet hij morgen wel. Hij kan beter zijn adresboek opschonen.

Terwijl hij bezig is, stuit hij op het mailadres van zijn moeder. Hij herinnert zich nog de mails die ze hem altijd stuurde nadat ze hem weer eens op een leugen had betrapt. Een keer had ze contact opgenomen met het Luzac College. Hij had gelogen dat hij daar zijn school afmaakte; toen ze belde kenden ze hem niet. Nou ja, zijn moeder is verleden tijd. Ze heeft hem nooit begrepen, zelfs niet toen hij zo verdrietig was om zijn vader.

Jelle had het er moeilijk mee dat zijn vader hem had verlaten. Hij hoorde nooit meer iets van hem, kreeg niet eens een kaartje. Hij kon de realiteit niet aan en begon over zijn vader te fantaseren. Op het laatst geloofde hij er zelf in. Hij vluchtte in die fantasieën. 'Mijn vader woont in Amerika,' zei hij een keer tegen de jongens in zijn klas. 'Hij woont in Hollywood, daar heeft hij een rol in een film.' Wanneer zijn klasgenoten sceptisch vroegen waarom ze dan nog nooit van zijn vader hadden gehoord, antwoordde hij dat de films waar zijn vader in speelde alleen in Amerika werden gedraaid. Hij vertelde dat hij in de zomer naar zijn vader mocht vliegen, helemaal alleen. Ze wilden hem niet geloven en toen schreef hij om het te bewijzen zichzelf een brief die zogenaamd van zijn vader uit Amerika kwam. Hij had nog een Amerikaanse postzegel, die hij op de envelop had geplakt. Hij heeft die brief allang niet meer, maar hij kent de inhoud nog woord voor woord uit zijn hoofd:

Lieve Jelle,
Wat mis ik je, jongen. Maar verder is het heel fijn in Hollywood. Ik ben hier al heel beroemd. Als ik op straat loop, komen ze naar me toe en dan vragen ze om een handtekening. Ze vragen ook vaak naar jou, want ik vertel natuurlijk iedereen dat ik zo'n lieve zoon heb. Ik heb gezegd dat je deze zomer komt. Binnenkort ga ik je ticket regelen. Ik kijk ernaar uit. Doe je best op school.
Liefs van je vader, die je heel erg mist en veel van je houdt

De jongens waren onder de indruk toen hij de brief voorlas. Eén jongen twijfelde nog en wilde de envelop zien. Gelukkig zat de postzegel uit Amerika erop.

Vanaf die dag mocht hij ook meedoen met voetballen en ze vroegen hem op hun partijtje. Maar toen sprak zijn moeder een vader van een van zijn vrienden. Ze was woest op Jelle. 'Leugenaar!' schreeuwde ze. 'Je vader was een klootzak. Hij heeft me achtergelaten met twee kinderen. De lafaard heeft nooit meer iets van zich laten horen en jij spiegelt hem af als een held. Geef je dan helemaal niets om je moeder?'

Jelle zucht bij die herinnering. Dan hoort hij voetstappen op de trap. Dat zal Naomi zijn. Ze heeft een beroepentest voor hem op internet gevonden en die gaan ze invullen.

'Nee, je denkt te lang na!' zegt Naomi. 'Het staat erboven: niet te lang denken. Direct invullen.'

Jelle zucht en kruist 'nee' aan.

'Ben je niet creatief?' vraagt Naomi, die over zijn schouder meeleest. 'Weet je het zeker?'

Ja, dat weet Jelle heel zeker. Hij heeft helemaal niet veel fantasie. Op school vond hij het altijd vervelend als ze een opstel moesten schrijven. Niks voor hem; hij kon niets bedenken. Hij slaat helemaal dicht op het moment dat hij iets moet verzinnen. Hij haalde zijn cijfer altijd op door een samenvatting te maken of een tekst te bestuderen en die dan te analyseren; daar was hij goed in.

'Hallo,' zegt Naomi. 'Je hebt een hele rits studies verzonnen die je zogenaamd had gedaan! Fantasie genoeg, zou ik zeggen!'

'Goed dan,' zegt Jelle lachend. Ze heeft gelijk. Hij verzon ook altijd van alles over zijn vader, en hij verandert 'nee' in 'ja'. Hij scrolt naar beneden om de vragen te bekijken. Wat zijn het er veel! Ook nog een heleboel vragen die over je karakter gaan. Eerlijk gezegd heeft hij er niet veel zin in, maar

Naomi vindt het belangrijk, dus vult hij braaf de ene vraag na de andere in. Naomi wilde eerst dat hij naar zo'n beroepskeuzetestbureau ging, maar dat weigerde hij, en toen kwam ze hiermee aanzetten. Nou ja, dit kan hij tenminste op zijn eigen kamer maken.

Jelle leest de volgende vraag: *Ben je iemand die anderen graag helpt?* Hij begint meteen te typen.

'Waarom zeg je nee?' zegt Naomi.

'Omdat het zo is,' zegt Jelle. Hij probeert zijn irritatie te verbergen. Als hij nou overal uitleg bij moet geven schiet het nooit op. Hij is gewoon niet iemand die graag anderen helpt, punt uit.

'Je hebt mij toch meteen geholpen toen ik met de bestelbus voorreed? Je hebt zowat de halve verhuizing gedaan. Dus hoezo ben jij niet behulpzaam?'

'Dat bedoelen ze niet,' zegt Jelle ongeduldig. 'Het is toch heel normaal dat je even aanpakt als je je nieuwe buurmeisje ziet sjouwen?'

'Jij wílt jezelf gewoon niet aardig vinden,' zegt Naomi. 'Hoe komt dat?'

Tja, dat zal wel door zijn moeder komen. 'Van jou heb ik meer last dan steun,' kreeg hij steevast te horen. Alleen maar omdat hij er niet tegen kon dat alles altijd om zijn broertje draaide. Zelfs als Jelle jarig was ging het nog om Ollie. Er mochten maar twee vriendjes komen eten, anders was het te druk voor Ollie. Als hij een cadeautje kreeg dat Ollie mooi vond, mocht Ollie er van zijn moeder mee spelen. Toen Ollie uiteindelijk toch naar een tehuis moest, bleef hij met een groot schuldgevoel achter. Naomi heeft gelijk, daar moet hij maar eens vanaf.

Naomi kruist 'ja' aan. 'Je bent veel te streng voor jezelf. Ze bedoelen alleen maar of je sociaal bent. Als jij iemand op straat ziet liggen die niet meer overeind kan komen, loop je dan door?'

'Natuurlijk niet,' zegt Jelle.

'Nou dan.' Ze geeft hem een kus. 'Je bent veel aardiger dan je zelf denkt.'

Jelle kijkt naar haar. Wat ben je toch lief, denkt hij. 'Volgende vraag,' verzint hij hardop. 'Als je tijdens deze test met een lieve vrouw bent, onderbreek je de test dan om te vrijen?' Hij grijnst en zegt: 'Daar hoef ik niet lang over na te denken. Ja, natuurlijk!'

Naomi moet lachen. 'En jij beweert dat je geen fantasie hebt!'

Jelle draait zijn bureaustoel naar haar toe en kust haar innig. Hij streelt haar borsten, schuift haar jurkje omhoog en zuigt zachtjes aan haar tepels.

'Staat erbij of die vrouw opgewonden wordt?' fluistert Naomi. 'Of wil ze eerst de test afmaken?'

'Ze wil de test eerst afmaken,' fluistert Jelle terwijl hij zachtjes in haar tepels bijt. 'Maar ze redt het niet; ze wordt helaas veel te opgewonden.'

Naomi kreunt en ritst zijn broek open. Dan staat ze op, doet haar slipje omlaag en gaat over hem heen zitten. Jelle haalt een condoom uit zijn zak en doet het om. Ze wipt iets omhoog en dan gaat hij bij haar naar binnen. Terwijl ze wild op en neer beweegt houdt hij haar billen vast. Ineens beseft hij dat dit de eerste keer is dat ze op zijn kamer vrijen. De stoel schuift over de houten vloer heen en weer. Ze kreunen alle twee. Ze komen zo luid klaar dat het hele huis het moet horen.

'Had je met Eric ook goede seks?' vraagt Jelle.
'Is dit masochisme of wil je het echt weten?'
'Ik wil het weten,' zegt Jelle. 'Hoe oud was je toen je het voor het eerst deed?'
'Zestien.'
'Was hij de eerste?'
Naomi knikt. 'We vreeën wel vaker, maar dat was de eerste keer dat we het echt deden. We hadden twee dagen achter elkaar met z'n allen gehooid. Iedereen werd opgetrommeld, niet alleen oom Evert en zijn knecht, maar ook Froukjes vader hielp mee. Elk jaar was het weer heel spannend of we het zouden redden om het hooi op tijd binnen te krijgen. Na afloop was iedereen doodmoe. Er werd tot midden in de nacht doorgewerkt en dan moest het nog naar de hooizolder. Daarna was het altijd feest. Dan zaten we met z'n allen buiten en werd er stevig gedronken. Die ene keer glipten Eric en ik naar boven. Wil je het echt horen?'
'Ja, ga verder.'
'We vonden alle twee dat het nu maar eens moest gebeuren. Buiten hoorden we de familie steeds luidruchtiger worden. Oom Evert was hartstikke dronken en zong. Ik vond het heel spannend. Eric sliep wel vaker bij ons, maar altijd op de logeerkamer. Wat dat betreft is mijn moeder heel conservatief. Ook later nog, want ze wist heus wel dat we het samen deden. We woonden al zowat samen, maar hij mocht nooit op mijn kamer slapen. Eric had het goed voorbereid en haalde een condoom uit een doosje. Maar hij kreeg het ding niet om, terwijl hij en zijn vrienden altijd van die stoere praatjes hadden. Eindelijk lukte het. We waren net bezig toen we de trap hoorden kraken. We schrokken ons dood. Zo meteen stapte mijn

moeder binnen en dan waren we erbij! Maar gelukkig was het Steven, die naar zijn kamer ging. Ik weet nog hoe we lagen te prutsen. Ook voor Eric was het de eerste keer.'

'Vond je het fijn?'

'Nou, eh... eerder spannend. Het deed best een beetje zeer. Hij zat er nog geen twee seconden in of hij kwam klaar. Is dit alles? dacht ik. Het was mijn eerste keer. Het was zo anders dan ik me had voorgesteld.'

'Arme Eric, als vent voel je je dan zo'n loser.'

'Klopt. Eric schaamde zich. "We moeten veel vaker oefenen," zei hij.'

'En dat hebben jullie gedaan.'

'Ja, logisch. En toen ging het wel beter. We hebben het samen geleerd.'

Jelle kijkt naar haar. Ineens moet ze huilen.

'Het is zo moeilijk dat het allemaal voorbij is. Maar nu heb ik jou en daar ben ik ook heel blij mee.' Ze horen beneden de klok slaan en Naomi schrikt. 'Is het al zo laat? We moeten de test nog afmaken en ik heb niet zoveel tijd meer.'

'Ik maak het zelf wel af,' zegt Jelle, terwijl hij kleine kusjes op haar gezicht geeft.

Naomi staat op en trekt haar slipje en jurk weer aan. 'Weet je zeker dat je de test alleen wilt afmaken?' vraagt ze nog.

Jelle knikt. 'Moet je zien hoeveel het nog is.'

'Dan ga ik,' zegt ze. 'Ik moet koken vanavond. Ik wil niet dat Elise thuiskomt en dat er nog niks is gebeurd. Je moet het laten weten als je hoort wat er uit de test komt, hoor.'

'Natuurlijk.' Hij houdt haar nog even in zijn armen en kust haar. 'Hoe is het met Elise?'

'Volgens mij is er iets tussen haar en die Rafaël. Ze doet zo geheimzinnig. Toen ik een keer vroeg of ik moest helpen toen hij kwam, hoefde dat niet.'

'Nou, mooi toch?'

Naomi kust hem nog een keer en vertrekt.

Jelle gaat achter zijn laptop zitten en leest de rij vragen over. Eigenlijk is dit helemaal niets voor hem. Hij wordt er depri van. Zelf zou hij nooit zo'n test doen. Maar Naomi wil graag dat hij erachter komt wat hij moet met zijn leven. Te graag, voelt hij. Zal hij ooit aan haar verwachtingen kunnen voldoen?

Iemand heeft hem weleens verteld dat hij een existentieprobleem heeft. Dat klopt wel, want hij vraagt zich elke dag wel een paar keer af wat hij hier doet, en bij alles wat hij wil aanpakken dringt de vraag 'Wat heeft dit voor zin?' zich aan hem op. Daardoor is hij natuurlijk ook aan de drugs gegaan: omdat het gevoel van leegte hem overweldigde. Toen hij besloot dat hij helemaal niets hoeft en dat het leven geen moer voorstelt, ging het wat beter. Nu vult Naomi een stukje leegte op, maar tegelijk maakt het hem ook bang. Ze gaat ervan uit dat hij er toch iets van maakt.

Zou Naomi hem ooit kunnen begrijpen? Ze staat zo anders in het leven dan hij. Zou het hun lukken om samen een leven te leiden? Hij wil er alles aan doen, voor haar, maar bij de gedachte alleen al dat hij elke dag naar een echte baan moet en promotie moet maken wordt hij gek. Het is natuurlijk ook de angst voor het onbekende. Hij moet het een kans geven, opgeven kan altijd nog, dus gaat hij verder met het invullen van de vragen. Maar na een tijdje staat hij nijdig op. Wat een gezeik! Alsof hij directeur van een groot bedrijf wil worden. Hij! Als ze de hele toko naar de klote willen hebben, moeten ze hem op die functie zetten. Maar er klopt geen ruk van, want hij zou het wel willen. Ze vragen alleen nergens of je het ook kunt. Daardoor slaat die test ook nergens op.

Elise

Het is niets voor Elise om op haar werk op de klok te kijken, maar nu doet ze het toch. Ze is uitgeput. De nachtmerries blijven maar komen en regelmatig raakt ze in paniek, soms helemaal om niets. Ze doet er van alles aan om tot rust te komen. 's Avonds gaat ze zwemmen, omdat ze heeft gehoord dat dat ontspant, maar tot nu toe merkt ze daar weinig van. Ze valt wel in slaap, maar na een paar uur wordt ze hyperventilerend wakker. Ze denkt erover om een yogacursus te gaan volgen, zodat ze leert hoe ze haar lichaam kan ontspannen. Ze heeft geluk dat Arnold er vandaag niet is, dat scheelt wel.

Ze zucht, nog een uurtje en dan is het weekeind, dan heeft ze het weer een hele week volgehouden. Eigenlijk heeft ze geen energie om naar de boerderij te gaan, maar het is vast goed voor haar. Het weidse gevoel van het land, het buiten zijn, ontspant haar. Ze heeft besloten een halte verder uit te stappen. Bij het idee dat ze langs Anna's hoeve moet, schiet ze in de stress. Als ze oom Evert nu tegenkomt, stort ze geheid in.

Waar is haar lijstje? Ze rommelt tussen haar papieren. Haar bureau is minder geordend dan ze van zichzelf gewend is. Ze haalt het onder een stapeltje mappen vandaan. Omdat ze op het moment zo vergeetachtig is, schrijft ze alles op wat er die dag moet gebeuren. Ze wil niet nog een keer voor schut staan tegenover Arnold. Ze loopt het na. Ah, zie je wel, dit zou ze anders zijn vergeten. Deze map moet naar Annemiek. Voor ze het weer vergeet, neemt ze hem mee naar haar oude werkkamer.

'Ben je verdwaald?' grapt John als hij haar ziet. 'We zien je bijna nooit meer.'

'Ze heeft het natuurlijk te druk met haar nieuwe baan,' zegt Maaike minachtend.

'Schei uit!' roept Conny. 'Jullie blijven maar aan de gang. Elise zit nu op Birgits plek. Heel lullig voor Annemiek, maar nu weten we het wel.'

'Wat klets je nou?' zegt Annemiek kwaad. 'Ik wil die plek niet eens meer.'

'Nee, nu niet meer,' zegt Maaike vals. 'Die functie is besmet.'

Elise doet alsof ze niets heeft gehoord en schuift de map naar Annemiek.

'Of je dit even wilt tekenen.'

Annemiek blijft gewoon doorwerken. 'Je wacht maar tot ik tijd heb. Je komt zelf op het laatste nippertje aanzetten, je had de hele dag kunnen komen.'

'Ik heb alleen je handtekening nodig. Meneer Vonk en ik hebben al getekend, maar jij hebt die bestelling gedaan.'

'Alleen een handtekening?' zegt Annemiek. 'Dat dacht jij zeker. Je kunt wel van alles onder mijn neus schuiven. Ik zal toch moeten zien wat ik teken.'

Elise blijft aarzelend staan. Dit moet vandaag nog rond, anders krijgt Arnold een vette rekening.

'Nou, kom maar op.' Annemiek pakt de map en bladert hem door. 'Waarom moet ik dit tekenen?'

'Dat zeg ik net: jij hebt die bestelling bij Meijer gedaan. En die moet nu worden geannuleerd.'

'Meijer, zei je toch? Wat moet ik dan met een map van De Bruin?'

Elise kijkt in de map. Shit! 'Sorry, eh...'

'Goed dat ik kijk,' zegt Annemiek triomfantelijk. 'Bij Birgit was dat niet nodig, die konden we blind vertrouwen. Toch niet zo'n slimme zet van onze directeur.' Ze geeft de map terug aan Elise.

Elise loopt naar haar kamer. Stel je voor dat Annemiek het ongezien had getekend, dan lag de map van Meijer hier nog het hele weekeind. Die order moet zo snel mogelijk worden geannuleerd. Ze heeft nog een halfuur. Ze wil net de juiste map pakken als haar mobiel gaat.

'Hi zus!' roept Naomi vrolijk. 'Ik heb een verrassing voor je. Ik ga mee naar de boerderij. Ik ben al zo lang niet thuis geweest en Jelle moet werken tot vannacht drie uur. Daarna is hij helemaal brak. En Froukje is er ook niet. Morgen ga ik weer terug.'

'Gezellig,' zegt Elise. 'Over een halfuur op het perron?'

'Ik race!' zegt Naomi en ze hangt op.

Elise vindt het wel fijn dat haar zus weer eens meegaat. Haar moeder is altijd erg blij om Naomi te zien. Elise snapt het wel: Naomi is enthousiaster en hartelijker dan zij, en altijd heel positief. Toen Eric een halfjaar geleden verongelukte, had Naomi het heel zwaar, maar ze vocht zich erdoorheen. Naomi weet wat ze wil, dat ziet ze nu ook weer met Jelle. Het is heus niet alleen maar makkelijk, maar ze gaat er helemaal voor.

Elise hoort iedereen weggaan. Ze moet zelf ook opruimen, anders haalt ze de trein niet, en ze sluit haar computer af.

'Goed weekeind!' roept ze tegen John als ze langsloopt.

Als Elise het perron op rent is Naomi er nog niet. Daar was ze al bang voor. Ze ijsbeert onrustig heen en weer. Over vijf minuten vertrekt de trein. Naomi is nooit iemand van de klok geweest, vroeger al niet.

De conducteur staat al naast de trein. Wat moet ze nu doen? Toch maar instappen? Haar moeder heeft er een hekel aan als ze te laat komt. Ze kijkt naar de trap als Naomi aan komt rennen. 'Vlug!' roept Elise. Ze springt de trein in en steekt haar hand naar haar zus uit. Ze had geen minuut later moeten zijn.

'Hè hè, we zitten erin,' zegt Naomi hijgend. 'Vlak voor ik wegging belde Jelle. Hij had een baan op internet gevonden die hem wel leuk leek. Medewerker op een reclamebureau; hij moet dan ook een opleiding volgen.'

'Is Jelle creatief?' Elise doet haar hakken uit, ze knellen.

'Hij zegt dat hij niet creatief is,' zegt Naomi. 'Maar ik denk eerlijk gezegd van wel, anders zou hij er ook niet over denken. Nou ja, bijna de trein gemist. Volgende keer als ik weer meega, kom je me maar halen met je auto.'

'Eh... wie weet,' zegt Elise.

Elise voelt de spanning als ze uit de bus stapt. Ze kan moeilijk een halte verder uitstappen nu Naomi erbij is. Wat dat betreft was een auto een uitkomst geweest. Naomi heeft gelukkig niets in de gaten. Ze kletst maar door over Jelle en de test die ze hebben gedaan.

'Tante Anna!' roept Naomi ineens. Ze zwaait naar Anna's hoeve.

Shit! denkt Elise, als ze haar tante voor de boerderij ziet staan. Ze kunnen niet doorlopen zonder een praatje te maken. Ze kijkt angstig over het weiland. Een heel eind verderop ziet ze een trekker, dat moet oom Evert zijn. Zolang hij ver weg blijft, vindt zij het best.

'Wat heb ik mijn nicht al lang niet gezien.' Tante Anna kust Naomi. 'Je wordt een al hele dame, daar in de stad. En jij nog gefeliciteerd met je promotie, Elise.' Tante Anna kijkt hen ineens samenzweerderig aan. 'Ik weet niet of jullie moeder al iets heeft gezegd,' begint ze, 'maar deze herfst zijn oom Evert en ik vijfentwintig jaar getrouwd. We hebben al heel lang gespaard voor een groot feest.'

Elise verschiet van kleur. Daar gaat ze dus echt niet heen!

'We zoeken alleen nog wat gegadigden voor de feestcommissie,' gaat tante Anna verder. 'Er komt heel wat bij kijken, en daar heb ik geen verstand van.'

'Dat gaat u niet zelf doen, hoor,' zegt Naomi meteen.

'Fijn dat je het zegt, kind. Ik zei nog tegen jullie moeder: is het niets voor je dochters?'

'Dat doen wij, hè Elise? En ik weet zeker dat Froukje ook mee wil helpen. Een zilveren bruiloft, geweldig tante. Gefeliciteerd.'

'Mooi, ik hoor het wel.' Tante Anna neemt afscheid en gaat naar binnen.

Elise wordt misselijk bij de gedachte alleen al. 'Ik heb er geen tijd voor,' zegt ze gauw. Ze hoopte dit weekeind tot rust te komen en dan gebeurt er dit.

'Joh, het wordt vast leuk,' zegt Naomi. 'Lachen, man. Een

boerenbruiloft. Al die stomdronken kerels die later in de kruiwagen naar huis worden gereden. Volgens mij krijgen we heel veel lol.'

'Ik doe het niet!' zegt Elise met overslaande stem. 'Je hoort me toch!' Ze schrikt zelf van haar harde toon.

'Je hebt het toch wel voor oom Evert over? Hij heeft hartstikke veel voor ons gedaan. Ik vind hem wel tof. Ik weet nog dat Froukje en ik in de brugklas stiekem een pakje sigaretten hadden gekocht. We deden er heel lang mee. Als we er een opstaken, namen we om de beurt een trekje. We voelden ons ontzettend stoer. We hingen uit het raam van mijn kamer, zodat mam niks kon ruiken. Ineens liep oom Evert langs. Hij zag ons roken, maar zei niks. Hij heeft het nooit aan mam verteld, dat vond ik zo sportief! Hij was ook altijd vrolijk. Weet je nog hoe hij mij noemde?'

'Kleintje,' krijgt Elise er met moeite uit.

'Ja. Eigenlijk laten we nu veel te weinig van ons horen, dat is niet erg aardig. We zouden ze ook veel vaker een bezoekje moeten brengen, vooral omdat oom Evert en tante Anna zelf geen kinderen hebben. Met die bruiloft kunnen we het goedmaken.'

'Hou op over die bruiloft,' snauwt Elise.

'Sorry, hoor,' zegt Naomi beledigd. 'Ik zeg al niks meer.'

Elise loopt de boerderij uit, even frisse lucht happen. Ze moet even alleen zijn. Mam begon ook al over de bruiloft.

Een eindje van het huis, op het brede pad, ziet ze het monumentje dat haar vader na het MKZ-drama heeft neergezet. Er liggen bloemen bij. Elise blijft geschrokken staan. De bloemen zijn vers. Afgelopen woensdag was het de zeventiende.

Stom, ze is het helemaal vergeten. Elk jaar belt ze haar moeder dan even. Na al die jaren is het nog steeds een beladen dag. Elise denkt weleens dat haar vader misschien nog geleefd zou hebben als de MKZ-crisis niet had plaatsgevonden.

Het was woensdag precies tien jaar geleden. Ze vergeet nooit de beklemmende sfeer die er toen hing. Ze wisten al dat de ziekte was gesignaleerd, maar het leek ver van hun bed. Maar ineens kreeg hun vader een telefoontje van een boer twee kilometer verderop. Een van zijn koeien was ziek. Die avond bad hun vader hardop of de ziekte bij hen weg mocht blijven. Ineens werden ze 's morgens gebeld. De weg langs hun huis werd afgezet en niemand mocht het erf op of af. Ze waren van iedereen afgesloten. Zelfs de melkwagen mocht niet het erf op rijden. Haar vader moest de melk van de koeien door de put spoelen. Het was afschuwelijk. Ze mochten ook niet naar school. De hele dag zaten ze op de boerderij, wachtend op wat er komen ging.

Na een week kregen ze een brief van de inspectie. Hun vader maakte hem open en werd lijkbleek toen hij hem las. Zonder iets te zeggen verliet hij de kamer. Datgene waar ze bang voor waren geweest, werd werkelijkheid: de hele veestapel moest worden geruimd. Een paar dagen later kregen ze te horen wanneer de ontruimers langs zouden komen. Elise en Steven dachten meteen aan hun geitjes. Ze hadden de geitjes al drie jaar en hadden ze allerlei kunstjes geleerd. Hun geitjes mochten niet worden afgemaakt! Ze namen ze mee en verstopten ze. Vanaf het moment dat de brief in de brievenbus was gevallen, stond hun vader als verlamd in de stal. Hij kwam niet eens binnen om te eten. Ze hoorden hem praten. Sprak hij tegen de koeien of tegen zichzelf? Ze wisten het niet. Hun moeder schrobde alleen maar, dagen achter elkaar, tot alles blonk.

De avond voordat de ontruimers zouden komen, zaten ze stilletjes achter hun bord aan tafel. Niemand had trek. Hun moeder begon hardop te bidden, net als anders, maar midden onder het gebed stond hun vader op en liep vloekend weg. Ze hadden hem nog nooit horen vloeken. Hun moeder ging door met het gebed. Steven en Elise keken elkaar aan, terwijl hun moeder stug doorbad. Later die avond, toen Elise in bed lag, hoorde ze haar vader beneden heen en weer lopen.

'.s Morgens kwamen ze aanrijden: grote wagens met grijpers. Elise weet nog dat haar vader van elke koe die werd doodgespoten afscheidnam. Toen de koeien dood waren, werden ze met een grijper omhooggehesen en op een wagen gegooid. De man die de leiding had keek op een brief. 'Ik mis nog twee geiten,' zei hij.

Hun vader zei niets. Er hing een ondraaglijke stilte. Steven kon er niet tegen en rende huilend weg naar de plek waar ze de geiten hadden verstopt. De dierenarts liep achter hem aan en bromde iets als: 'Jullie krijgen wel weer nieuwe geitjes.'

Steven was naar boven gegaan en kwam niet meer van zijn kamer af. Aan het eind van de dag reden de grote wagens weg. De stallen waren leeg; er stond geen beest meer in de wei. Nog nooit was het zo stil geweest. Steven weigerde een paar dagen te eten en zei niets meer.

Toen de MKZ-crisis voorbij was, moesten ze beslissen of ze weer een nieuwe veestapel zouden nemen. Er kwamen nieuwe koeien, maar het duurde zeker een halfjaar voordat

Steven weer iets zei. Hun vader kon maar niet aan de nieuwe koeien wennen. Elke dag als hij klaar was, zat hij bij het monument, tot de zon onderging. Een halfjaar daarna kreeg hij een hartaanval.

Elise voelt zich schuldig dat ze de zeventiende zomaar voorbij heeft laten gaan.

Haar moeder wenkt haar dat ze moet komen.

'Ik stond even bij het monument,' zegt Elise. 'Mooie bloemen. Het spijt me dat ik er woensdag niet aan heb gedacht. Het komt door mijn nieuwe baan, die neemt me helemaal in beslag.'

'We eten vanavond andijvie,' zegt haar moeder alleen maar en ze duwt een mand in Elises handen. 'Wil jij wat kroppen uit de tuin halen?'

Elise doet de deur van Naomi's kamer open. Ze is nu toch boven en er is al zo lang niemand binnen geweest. Het ruikt er vast muf. Ze weet hoe erg haar zus dat vindt. Zie je wel, het stinkt er een beetje. Goed dat ze het even checkt, en ze zet het raam open. Elise kijkt rond. Alles is nog precies zoals haar zus het een paar jaar geleden heeft achtergelaten. Behalve Naomi zelf komt hier nooit iemand.

Ze kijkt naar de felblauwe muur. Ze herinnert zich nog dat haar moeder schrok toen ze het zag. 'Wat heb je nou gedaan?' riep ze. Elise moet lachen. Het is ook wel heel fel. Als ze er te lang naar kijkt, krijgt ze pijn aan haar ogen. Maar toen kon het voor Naomi niet fel genoeg. Haar bed staat er ook nog, zelfs de sprei ligt er nog op.

Ze gaat op het bed zitten en kijkt naar het plafond. Dat maffe lampenkapje dat Naomi ooit voor sinterklaas heeft gekregen hangt er nog steeds. Het bed kraakt als ze beweegt. Dat haatte Naomi. Vooral toen ze stiekem met Eric wilde vrijen op haar kamer. Het moet vast moeilijk voor haar zus zijn dat ze hier zoveel herinneringen aan Eric heeft. Misschien komt ze daarom zo weinig thuis.

Naomi was er kapot van toen ze hoorde dat Eric was verongelukt. Elise heeft haar zus nog nooit zo verdrietig gezien als toen. Ineens was alles voorbij, al hun dromen. En ze hadden nog zoveel plannen gehad! Voordat Eric een eigen architectenbureau zou openen, wilden ze een jaar samen op reis. Ze hadden hun hele toekomst al gepland. Ze wilden twee kinderen en een labrador. Als Eric niet was verongelukt, waren ze waarschijnlijk altijd bij elkaar gebleven.

Nu heeft Naomi Jelle. Elise weet niet zo goed wat ze van hem moet denken. Hij is zo anders dan Eric, bijna het tegenovergestelde. Naomi is verliefd, maar of ze bij elkaar passen weet ze niet.

Ze staat op en loopt naar beneden.

Haar moeder duwt meteen het plastic tafelkleed in haar handen. Ineens ziet Elise alles door Naomi's ogen. Het vergeelde tafelkleed, waarvan de bloemen bijna niet meer te zien zijn. De zware, donkere meubels. Elise herinnert zich nog dat haar moeder over moderne meubels nadacht. 'Die oude krengen zijn loodzwaar,' zei ze. 'Ik krijg ze met stofzuigen bijna niet van hun plek.' Maar Steven protesteerde. Ze zaten juist zo lekker en hij had geen zin om 's avonds als hij doodmoe was in zo'n fragiel stoeltje te zitten. De oude meubels staan er dus nog steeds. Haar moeder luistert altijd naar Steven, omdat hij een man is.

Naomi staat voor het dressoir in de eetkamer en bekijkt

de foto's die erop staan uitgestald. Als ze klaar is met tafeldekken gaat Elise naast haar staan.

'Die kleren, wat ouderwets!' Naomi grinnikt. 'Dat wij er zo bij liepen.'

Elise weet nog dat Naomi zich heel anders ging kleden toen ze zelf geld verdiende. Ze verfde soms ook haar haar. Daar zijn heel wat ruzies over geweest. Maar Naomi kreeg het er toch door, ze mocht zelfs haar nagels lakken.

De foto's staan in keurige lijstjes naast elkaar. Hun vader staat er ook tussen. Voor zijn foto staat een vaasje met een roos. Koningin Beatrix en prins Claus prijken ook nog steeds aan de muur. Naomi wijst naar prins Willem-Alexander en Máxima en hun kinderen. Elise had allang gezien dat hun moeder ze erbij heeft gehangen. Moeder dweepte altijd met het koningshuis. Als de koningin op de televisie kwam en het Wilhelmus werd gezongen, moesten ze stil zijn en gaan staan. Alleen hun vader bleef zitten, hij deed er niet aan mee. Hij had helemaal zijn eigen leven met de dieren en de boerderij – en zijn sigaretje, niet te vergeten. Hun vader kon er niet buiten. Altijd als hij op de trekker zat hing er een sigaretje tussen zijn lippen. Binnen stonk het altijd naar rook. Ineens wilde hun moeder het niet langer. 'Je gaat maar buiten roken,' zei ze en ze had alle asbakken opgeborgen. 'Ik wil die stank niet langer in mijn huis.'

Hun vader was totaal niet onder de indruk. Elise denkt dat hij vast niet van plan was te doen wat hun moeder vroeg, maar dat zal ze nooit weten, want de volgende dag vonden ze hem dood bij de omheining.

'Aan tafel!' roept hun moeder.

Steven komt er ook aan.

'Andijvie!' zegt Naomi. 'Lang niet gegeten.'

Elise houdt er wel van. Haar moeder maakt hem zo lekker ouderwets klaar met een dikke bloemsaus erover. Ze kijkt naar Steven, die tegenover haar zit op hun vaders plek. Hij begint steeds meer op hun vader te lijken. Helemaal nu hij zijn handen op tafel legt. Dat deed hun vader ook altijd. Steven eet nog steeds met alleen een lepel. Elise wist niet beter toen ze klein was, tot ze bij een vriendinnetje at en zag dat ze daar vork en mes gebruikten. Daar werd aan tafel ook heel gezellig gepraat.

'Lekker, mam,' zegt Naomi.

'Mooi zo, kind.'

Als de andijvie op is, stapelt Elise de borden op elkaar.

'Houd je lepel bij je, we hebben nog pudding,' zegt hun moeder.

Mam heeft wel haar best gedaan, denkt Elise als ze de pudding met bessensap op tafel zet. Dat was altijd Naomi's lievelingstoetje. Ze snapt niet hoe haar moeder dat allemaal voor elkaar krijgt. Ze is zo druk op de boerderij. Alleen al die was elke dag en het schoonmaken van de melkkamer, twee keer per dag warm eten koken, en dan heeft ze ook nog tijd om een toetje te maken.

Terwijl iedereen zijn toetje eet, staat Elise alweer af te wassen.

'Kom nou even zitten!' roept Naomi. 'Ik help je straks wel.'

'Ik wil zo nog even naar de lammetjes,' zegt Elise.

'Dat moet je dan later doen,' zegt hun moeder. 'Zet maar vast koffie. Steven heeft iets met jullie te bespreken.'

'Steven?' Elise ziet dat Naomi zowat van verbazing met haar gezicht in de pudding valt. Zelf weet ze ook niet wat ze hoort. Dit zal echt de eerste keer zijn dat haar broer iets te zeggen heeft. Zou hij verliefd zijn? Dat zou echt iets voor Steven zijn: al een tijd verkering hebben zonder iets te zeggen. En om dan nu ineens aan te kondigen dat hij zich gaat verloven. Wie het ook is, ze zal hartstikke blij voor hem zijn. Ze kijkt naar hem. Verliefd ziet hij er niet uit, eerder zorgelijk. Misschien wil hij verder leren en verlaat hij de boerderij. Wat een toestand zou dat zijn. Dan moet de boel toch nog worden verkocht, en hoe moet het dan met hun moeder?

'Is het vrolijk nieuws?' vraagt Naomi.

'Niet zo nieuwsgierig!' zegt mam. 'Je hoort het zo. Steek liever je handen uit de mouwen.'

Naomi staat op en pakt een theedoek. 'Hoe zal Jelle het hier vinden?' zegt ze zachtjes tegen Elise. 'Hij heeft vast geen idee.'

Elise knikt. 'Je kunt het wel uitleggen, maar hoe het echt is, moet je gewoon zien.'

Naomi grinnikt. 'Ik krijg ineens zin om het te vertellen van Jelle. Mam, ik heb een nieuwe lover. Hij is tweeëntwintig, en hij weet niet wat hij wil. Hij is voortijdig gestopt met school en sindsdien heeft hij maar wat rondgekloot.'

'Mam krijgt een hartverzakking,' fluistert Elise. Ze zet de droge borden in de kast en daarna pakt ze ook een theedoek om haar zus te helpen. Net als vroeger. Er is niets veranderd.

'Waarom is hier geen afwasmachine?' verzucht Naomi. 'Zo arm zijn we toch niet? Het gaat de laatste jaren toch best goed met de boerderij?'

Elise schenkt water op de koffiefilter. Ze voelt dat haar zus naar haar kijkt. Ze merkt zelf ook dat haar handen trillen.

'Als die baan te zwaar voor je is, moet je stoppen,' zegt Naomi ineens.

Elise wordt rood. 'Hoe kom je daar nou bij? Het gaat prima op mijn werk. Ik heb mijn dag niet, dat is alles.'

Naomi's mobiel gaat. 'Hi schat,' hoort ze Naomi zeggen. 'Ik mis jou ook. En, hoe was de baan? ... Nou, goed dat je dat voelt. Er komt wel wat, hoor. Het was ook wel heel snel. Maak je geen zorgen, hè? We vinden wel iets.' ... 'O, hang maar snel op. Kus.' Naomi hangt op en zegt: 'Er kwam een klant binnen. Die baan was niks. Nou ja, als hij niks vindt, kan hij later altijd nog huisman worden.'

'Jij met je huisman,' zegt Elise. 'Dan staat de hele familie op zijn kop.'

'Van mij mag Jelle,' zegt Naomi. 'Dan kan ik lekker carrière maken. Lekker luxe. Dan rijd ik in mijn BMW naar huis en staat het eten klaar.'

Als Elise en Naomi de kamer in komen, zitten Steven en hun moeder al aan tafel.

'Nou, Steven, vertel op,' zegt Naomi.

'Jullie broer wil de boerderij overnemen,' zegt hun moeder.

Steven knikt.

'Super, toch?' zegt Naomi.

'Dat lijkt me een heel goed plan,' zegt Elise. 'Dat zat er wel in.'

'Er zit ook een financiële kant aan,' zegt hun moeder, die de koektrommel naar zich toe schuift. 'Het gaat om jullie aandelen, die zou Steven dan moeten kopen, maar zoveel geld heeft hij niet. Ik bedoel, jullie kindsdeel. De helft van de boerderij is van mij en de andere helft van jullie drieën.'

'Nou, dat lijkt me niet zo ingewikkeld,' zegt Elise. 'Dan betaal je ons toch later, als je het wel hebt?'

'Dat vind ik ook geen punt,' zegt Naomi. 'Jij hebt de meeste rechten. Je hebt altijd keihard op de boerderij gewerkt. Elise ook, trouwens. Ik niet.'

'Dat van Elise ligt toch anders,' zegt hun moeder. 'Het is niet haar beroep. Zij heeft voor iets anders gekozen. Maar de boerderij is Stevens lust en zijn leven. Hij is hier vierentwintig uur per dag, zeven dagen achter elkaar. Elise alleen in het weekeind.'

'Waar zit je nou mee?' vraagt Naomi als Steven gestrest met zijn vingers knakt.

'Dat hij jullie niet kan terugbetalen,' zegt hun moeder.

'Doe het dan in termijnen,' stelt Naomi voor. 'Je geeft ons elk jaar een klein percentage van de winst.'

'En zo lang ik leef blijft mijn aandeel in de boerderij,' zegt hun moeder, 'dan hoef je dat niet terug te betalen, Steven. Niet dat ik jou wil voortrekken, maar het is voor het behoud van de boerderij en daar staan we toch allemaal achter. Ik weet trouwens zeker dat jullie vader dat ook zou hebben gewild.'

'Ik vind het heel logisch, mam. Jij woont hier,' zegt Naomi.

'Ja,' valt Elise haar bij. 'Dat is juist zo fijn, dan kun jij hier blijven.'

'Als iedereen het er dan mee eens is, moeten we het zwart op wit zetten,' zegt hun moeder.

'Welnee,' zegt Elise. 'We kunnen elkaar toch wel vertrouwen?'

'Dat lijkt mij ook,' zegt Naomi en ze haalt twee koekjes

tegelijk uit de trommel. 'Ooit moet het wel bij de notaris worden geregeld, natuurlijk, maar dat hoeft niet meteen.'

'Mooi,' zegt hun moeder. 'Dan nemen we er nu een drankje op.'

'Steven, een biertje?' vraagt Elise, die alweer opspringt als haar moeder haar aankijkt.

'Doe mij ook maar een biertje,' zegt Naomi.

'Nee, vrouwen drinken geen bier,' zegt hun moeder. 'Dat doe je maar in Amsterdam.'

Jelle

'Wat is er met jou?' vraagt Jelles baas als Jelle onder zijn werk voor de zoveelste keer naar buiten loopt.

'Even een luchtje scheppen. Ik heb het benauwd. Waarschijnlijk zit er een verkoudheid aan te komen. Zo voelt het, tenminste.'

Jelle kan zijn draai niet vinden vanavond. Hij is ook niet van plan met zijn collega's te gaan stappen na sluitingstijd. Hij heeft het wel beloofd, maar dat trekt hij even niet. Hij is blij als hij het redt tot halfdrie vannacht. De hele tijd ziet hij zichzelf op een of ander duf kantoor. Hij kan zo'n leven niet aan. Die verdomde verwachtingen van Naomi ook. Straks wil ze ook nog dat hij in de avonduren cursussen gaat volgen, zodat hij promotie kan maken. Bij de gedachte aan zo'n leven gruwelt hij. Hij is geen type om samen te wonen, dat beklemt hem.

Hij heeft geluk dat het ineens toch een drukke avond wordt. Nu moet hij zich op zijn werk concentreren en heeft hij geen tijd om aan zijn eigen shit te denken. Hij rent van de bar naar de klanten, de zaak zit bomvol. Hij is blij dat Naomi vannacht weg is, want hij zou een confrontatie met haar nu echt niet aankunnen.

Zijn baas merkt dat hij zich niet goed voelt. 'Ga jij maar,' zegt hij als om halfdrie de laatste klant het café verlaat. 'De jongens ruimen wel op.

Je hebt een knalrode kop, man. Je hebt vast en zeker koorts. Zo meteen steek je ons nog aan.'

Jelle voelt zelf ook wel dat hij koortsig is, maar dat komt niet doordat hij ziek wordt. 'De mazzel.' Hij loopt naar buiten en springt op zijn fiets. Bij een brug over een van de grachten stapt hij af. Hij zet zijn fiets tegen de leuning en gaat zitten. Hij gaat nog niet naar huis. Hij kent zichzelf: dan zit hij daar opgesloten in zijn kamer en dan komen de muren op hem af. Hij staart naar het water. Wat een ellende. Waar is hij in verstrikt geraakt?

In geen tijden heeft hij zich zo klote gevoeld. Met die Eric heeft Naomi een goed leven gehad. Hij kent die burgerlijke stelletjes wel: carrière maken, een huis kopen en dan kinderen. Voor je het weet zit je elke avond met de babyfoon aan voor de buis. Daar moet Jelle niet aan denken. Als hij zich nu al zo verstikt voelt, alleen nog maar door een baan, hoe moet het dan later met kinderen en een hypotheek? Als hij hiermee doorgaat en zichzelf in een leven laat persen dat hij niet aankan, is hij zo terug bij af. No way! Dat wil hij niet.

Van de drugs moet hij afblijven en tot nog toe lukte hem dat. Hij was helemaal clean, een halfjaar lang, en dan zou hij weer terug bij af zijn, en dat allemaal vanwege een vrouw. Hij is dol op Naomi, maar hij kan haar niet het leven geven dat ze wil.

Hij kijkt naar een verliefd stelletje dat langsloopt. Die jongen ziet eruit alsof hij zeker van zijn zaakjes is. Die heeft maar één wens: hard werken voor zijn gezinnetje. Een gezin

– alleen al door de gedachte eraan schiet hij in de stress. Laat staan een hypotheek waar hij voor de rest van zijn leven aan vastzit. En een baan waar hij stapelgek van wordt en waaruit hij nooit meer weg kan. Jelle denkt aan Naomi. Hij wil het zo graag, een leven met haar samen, maar hij kan het niet.

Ineens weet hij wat hem te doen staat: hij moet het uitmaken. Hij pakt zijn fiets en rijdt doelloos door de stad. Het. Moet. Uit! De hele tijd bonken die drie woorden in zijn hoofd.

Morgen komt ze terug. Hoe moet hij het haar vertellen? Ze hoeft maar lief naar hem te kijken en hij is om. Hij kan het haar niet zeggen. Het heeft geen zin; ze haalt hem zo over. Als hij haar ziet, wil hij maar één ding: haar in zijn armen nemen en haar liefhebben. Haar gelukkig maken, zodat ze die Eric vergeet. Maar dan heeft hij het wel over een ander en niet over zichzelf. Hij zit met een groot dilemma: hij kán het niet uitmaken, daar is hij te slap voor. Hij moet vluchten.

Hij schrikt van zijn eigen gedachten. Als hij dit van een ander zou horen, zou hij ook walgen. Een misselijke, laffe daad, maar hij ziet geen andere uitweg. Hij moet ervandoor gaan en nooit meer terugkomen. Hij moet naar huis gaan, zijn rugzak pakken en weg zijn voor ze morgen terug is. Hij kan het best vannacht nog vertrekken, of vanochtend vroeg. De jongens in zijn huis zijn er niet, dus hij hoeft geen vragen te beantwoorden. Hij legt ook geen briefje neer, ze merken het vanzelf wel. Die zolderkamer moest toch leeg. Hij kan bij zijn neef in Rotterdam terecht. Die heeft hem ook geholpen toen hij op de rand van de afgrond balanceerde.

Hij had de scooter van zijn moeder verkocht. Het ding was nog zo goed als nieuw en toch kreeg hij er maar vijfhonderd euro voor. Uitbuiterij natuurlijk, maar hij was blij met elke cent. Hij had coke nodig, zo simpel was het. Het geld was helemaal op. Hij was radeloos; hij had geen geld meer voor drugs, maar hij kon niet zonder. Als je verslaafd bent aan de coke en je hebt het niet, begint de ellende van het overleven.

Hij was op een avond naar het huis van zijn moeder gegaan en belde aan. Toen ze opendeed en hem zag staan gooide ze meteen de deur voor zijn neus dicht. Woest was hij. 'Ik heb poen nodig!' riep hij, en toen ze niet opendeed gooide hij een briefje door de brievenbus en drukte heel lang op de bel. *Geef me geld, anders vermoord ik je, klotewijf!* stond erop.

Dat hij zoiets aan zijn eigen moeder zou schrijven, maar hij had het gedaan. Hij was zichzelf niet. Hij was een opgejaagd dier en had maar één gedachte: coke. Hij was teruggegaan naar het station waar hij nog altijd rondhing en toen dacht hij aan zijn neef. Ze hadden altijd een goede band gehad. Zijn neef kwam regelmatig bij hen thuis en kende de situatie.

'Ik zit er helemaal doorheen,' zei hij toen hij zijn neef belde. 'Je moet me helpen.'

'Waar ben je?' vroeg die.

Jelle vertelde dat hij al een tijdje dakloos was en rondhing bij het Muiderpoortstation.

'Ik kom eraan,' zei zijn neef. 'Blijf waar je bent.'

Hij weet niet meer hoe lang het duurde voor zijn neef er was, maar het duurde voor hem te lang. Intussen belde hij

Chocolate, maar die weigerde hem iets te geven omdat hij geen geld had.

Nog een geluk, denkt hij nu. Als Chocolate hem coke had gegeven, was hij nooit met zijn neef meegegaan. Nu stond hij daar, trillend en zwetend voor het station.

Zijn neef kwam aangereden. Hij opende het portier en zei: 'Ik neem je mee op één voorwaarde: dat je van die troep af gaat.' Zijn neef wist blijkbaar van zijn moeder dat hij verslaafd was.

Jelle was woedend geworden. 'Ik heb je niet gevraagd om mij de les te lezen. Ik heb poen nodig. Je krijgt het terug.'

'Ik geef je geen cent,' zei zijn neef. 'Ik wil je iets geven wat veel meer waard is, lul. Ik help je uit deze shit.'

'Haal dan methadon voor me, voor ik gek word.'

'Daar schiet je verdomme niks mee op. Je moet helemaal van die troep af.' Hij hield het portier nog steeds geopend.

Vloekend liep Jelle weg. 'Klootzak, ik ben je bloedeigen neef, en je laat me gewoon in de stront zitten!'

Zijn neef reed stapvoets met de auto naast hem. 'Kom op, man,' zei hij op de hoek. 'Stap in.'

Jelle had geen keus.

Zijn neef nam hem mee naar zijn appartement in Rotterdam. Boven haalde hij een kamertje leeg en bedekte de muren en de vloer met plastic.

'Wat wil je?' vroeg Jelle argwanend.

'Je gaat cold turkey afkicken,' zei zijn neef. 'Je gaat detoxen met Nalorex. Een vriend van me, ook een kunstenaar, heeft het thuis. Hij is afgekickt.'

Een uur later zat Jelle in het kamertje. Hij kreeg Nalorex en na een kwartier begon het al te werken. Hij werd doodziek; al zijn eten kwam eruit. Hij bleef maar kotsen. En die ondraaglijke pijn! Hij schreeuwde het uit. Zijn neef bleef bij hem en liet hem geen seconde alleen. Hij nam regelmatig zijn bloeddruk op, maar Jelle werd zo beroerd dat hij hem met bloeddrukmeter en al van zich af trapte. De tweede dag kreeg hij weer Nalorex. Hij spuugde het uit, maar zijn neef propte de pil met geweld bij hem naar binnen. 'Het moet!' riep hij. 'Het is nu of nooit!'

Jelle zat er helemaal doorheen en wilde weg. 'Ik red dit niet! Geef me godverdomme methadon in plaats van die rotzooi.' Hij rende naar de deur, maar zijn neef draaide de deur op slot. Jelle trapte er een gat in. Hij was net een wild dier. 'Laat me los!' schreeuwde hij tegen zijn neef. Ze rolden vechtend over de grond.

Maar de derde dag zakte de pijn. Hij werd al wat rustiger, en op dag vier kwam hij uit zijn hel. Hij was lichamelijk afgekickt, maar hij voelde zich net een dweil.

Het duurde weken voordat hij zich weer goed voelde. Zijn neef had werk voor hem gevonden in de haven. En na een paar maanden had hij genoeg gespaard om terug te gaan naar Amsterdam. Daarna heeft hij nooit meer iets gebruikt en zelfs geen hijs van een joint genomen.

Hij weet dat hij altijd bij zijn neef terechtkan.

'Denk erom,' zei hij tegen Jelle toen hij terug naar Amsterdam ging, 'je blijft met je poten van de drugs af, en anders kom je hierheen.'

Nu is het zover. Hij kan maar beter een tijdje bij zijn neef logeren; die heeft vast wel een oplossing. Als hij blijft rondzwerven gaat het zeker mis. Misschien kan hij weer in Rotterdam in de havens werken. Dat spreekt hem wel aan. Geen pretenties, gewoon sjouwen, en het verdient goed. Vorige keer heeft hij bij Fred gewerkt; die kan hem waarschijnlijk wel aan werk helpen.

Jelle wordt weer wat rustiger en fietst naar huis. Het wordt al licht; hij heeft langer door de stad gereden dan hij dacht. Hij gaat naar boven naar zijn kamer.

Op de grond achter de deur ligt een blauwe envelop. Een belastingaanslag, dat kan hij er nu niet bij hebben. Hij pakt de envelop en verscheurt hem. Hij woont hier niet meer, ze zoeken het maar uit. Hij zoekt wat spullen bij elkaar.

Als hij alles heeft ingepakt, zet hij beneden koffie voor zichzelf en bakt een omelet. Haast heeft hij niet, als hij maar weg is voordat iedereen terug is.

Hoe zou het voor Naomi zijn? Als ze van Harold hoort dat zijn kamer leeg is, snapt ze het wel. Het is klote, maar voor haar komt er wel een ander. Na een tijdje gaat hij wel weer terug naar Amsterdam, maar dan naar een andere buurt. Hij hoopt dat hij dan iets in de Pijp vindt. Wie weet komt hij haar dan ooit tegen met haar man en kinderen. Verdomme! Hij wil die vent zijn, en hij geeft een trap tegen de tafelpoot. Het is klote, maar hij weet dat dit het beste is, ook voor Naomi.

Om tien uur loopt Jelle met zijn rugzak door Rotterdam. Hij wilde zijn neef in de trein bellen, maar deed het toch niet. Hij had geen zin om door de telefoon te praten. Als zijn neef hem met zijn rugzak voor de deur ziet staan, weet hij genoeg. Zijn neef is ook geen man van veel woorden. Hij is beeldend kunstenaar, en dat is ook niet alleen maar makkelijk. Vroeger hield Jelle ook van schilderen, toen het nog goed met hem ging. Hij kon best aardig schilderen, maar ineens lukte het niet meer. De confrontatie met zijn eigen eenzaamheid werd te groot. Hij kreeg voor het eerst last van een gevoel van vervreemding. Het was een afschuwelijke ervaring. Hij schilderde alleen maar luchten – sombere luchten vol donkere wolken.

Hij staat voor het huis van zijn neef en belt aan. Er wordt niet opengedaan. Shit, zou hij nog liggen maffen? Opnieuw drukt hij op de bel. Het raam van de eerste verdieping wordt opengeschoven. De buurvrouw steekt haar hoofd naar buiten. 'Ha Jelle, je neef is op vakantie. Hij zit sinds gisteren op Ibiza. Over drie weken is hij weer terug. Koffie?'

Jelle loopt door de haven. Wat een mazzel, hij ziet Fred.

'Hé, Fred!'

'Kijk nou eens wie we daar hebben?! Hallo, gozer.' Fred stompt hem vriendschappelijk tegen zijn schouder. 'Hoe gaat het?'

'Ik zoek werk.'

Fred kijkt bedenkelijk. 'Ik denk niet dat dat gaat lukken, jongen, nu met die crisis. Er zijn pas nog een paar jongens naar huis gestuurd.'

'Dus het heeft geen zin om verder te zoeken?'

'Nee, ik ben bang van niet. Heb je aan Antwerpen gedacht? Daar maak je wel kans. Ik hoorde dat ze daar mannen nodig hebben.'

'Mooi,' zegt Jelle. 'Dan probeer ik het daar.'

Hij baalt wel. Zijn neef is weg en nu moet hij ook nog helemaal naar Antwerpen.

Zijn mobiel gaat. Het is Naomi. Hij neemt niet op, maar

het kost hem wel moeite. Vooral als de telefoon maar blijft overgaan. Als ze een paar keer heeft gebeld, gaat de lol er wel vanaf. Naomi is verleden tijd. Hij moet nu vooral niet aan haar denken.

Jelle loopt naar het perron en kijkt op het bord om te zien hoe laat de trein naar Antwerpen vertrekt. Dat duurt nog even. Hij kijkt naar zijn mobiel. Naomi heeft een bericht ingesproken. Zou ze al hebben gezien dat hij ervandoor is? Hij kan het niet laten en luistert zijn voicemail af.

'Hi, schatje, ik ben er om vijf uur weer. En dan gaan we lekker Indiaas eten. Ik trakteer. Ik heb zo'n zin om je weer te zien. Kus.'

Hij staat met de mobiel tegen zijn oor. Het is alsof haar stem hem betovert. Krijg de kolere, denkt hij. Ik ga terug.

Elise

Elise laat een bord uit haar handen vallen. Gelukkig is het een oud bord, er zat al een barst in. Het is de tweede keer vanochtend dat ze iets breekt. Ze bukt om de scherven op te rapen. Als ze vooroverbuigt wordt ze duizelig. Ze voelt zich erg slap. Vannacht heeft ze weer slecht geslapen. Dat gedoe over het feest van oom Evert en tante Anna is voor haar de bekende druppel. Ze gooit de scherven in de vuilnisbak als haar moeder de keuken in komt.

'Je bent wel een brokkenpiloot vandaag. Je wordt er niet handiger op sinds die nieuwe baan.'

Elise verbijt zich. Niemand moet nu iets verkeerds tegen haar zeggen; ze kan niets meer hebben.

Haar moeder kijkt naar haar. 'Je ziet ook zo bleek. Je zit natuurlijk de godganse dag binnen op dat kantoor. Dat is niet goed voor een mens. Ga alsjeblieft buiten werken. Er is genoeg te doen in de tuin. Of nee, het grind moet aangeharkt worden. Het onkruid komt er overal doorheen. Doe dat maar.'

Elise loopt naar buiten. Het is heerlijk weer. Ze ademt diep in. Steven komt op de trekker aanrijden. Ze is blij voor haar broer dat het gisteravond allemaal zo soepel is verlopen. Ze is best trots op hun gezin. Je hoort zo vaak dat er onderling jaloezie is als er iets te verdelen is. Naomi en zij gunnen het hem alle twee, en hun moeder ook. Ze doet de schuurdeur open om de hark te pakken, maar alleen de schep staat er. Je kijkt met je neus, hoort ze haar moeder in gedachten zeggen. Maar de hark staat er echt niet.

'Steven!' roept ze. 'Weet jij waar de hark is?'

'Wat?' Steven zet de motor van de trekker af. Een benzinelucht prikkelt haar neus. Dat vond ze vroeger altijd zo lekker ruiken als haar vader kwam aanrijden. De geur hing dan helemaal om hem heen. Naomi vond het juist vies, maar zij vond alles vreselijk van de boerderij. Nu zit ze midden in Amsterdam tussen de uitlaatgassen, en daar hoort Elise haar nooit over.

'De hark!' roept Elise.

'Die heb ik in het kleine schuurtje gezet!' schreeuwt Steven terug.

Elise loopt naar het kleine schuurtje, dat altijd wordt gebruikt voor zieke dieren die wat meer aandacht en verzorging nodig hebben. De veearts is daar vaak geweest; er zijn daar heel wat beesten beter gemaakt.

Elise voelt de angst opkomen als ze naar het schuurtje loopt. Zal ze vragen of Steven de hark voor haar wil pakken? Maar ze wil niet aan haar angst toegeven. Hoe lang is het nou al niet geleden?

Als ze de deur opendoet, ziet ze de balen stro liggen, net als vroeger. Niet aan denken, zegt ze tegen zichzelf. In een hoek ziet ze de hark staan. Ze wil hem pakken als de schuurdeur met een klap dichtslaat. Elise blijft als versteend staan. Hou op! zegt ze tegen zichzelf. Het is de wind maar. Het heeft niets met vroeger te maken. Maar het beeld van vroeger dringt zich onherroepelijk aan haar op. Ze gaat op de baal stro zitten en slaat haar handen voor haar gezicht, maar het helpt niet.

In haar gedachten staat ze bij een ziek lam, als oom Evert binnenkomt. Ze hoort de sleutel, die altijd werd omgedraaid. Ze voelt de arm om haar heen. 'Voor mij ben jij de liefste van de wereld,' fluisterde hij dan altijd. 'Weet je wel dat oom Evert heel gelukkig is dat hij zo'n lieve nicht heeft?' Hij had haar gezicht gestreeld en was op het stro gaan zitten. 'Kom eens bij je oom zitten.' Hij had zijn arm naar haar uitgestrekt en haar naar zich toe getrokken. Voor ze er erg in had lag ze op haar rug in het stro en had ze het grote hijgende gezicht van haar oom boven zich gezien.

Ik moet aan fijne dingen denken, had ze gedacht. Ze dacht aan de zwaluwnesten boven in de stal. Aan haar vader, die haar had opgetild, zodat ze de nesten van klei en strootjes kon zien. Ze had in elk nest mogen kijken. In sommige lagen eieren, en een dag later had ze zelfs gepiep van een vogeltje gehoord.

Au! Tranen van pijn waren haar in de ogen gesprongen. Niet aan denken, had ze gedacht, en terwijl ze op haar lip beet, dacht ze aan de kleine zwaluwen die voor het eerst waren uitgevlogen met hun staalblauwe ruggetjes en hun lange puntstaartjes. En aan hoe hun ouders hun hadden geleerd insecten te vangen. Opnieuw had ze de stekende pijn tussen haar benen gevoeld, en toen had ze snel aan die keer gedacht dat ze zelf op de ladder was geklommen en in het nest een jong vogeltje uit het ei had zien komen. Ze was heel hard naar het weiland gerend om het haar vader te vertellen, maar toen was ze op haar knie gevallen en snikte ze, net als nu. Ze was zijn liefje, dat had oom Evert elke keer gezegd als hij haar op het stro trok. Ze had zich vaak afgevraagd waarom.

'Je hoeft niet te huilen,' had oom Evert gezegd als het voorbij was en hij opstond. 'Dit is ons geheim. Snap je dat?' Ze had geknikt, terwijl de tranen over haar wangen stroomden. Maar dat was alleen in het begin geweest.

Later had ze niet meer gehuild. Ze wist precies wat er ging gebeuren en hoe lang het ongeveer zou duren. Ze wist dat ze oom Everts lieveling was, en elke volgende keer had het minder pijn gedaan. Na afloop aaide hij altijd over haar haar en dan draaide hij de deur van het slot. 'Vergeet het zieke lam niet,' zei hij voor hij het schuurtje uit liep.

En elke keer dat hij haar alleen achterliet op het stro, kwam de schaamte. Ze vond dat moment misschien wel het afschuwelijkst van alles. Ze durfde niemand aan te kijken, zelfs zichzelf niet in de spiegel. Altijd was er weer die schaamte geweest. Het is alsof ze die nu weer opnieuw voelt, na al die jaren. Schaamte voor wat er met haar is gebeurd en wat ze had laten gebeuren.

Elise merkt dat ze weer huilt nu ze na al die jaren in de kleine schuur op het stro zit. Als ze de schuurdeur hoort opengaan, veegt ze verschrikt haar tranen weg.

'Zit je hier, lieve zus?' Naomi komt naast haar zitten en slaat een arm om haar heen. 'Waarom huil je?'

Elise kan geen woord uitbrengen.

'Ik weet het al,' zegt Naomi. 'Het komt zeker door gisteravond. Jij had ook boerin willen worden en nu gaat de boerderij zomaar naar Steven. Is dat het?'

Elise knikt maar.

'Jij wilde altijd boerin worden,' zegt Naomi. 'Als pap nog had geleefd, was je het ook geworden, toch?'

Elise knikt weer.

'Zie je wel?' zegt Naomi. 'Ik heb het altijd geweten. Paps dood heeft jouw hele leven veranderd.'

Elise schenkt voor zichzelf koffie in. Ze moet zo naar haar werk, maar ze kan zich er niet toe zetten. Het is maandag. De week moet nog beginnen, en ze is nu al volkomen uitgeput. Haar armen voelen loodzwaar aan en haar hoofd zit vol watten. Ze voelt zich somber en vraagt zich voortdurend af hoe het verder moet. Ze is blij dat Naomi nog slaapt, dan hoeft ze tenminste niets te zeggen.

Ze drinkt haar koffie op en gaat in de gang voor de spiegel staan. Ze ziet er niet uit, met die donkere kringen onder haar ogen. En ze ziet bleek. Zal ze zich ziek melden? Maar wat gaat ze dan doen? Op haar bed liggen piekeren, en dan stapelgek worden? Want slapen lukt toch niet. Ze denkt aan haar vader, die altijd zei dat je het best gewoon door kon gaan met werken als je je niet goed voelde. Tot nu toe heeft ze dat ook altijd gedaan.

Ze kan zich niet heugen dat ze ooit haar werk heeft afgebeld. Dat kon vroeger thuis ook niet. Of je nou ziek was of niet, ze moest opstaan om te melken en daarna gewoon naar school. Ze was weleens jaloers op kinderen uit haar klas die thuis mochten blijven als ze niet lekker waren en dan extra werden verwend. Dat zat er bij hen niet in. Ze is weleens zo ziek geweest dat de juf haar naar huis heeft gestuurd. Toen ze thuiskwam zei haar moeder: 'Ga dan maar boven in je bed liggen.' Ze werd echt niet verzorgd. Als ze iets wilde eten of drinken, moest ze naar beneden gaan. Ze snapt het wel van haar moeder; die bleef ook altijd maar doorgaan.

Elise aarzelt even. Ze voelt zich erg slap, maar dan trekt ze toch haar jas aan. Misschien knapt ze in de loop van de dag wel op.

Met lood in haar schoenen loopt ze drie kwartier later het kantoor in.

'Morning!' zegt John opgewekt. 'Goed weekeind gehad?'

'Best,' zegt ze terwijl ze doorloopt naar haar kamer. Straks komen de meiden binnen en daar heeft ze nu geen behoefte aan. Ze zet haar pc aan en haalt haar werkmappen uit de la. 'Shit!' zegt ze hardop als ze de stapel papieren doorbladert. Ze houdt de order van Meijer in haar hand. Hoe is het mogelijk dat ze dit vrijdag toch nog is vergeten? Ze had de bestelling moeten annuleren. Dit is een ramp! Ze krijgt het vast niet meer voor elkaar. Dat gaat haar baas een hoop geld kosten. Ze moet ze bellen, ze moet proberen of ze een uitzondering willen maken, en ze zoekt het nummer op en belt.

'Met uitgeverij Meijer, goedemorgen.'

'Hallo, met Elise van Vonks Auteursrechtenbureau. Is mevrouw Klomp aanwezig?'

'Een momentje.'

Please... Elise doet een schietgebedje.

'Elise? Marian Klomp is nog niet op kantoor. Ik kan vragen of ze je terug wil bellen.'

'Graag.'

Elise hangt op. Ze wil absoluut niet dat Arnold dit te weten komt. Ze baalt dat ze een handtekening van Annemiek nodig heeft. Die ziet vast dat de annuleringsdatum is verstreken, en dat geeft ze maar al te graag door aan Arnold. Annemiek doet er alles aan om Arnold te overtuigen dat hij de verkeerde keus heeft gemaakt. Ze kijkt naar het formulier. Ze kent de handtekening van Annemiek; ze kan hem zelf namaken. Waarom niet? Niemand die daarachter komt. Ze pakt een pen en probeert het eerst op een los velletje papier. Als ze tevreden is, zet ze de handtekening op het formulier en bergt dat snel op in de la.

'Goedemorgen, secretaresse.' Arnold steekt zijn hoofd om de deur. 'Het wordt een heel drukke week. Ben je er klaar voor?'

'Ja, natuurlijk,' zegt Elise. Ze ziet Arnold naar haar kijken, maar gelukkig vraagt hij niets.

Ze zucht als ze de stapel werk op haar bureau ziet. Ze heeft absoluut geen energie. Het rare is dat ze ook helemaal geen contact meer met haar werk en de collega's voelt, alsof ze van alles en iedereen is vervreemd. Ze kijkt in haar agenda. Over een halfuur heeft ze een bespreking in Arnolds kamer. Ze probeert wat te werken als de telefoon gaat.

'Elise, Marian Klomp voor jou.'

'Verbind maar door,' zegt Elise zenuwachtig. 'Met Elise,' zegt ze dan. 'Fijn dat u terugbelt. Ik heb namelijk een probleempje. Ik heb hier een annulering liggen die vrijdag afgekaart had moeten worden, maar dat is helaas niet gelukt. Kan het bij hoge uitzondering vandaag nog?'

'Mag ik het dossiernummer. Dan weet ik waar het over gaat.'

Elise noemt het nummer op.

'Nee, dat is verlopen. Het spijt me, maar zo gaat dat. Jullie zullen de order alsnog moeten accepteren.'

‘Maar dat kan niet!’ roept Elise. ‘Het is mijn fout. Wilt u alstublieft een uitzondering maken?’

‘Je zit er wel heel erg mee,’ zegt de vrouw peinzend.

‘Ja,’ zegt Elise. Ze voelt dat ze moet huilen. Ze probeert haar tranen weg te slikken, maar het lukt niet.

‘Elise...’ begint de vrouw.

‘Sorry,’ snikt Elise.

‘Ik zal dit wel met de directie opnemen,’ zegt de vrouw en ze hangt op.

Elise slaat haar handen wanhopig voor haar gezicht. Wat een afgang. Ze is nog steeds van haar stuk als ze de kamer van Arnold binnengaat. Als door een waas ziet ze hem achter zijn bureau zitten. Ze loopt naar haar plaats, maar ze heeft het gevoel alsof ze elk moment kan instorten. Arnold begint te dicteren. Ze hoort ergens heel ver weg zijn stem.

‘Wat heb je?’ vraagt hij ineens. ‘Elise, wat is er? Gaat het wel goed met je?’

‘Sorry,’ zegt ze. ‘Ik ben ziek. Ik dacht het vanochtend al.’

‘Je had thuis moeten blijven, meid. Ga maar je bed in, dat lijkt me beter. Je ziet er ziek uit. Geen zorgen, ik vraag wel of Annemiek je werk deze week overneemt.’

Nee! denkt Elise verschrikt. Ook dat nog, dan ziet ze die handtekening!

‘Ben je niet naar je werk?’ vraagt Naomi, die nu pas uit bed komt.

‘Ik ben ziek naar huis gegaan,’ zegt Elise. ‘Ik denk dat ik griep heb. Alles doet me pijn.’

‘Ga je bed in.’

'Nee, Rafaël komt vanavond. Ik denk dat ik vast wat ga spitten in de tuin.'

'Doe normaal!' roept Naomi terwijl ze haar spullen bij elkaar raapt. 'Je bent ziek, dan ga je toch niet zulk zwaar werk doen? Sorry, ik ben al laat, ik moet gaan. Ik zorg wel voor het eten vanavond.'

Elise loopt de tuin in. Het lijkt haar wel fijn om wat buiten te werken, maar kan ze dat wel maken? Ze is ziek naar huis gegaan. Stel je voor dat iemand haar ziet.

Haar mobiel gaat. Het is Rafaël. Ze neemt op.

'Ha, Elise,' zegt Rafaël, 'ik zou vanavond komen, maar komt het jou ook uit als ik eerder kom, om een uur of drie bijvoorbeeld?'

'Ja, hoor. Je mag ook nu komen, ik ben toch thuis.'

'Super,' zegt Rafaël. 'Zet maar vast koffie, ik spring in mijn auto.'

Elise vindt het fijn dat Rafaël komt. Dan heeft ze tenminste afleiding. Ze besluit gewoon in de tuin te gaan werken. Ze weet toch bijna zeker dat ze eruit ligt op haar werk. Die Marian Klomp gaat natuurlijk Arnold bellen en als hij dan ook nog van Annemiek hoort dat zij haar handtekening heeft vervalst, is hij wel klaar met haar. Hij blijft niet aan de gang; laatst heeft ze ook een blunder gemaakt. Ze kan die baan niet aan, dat is wel duidelijk. Ze wilde het graag, maar het gaat niet. Zoals ze nu is, kan ze niets. Ja, koffiezetten, dat lukt nog wel.

'Mag ik iets zeggen?' zegt Rafaël als ze samen koffiedrinken. 'Je ziet er niet goed uit. Ik herken het van mezelf, omdat ik me ook een tijdlang niet goed heb gevoeld. Je zit ergens mee en dat hou je verborgen.'

Elise zet haar beker neer. Ze voelt dat ze kleurt. 'Het kan wel,' zegt ze en ze staat op om de koektrommel uit de keuken te pakken. 'Op het moment gaat het niet zo goed, sinds mijn promotie. Wil je een biscuitje?' Ze houdt hem de trommel voor.

'Graag.' Hij haalt er een uit en kijkt haar aan. 'Wat ga je eraan doen?'

'Geen idee. Slaappillen misschien.'

'Dat heb ik ook gedaan,' zegt hij terwijl hij een hap van zijn biscuit neemt. 'Maar dat lost niets op. Je moet de oorzaak aanpakken. Wij mensen willen altijd een snelle oplossing voor onze problemen. Maar dat is kortetermijndenken. Je moet verder kijken, naar de bron van het lijden, de oorzaak.'

'Zo moeilijk is het niet,' zegt Elise. 'Ik ben moe omdat ik niet slaap en doordat ik moe ben, raak ik in de stress en daardoor lig ik weer wakker.'

'Juist, een vicieuze cirkel dus,' zegt Rafaël en hij leunt achterover in de stoel. 'Je bent erin vastgelopen, Elise. Vroeg of laat lopen we allemaal vast. We zijn onze verbondenheid kwijt. We leven veel te oppervlakkig; dat kan een mens niet aan.'

'Welke verbondenheid?' vraagt Elise, die haar laatste slok koffie opdrinkt.

'Met God. Geloof me. Ik voelde me net zo ellendig als jij. Ik droeg een soort last met me mee, die zwaar op me drukte, me beklemde. Ik had geen energie meer om overeind te blijven.' Even blijft het stil. Hij roert met zijn lepeltje in zijn beker en dan kijkt hij Elise aan. 'God heeft die last van me af genomen.'

'Wat ik met me meedraag, kan niemand van me af nemen.' Elise schrikt zelf van haar eigen woorden. Ze heeft nog nooit toegegeven dat ze een geheim met zich meedraagt.

'Misschien ben je nog niet zover om je over te geven aan God.'

'Wat bedoel je?'

Rafaël glimlacht naar haar. 'Hoe zal ik het zeggen? Het kan dat je nog langer moet lijden. Maar weet dat God op je wacht als je er klaar voor bent.' Hij staat op en brengt zijn lege beker naar de keuken. 'Ik ga aan de slag.'

Hij loopt naar buiten om zijn tuingereedschap uit zijn bus te halen.

Elise kijkt hem na. Zo licht als hij zich beweegt, en die tevreden lach en zijn kalme uitstraling! Je zou niet denken dat hij een zware last met zich mee heeft gezeuld. Voor het eerst durft ze het zich af te vragen: zou zij ook ooit weer gelukkig kunnen worden?

Jelle

'Niet te geloven dat je mij zover hebt gekregen dat ik nu in een bubbelbad lig.' Jelle kust Naomi.

'En? Vind je het fijn?' vraagt Naomi, terwijl ze geniet van het warme water.

'Super,' zegt Jelle. 'Ik snap nu ook niet waarom ik nooit naar de sauna wilde.'

'Je bent gewoon preuts,' zegt Naomi lachend. Ze spettert hem nat. 'Mannen zijn veel preutser dan vrouwen.'

'Hoe kom je daar nou bij?' zegt Jelle. 'Ik duik op het naaktstrand zo in mijn blote kont de zee in.'

'Zeker als er niemand is,' zegt Naomi grinnikend. 'Jij hoeft je anders niet voor je lichaam te schamen.' Ze strijkt over zijn borst. 'Je ziet er goed uit.'

'Jij ook,' zegt hij. 'Zwemmen? Ik heb nou wel weer genoeg gebubbeld.' Hij komt overeind en duikt vanuit het bubbelbad het zwembad in, terwijl Naomi hem nakijkt.

'We gaan het Turkse stoombad in!' roept ze.

Als ze even later in het stoombad zitten pakt Naomi zijn hand. 'Ik ben gelukkig en dat komt door jou, weet je dat? Ik had nooit durven denken dat ik me weer zo goed zou voelen.'

Jelle slaat een arm om haar natte lijf heen.

'Weet je,' gaat Naomi verder, 'je moet niet schrikken, maar dit weekeind was ik toch bij mijn moeder en mijn broer? Ik heb niets over ons verteld. Maar dat voelt nu zo laf. Ik wil dat ze weten dat ik weer een nieuwe liefde heb, en wat voor een! Ik wil dat ze je zien. Over een tijdje is de bruiloft van mijn oom en tante, en ik zou het fijn vinden als je dan meegaat. Maar dan moet ik je eerst voorstellen aan mijn moeder en broer. Of benauwt dat je?'

'Nee, ik ga wel een keer mee,' zegt Jelle. 'Ik wil ook wel zien waar jij bent opgegroeid. Spannend. Helaas heb ik geen contact meer met mijn ouders, dus ik kan je niet aan hen voorstellen. Ik vertel je nog weleens hoe het zit.'

'Mag ik wel je broertje zien?'

'Ja natuurlijk, dan nemen we hem mee naar Schiphol, dat vindt hij super. Hij is helemaal gek van alles wat rijdt en vliegt. Vroeger ging ik vaak met hem naar een druk kruispunt en dan stond hij daar de hele tijd zijn ogen uit te kijken. Verder had hij niks nodig, als hij maar auto's of trams zag. Vliegtuigen vindt hij helemaal te gek.'

'Ik wil hem graag ontmoeten,' zegt Naomi.

'Je bent lief.' Jelle kust haar.

Achteraf is hij blij dat hij is teruggegaan naar Amsterdam. Geen idee wat hem bezielde, het was vast weer een of andere angstaanval. Wanneer houdt dat eens op? Hij wil Naomi nooit meer missen, ze is de vrouw van zijn leven. Hij voelt zich weer een stuk rustiger.

De deur van het stoombad gaat open, maar door de stoom kun je niet zien wie er binnenkomt. Door een waas zien ze iemand op hen af komen.

'Wij zitten hier,' zegt Naomi lachend.

'Hé, Naomi, ik herken je stem.'

'Lennard!'

'Hoe gaat het?'

'Goed,' zegt Naomi. 'Kom hier zitten.' Ze schuift wat op. 'Dit is mijn nieuwe vriend, Jelle. Lennard en ik zijn saunavrienden,' legt ze uit. 'Lennard heeft een eigen makelaarskantoor.'

'We zagen elkaar vroeger wekelijks,' zegt Lennard. 'En altijd maar kletsen. We wisten alles van elkaar.'

'We zaten in hetzelfde schuitje,' zegt Naomi. 'Ik verloor Eric, en Lennards vriendin liet hem in de steek, ook heel onverwacht.'

'Dat was niet makkelijk,' zegt Lennard. 'Ze had de ware gevonden. Nou, daar zit je dan. Wat is het hier heet!' Lennard gaat wat lager zitten. 'Je bent een tijd niet geweest.'

'Nee, geen geld. Ik woon nu samen met mijn zus en dat is veel voordeliger. Maar het gaat dus goed met je? Ik denk vaak aan je als ik op het journaal weer iets hoor over de misère op de huizenmarkt. Heb jij er veel last van?'

'Wie niet?' zegt Lennard. 'Maar ik ben er nog. Alleen is mijn maat weggelopen. Ik zit er wel mee. Ik heb te veel werk voor mij alleen en ik verdien te weinig om iemand fulltime in dienst te kunnen nemen. Eigenlijk zoek ik iemand die het vak nog moet leren en die ik dus niet zoveel hoef te betalen. Iemand die ik zelf kan inwerken. Maar vind maar eens een betrouwbaar persoon.'

Naomi staat op. 'Sorry, ik kook bijna. Ik zie je zo nog wel even.'

'Het stoombad is mijn favoriet,' zegt Jelle als hij even later uit het koude dompelbad komt. Hij zwemt een paar baantjes en komt naast Naomi op de rand van het bad zitten. 'Dus jij kwam hier vroeger elke week?'

Naomi knikt. 'Eric was echt een saunafan. Later ging ik met Froukje.'

'En je hebt nooit iets met die Lennard gehad? Ik kan me zo voorstellen dat je dan troost bij elkaar zoekt.'

'Nee,' zegt Naomi lachend. 'Lennard is een schat, maar helemaal niet mijn type. Zullen we iets drinken?'

'Ik volg jou,' zegt Jelle en hij staat op. Hij is opgelucht dat Naomi niet over die makelaarsfunctie is begonnen. Natuurlijk dacht hij er ook onmiddellijk aan. Maar hij ziet het echt niet voor zich. Elke dag in zo'n gelikt pak. Hij zeker! Dat wereldje heeft hij altijd met afschuw bekeken. Niets voor hem. Zeker al die mensen een huis aansmeren waar hij zelf voor geen goud in zou willen wonen. En het lijkt hem nog erger als ze willen dat je hun huis verkoopt. Ze denken allemaal dat ze de hoofdprijs kunnen vragen, ook al wonen ze in een krot. En dan maar meeslijmen: 'Ja, een prachtig appartement, dat willen we graag in de verkoop nemen.'

'Zo, dat is luxe!' zegt Jelle als Naomi twee stoelen bij de open haard bezet houdt.

'En dan je voeten heerlijk op de rand,' zegt ze. 'Een blaadje lezen?'

'Nee, dank je,' zegt Jelle. 'Ik heb zin in een biertje.'

Naomi loopt naar de bar om het te bestellen en komt even later terug met twee glazen.

'Interesseer jij je voor huizen?' vraagt ze als ze met haar hoofd op zijn borst ligt. 'Ik bedoel, zou je willen werken in het kantoor van Lennard? Het is wel een kans.'

'Wat moet hij met mij?' zegt Jelle. 'Ik heb geen enkele ervaring. Ik heb zelf niet eens ooit een huis gekocht.'

'Mij lijkt het wel spannend, de vriendin van een makelaar.'

'Dat meen je niet?'

'Ja, sexy.'

'Sexy! Noem je dat sexy? Zo'n duf pak?'

'Bij jou wel.' Ze bijt even in zijn tepel. 'Misschien krijg je dan later je eigen kantoor, met een BMW van de zaak. En we wonen dan natuurlijk in een superromantisch huis dat jij voor een prikkie hebt gescoord.'

'Je ziet het al helemaal voor je, hoor ik.' Jelle neemt een slok van zijn bier. Hij wordt ondanks zichzelf ook enthousiast. Naomi's geestdrift werkt aanstekelijk. Daar moet hij voor oppassen.

'Als Lennard het zou willen, zou je het dan aandurven?' Ze kijkt hem aan.

'Als jij elke dag mijn pak uittrekt als ik thuiskom en ik jouw jurk mag uittrekken, dan wel,' grapt Jelle.

Elise

'Elise, je moet even binnenkomen. Ik heb iets leuks bedacht!' zegt Naomi.

'Voor de tuin?' vraagt Elise, die de aarde tussen haar nagels vandaan pulkt.

'Nee, voor de bruiloft van oom Evert en tante Anna.'

'Moet ik daarvoor binnenkomen?' moppert Elise.

'Luister nou even.' Naomi duwt haar zus naar de bank in de kamer.

'We maken een lied,' begint Naomi enthousiast. 'Froukje begeleidt ons op de piano. Weet je nog dat wij altijd de stal op stelten zetten?'

'Ja,' zegt Elise, 'de koeien werden helemaal gek van de harde muziek.'

'Klopt, maar we hadden toen zo'n lol. En dan kwamen oom Evert en jij vaak de stal in en dan stuurde oom Evert ons weg.'

Elise slaat haar ogen neer.

'Dan gaf hij ons geld voor een ijsje,' gaat Naomi verder. 'En één keer gaf hij ons zoveel dat we een pakje sigaretten hebben gekocht. Hij dacht dat we ijs aten, maar we stonden ergens stiekem te paffen van zijn geld. Ik heb het hem nooit durven vertellen, maar zou hij het leuk vinden als hij het nu hoort in een lied? Later, toen ik in de brugklas zat, had hij mij en Froukje een keer betrapt toen we stonden te roken en... Hé, luister je wel?' Naomi ziet dat haar zus huilt. 'Hé schatje, wat is er? Waarom moet je huilen?'

Elise haalt haar schouders op. 'Ik moet overal om huilen,' snikt ze. 'Ik ben vanochtend bij de dokter geweest. Hij zegt dat ik overspannen ben.'

'Die baan is te zwaar voor je.' Naomi geeft haar zus een kus. 'Je moet ermee stoppen. Fijn hoor, promotie, maar als je eraan onderdoor gaat, schiet je er niks mee op. Dan maar geen auto. Wat maakt jou dat geld uit?'

'Ik moet erover nadenken,' zegt Elise. 'Maar eerst moet ik me weer goed voelen. Zoals ik nu ben, kan ik geen belangrijke beslissingen nemen.'

'Als het te veel voor je is om iets voor oom Everts feest te doen, dan doen Froukje en ik het wel. Dan zeggen we gewoon dat jij het lied hebt gemaakt.'

'Hou er maar over op. Ik ga weer de tuin in.' Elise staat op.

Als ze buiten is, gaat haar mobiel. Shit, het is Arnold. Ze verstijft. Wat moet ze zeggen? Als ze alleen al aan haar werk denkt moet ze huilen. Of zou hij over die handtekening beginnen?

'Dag Arnold, met Elise.'

'Elise, hoe is het met je? Ik hoor maar niks en ik dacht: ik bel maar even.'

Elise haalt diep adem. 'Het... eh... het gaat niet zo goed,' zegt ze. 'Ik ben bij de huisarts geweest en hij zegt dat ik overspannen ben. Over tien dagen moet ik terugkomen en tot die tijd mag ik niet werken.'

'Dat is niet zo best,' zegt hij. 'Vervelend voor je, en voor ons. Maar neem je tijd, zou ik zeggen. Annemiek doet zolang jouw werk en dat gaat goed. Dus maak je geen zorgen. Ga lekker veel wandelen, hè, en fietsen. Je moet naar buiten.'

'Dat weet ik,' zegt Elise. 'Ik doe mijn best. Ik bel nog wel.'

'Sterkte, meid.'

Het is wel een zorg minder nu hij weet dat ze niet zomaar terugkomt, en blijkbaar heeft Annemiek nog niets ontdekt. Zo labiel als ze nu is, kan ze echt niet naar haar werk. Ze heeft zich nog nooit zo slecht gevoeld. Ze heeft het gevoel dat ze ergens in de lucht hangt en geen grond meer onder haar voeten heeft.

Elise ziet Rafaël aankomen. Ze heeft hem niet eens horen aanbellen. Naomi heeft zeker opengedaan. Zelfs Rafaël is haar nu te veel.

'Goedemorgen,' zegt Rafaël opgewekt. Hij kijkt vol bewondering naar de tuin. 'Je hebt niet stilgezeten, zie ik.'

'Dat komt doordat ik thuis ben, ik heb alle tijd. Voorlopig mag ik nog niet werken van de dokter.'

Rafaël begint in de aarde te spitten. Na een tijdje leunt hij op zijn schep en kijkt haar aan. 'Heb je medicijnen gekregen?'

'Nee, dat wil ik niet.'

'Groot gelijk. Het lost niks op. Je moet het leven zien als een tuin. Als het met bepaalde planten niet goed gaat, moet je je afvragen wat er aan de hand is. Waarom bloeien ze niet en de andere planten wel? Met een beetje mest of water red je het dan niet. Niet als er een zware hagelbui op is gevallen, of er vergif op is gestort. Zo is het met het leven ook.'

'Wat ben je wijs,' zegt Elise, onder de indruk.

'Die wijsheid heb ik niet van mezelf, hoor,' zegt Rafaël. 'Dat heeft Jonathan me geleerd, of beter gezegd: me laten inzien. Ik was ook een tuin waarvan iedereen dacht dat hij weelderig bloeide. Maar helemaal achterin, waar niemand kwam, zat een poortje, en als je daardoorheen ging zag je een woestenij. Niemand wist dat, net als bij jou. Aan de buitenkant denk je dat je heel gelukkig bent. Zelf durfde ik niet eens door dat poortje. Jonathan heeft me geleerd de hulp van God in te roepen en toen ben ik samen met God door dat geheime poortje gegaan. Ik heb plantje voor plantje bekeken, uitgegraven en opnieuw geplant. Als je op God vertrouwt, word je één met Hem en krijg je weer de kracht die je tijdens het leven bent verloren.' Hij gaat verder met scheppen.

Elise staart voor zich uit. Zou zij ooit door het poortje van haar geheime tuin durven gaan?

'Hè hè,' zegt Naomi als Elise drijfnat de kamer in komt. 'Ik vroeg me al af hoe lang je het zou uithouden buiten.'

Elise trekt haar jack uit en hangt het over de stoel. 'Een beetje regen kan me niet schelen, maar ineens begon het te plenzen.'

Ze vraagt zich af wat ze zal gaan doen. Ze heeft nog een boek liggen, maar ze kan zich niet goed concentreren. Gisteravond probeerde ze ook wat te lezen, maar ze moest telkens opnieuw beginnen, omdat ze niet wist wat ze had gelezen. De woorden drongen niet tot haar door. Zonde van het verhaal. Ze bewaart het wel voor als ze wat beter is. Ze kijkt naar Naomi, die met een laptop op schoot op de bank zit. Elise wil niet weer depri in de stoel hangen, dus ze pakt een tijdschrift en bladert erin.

'Wat gaaf!' roept Naomi enthousiast. 'Super!'

Elise kijkt op. 'Wat is super?'

'Oom Bert en tante Kitty komen ook op de bruiloft. Ik krijg net een mailtje van ze.'

'Helemaal uit Zürich?'

'Ja, aardig, hè? En ze schrijven dat ze ook nog iets willen doen. Dat wordt lachen. Een heleboel mensen willen iets doen. Dat had ik nooit gedacht.'

Elise vindt het vervelend dat Naomi elke keer over het feest begint, maar haar zus kan natuurlijk niet weten wat het voor haar betekent om dit allemaal te horen. Ze probeert verder te lezen. Maar het idee dat Naomi nu bezig is met het feest stoort haar. Het maakt haar nog onrustiger dan ze al is. Alsof oom Evert haar huis is binnengedrongen, de enige plek waar ze zich veilig voelt.

Ze observeert haar zus, die met een stralend gezicht de mails opent en aantekeningen maakt. Het liefst zou ze vragen of ze ergens anders wil gaan zitten, maar dat gaat wel heel ver. Daar zou Naomi echt niks van begrijpen. Kon ze zelf maar de tuin in, maar het plenst nog steeds en het ziet er niet naar uit dat het snel ophoudt.

Ze denkt aan haar werk. Nu zit Annemiek op haar plek. Zou ze zelf nog ooit op die plek terugkeren? Het zou beter voor haar zijn om Annemieks functie te krijgen.

'Vet vet vet!' roept Naomi. 'Raad eens van wie ik een mailtje heb gekregen.'

'Geen idee,' zegt Elise vermoeid.

'Van onze neef Richard.'

‘Komt hij ook?’ vraagt Elise.

‘Ja, hij zegt dat hij van plan is te komen.’

Naomi’s mobiel gaat. ‘Dag, tante Anna,’ hoort Elise haar zus zeggen. ‘Het gaat goed met de voorbereidingen. Kan niet beter. Ik heb een grote verrassing voor jullie, maar ik zeg niet wat. En ik krijg al heel veel enthousiaste reacties terug. Ik denk dat het een mooie bruiloft gaat worden. O, gaat oom Evert over de drankjes. Geef hem maar even.’

Nee! Elise trilt over haar hele lichaam. Ze hoort Naomi met haar oom praten, het is alsof hij bij hen in de kamer staat. Als ze dat had geweten, had ze Naomi nooit in huis genomen. Ze wil dit niet! Hij mag hen niet bellen, niet in haar huis, en al helemaal niet als ze het kan horen ook. Ze moet zich beheersen om de telefoon niet uit de hand van haar zus te rukken en tegen haar te gaan schreeuwen.

‘U bent ook heel lief voor ons geweest,’ hoort ze Naomi zeggen. ‘U hebt zoveel voor ons gedaan.’

Elise heeft het gevoel dat ze moet overgeven en ze rent de kamer uit, naar boven. Ze valt op haar bed neer, maar op haar kamer hoort ze Naomi’s stem nog steeds. Of ze beeldt zich dat in, ze weet het niet, ze weet niets meer. Ze heeft nergens meer rust, niet eens in haar eigen huis. Ze gaat rechtop zitten. Ik word hier gek, denkt ze. Ik word hier hartstikke gek. Hij breekt bij me in, net als vroeger. Ik heb niets meer te vertellen. Toen had ik ook geen veilige plek meer. Overal kon hij me belagen. Ze was van hem en daar moest ze trots op zijn. Ze hoort zijn stem in haar hoofd. *Jij bent van mij, jij bent mijn uitverkorene, vergeet dat nooit*. Kon ze het maar vergeten! Ze dacht dat het haar was gelukt om alles te vergeten. Ze heeft de laatste jaren keihard gewerkt om nergens aan te hoeven denken. En nu komt hij opnieuw bij haar binnen, via haar zus, haar huis in, haar hoofd in. Ze ziet geen uitweg meer. Elise rent de trap af, weg van Naomi's stem. Ze trekt haar regenjack aan en stapt op haar fiets. Ze racet door de stad. De regen striemt in haar gezicht, maar ze voelt het niet eens. Ze houdt het niet meer uit, ze wil uit haar eigen gevangenis. Het moet, ze heeft het al jaren uitgesteld. Nu kan ze niet meer verder, er is geen weg terug. Ze fietst de stad uit, de Utrechtsebrug over. Bij elke auto die langs haar rijdt, golft het water over haar voeten en benen. Onderaan bij de brug gaat ze rechtsaf. In de verte ziet ze een klein huisje met een tuin. Ze rijdt erheen en stapt af.

Rafaël doet de deur open. 'Ik wist het,' zegt hij. 'Ik wist dat je zou komen.'

Jelle

Jelle drinkt staand zijn koffie op. Hij heeft niet eens de rust om te gaan zitten. Geïrriteerd ijsbeert hij door zijn kamer. Hij heeft een rothumeur. Naomi heeft voor hem een afspraak met haar saunavriend geregeld. Hij vraagt zich af waar hij zich nou zo druk om maakt. Is hij bang dat die Lennard hem niet ziet zitten? Dat kan hem niets schelen, maar Naomi natuurlijk wel. Het is zijn eeuwige valkuil: faalangst. Hij denkt dat hij zich tegenover zijn vriendin moet bewijzen. Daarom ziet hij alles zo zwaar in. Hij doet het zelf, dat weet hij ook wel, maar kom er maar eens vanaf.

Toch is het niet de enige reden dat hij gestrest is. Diep in zijn hart wil hij die baan wel. Het is een mooie kans. Hij krijgt een opleiding van die gast en hij leert een vak. Het is geen baan waarvoor hij elke dag van negen tot vijf op een duf kantoor hoeft te zitten. Hij mag op zijn fiets door Amsterdam rondrijden, om mensen een huis te laten zien. Babbeltje hier, praatje daar; af en toe kan hij best een terrasje pikken. Dat waren tenminste de punten die Naomi opnoemde toen ze hem vroeg of ze een afspraak moest maken, en ze had gelijk. Hij zal toch iets moeten? Hij wil ook niet de rest van zijn leven achter de bar staan.

Jelle trekt zijn jas aan en een paar minuten later fietst hij door de stad. Hij vindt het heerlijk om 's ochtends vroeg door de stad te rijden, als alles net op gang komt. Kiosken die hun tijdschriftenrekken buiten zetten, cafébazen die de stoelen op hun terras klaarzetten en gemeentereinigers die de straten schoonspuiten. Het kantoor zit in Watergraafsmeer. Niet echt zijn favoriete buurt, maar het is tenminste nog wel binnen de ring. Op een of ander industrieterrein houdt hij het niet uit.

Twintig minuten later arriveert hij bij het kantoor. Hij hoeft niet naar de nummers te kijken, want voor het raam van de benedenverdieping hangen foto's van huizen. Door een paar staat een rode streep met het woord VERKOCHT. Hij loopt naar binnen. Een jonge vrouw zit achter een bureau in een kleine ruimte. Ze kijkt op.

'Ik heb een afspraak om kwart over negen,' zegt hij.

'Dan ben jij zeker Jelle? Als je even plaatsneemt, zeg ik tegen Lennard dat je er bent.' Het valt hem mee, geen gemeneer en zo.

'Koffie?' vraagt de secretaresse even later.

'Nee, merci.'

'Wil je iets anders drinken, thee of iets fris?'

'Nee, dank je, ik heb net koffie op.' Hij hoopt niet dat hij lang moet wachten, dan raakt hij alleen maar opgefokt.

'Hij komt er zo aan, hoor,' zegt de vrouw en ze gaat verder met haar werk.

In de kamer ernaast hoort hij Lennard aan de telefoon. Na een minuut of vijf gaat de deur van zijn kamer open.

'Ha, Jelle, kom erin.'

'Leuk uitzicht,' zegt Jelle als ze Lennards kamer in gaan. Het raam kijkt uit op een parkje.

'Niet gek, hè, midden in Amsterdam? Ga zitten. Ik heb je cv gelezen. Het lijkt me wel duidelijk: je weet niets van dit vak.'

'Klopt.'

'Maar dat hoeft geen probleem te zijn, het gaat om enthousiasme. Dit vak staat of valt met enthousiasme,' zegt hij. Hij lacht. 'Je hebt een pre: ik heb Naomi hoog zitten en zij beveelt je aan. Tja, ik heb erover nagedacht. Het heeft geen zin om je nu alles over de makelaardij te vertellen. Dat werkt niet. Ik heb zo een afspraak in IJburg. Ik krijg daar een pand in de verkoop. Ik zou zeggen: ga mee, dan zie je uit de eerste hand hoe het werkt.'

'Prima,' zegt Jelle.

'Dan stel ik voor dat we nu vertrekken.' Lennard stopt zijn agenda en een map in zijn tas. 'Ik heb mijn huiswerk gedaan,' zegt hij lachend terwijl hij naar de deur loopt. 'Het gaat om de vraagprijs; dat is wat de mensen willen weten. Wat gaan ze vangen. Ik heb bekeken wat de huizen in dezelfde buurt gedaan hebben, snap je. Dat is stap één. Heel belangrijk.'

Jelle knikt. Hij vindt Lennard wel oké. Geen gezeur over zijn cv en waarom hij geen diploma's heeft. Lennard zet er wel vaart achter. Ja, met die gast kan hij wel door één deur.

Ze rijden het centrum uit, richting IJburg. Jelle voelde zich eerst een beetje opgelaten naast een wildvreemde in de auto, maar dat is nergens voor nodig. Lennard kletst aan één stuk door, dus er vallen geen ongemakkelijke stiltes.

'Ja, kerel,' zegt Lennard ineens, 'ik hoop dat we wat voor elkaar kunnen betekenen. We wachten het rustig af en forceren niks. Ken je IJburg?'

'Ik ben er weleens geweest,' liegt Jelle.

‘Het is een mooi, ruim opgezet project,’ zegt Lennard trots, alsof hij het zelf heeft ontworpen. ‘Op termijn zullen jullie ook wel aan kindertjes gaan denken. Dan is dit een droomplek. Even de brug over en je zit in het centrum van Amsterdam. Mijn cliënt woont schitterend, aan het water. Je zult het zo wel zien. Zelf heb ik hier ook een riant huis gescoord. Dat is het voordeel, hè, als je dicht bij het vuur zit.’ Hij slaat amicaal op Jelles schouder. ‘Ik wil niet op de dingen vooruitlopen, maar je weet nooit hoe het gaat. Misschien ben jij over een paar jaar wel een projectontwikkelaar. Dat verdient, hoor. Daarachter ligt mijn huis ergens, daar nemen we straks een kijkje. Dan zie je nog meer van IJburg. Je moet de markt natuurlijk wel kennen, dat snap je. Maar nu eerst zakendoen.’

Jelle vindt de buurt helemaal niks. Dit is voor hem geen Amsterdam. Hij zou doodgaan als hij hier moest wonen.

‘Daar is het, dat pand op de hoek.’ Lennard parkeert de auto voor een vrijstaand huis. ‘Niet gek, hè? Jammer voor die lui dat ze eruit moeten.’

Jelle loopt achter de makelaar aan. Hij laat het maar allemaal een beetje over zich heen komen.

Een vrouw van in de dertig doet de deur open. ‘Kom binnen,’ zegt ze.

‘Dit is Jelle, mijn assistent,’ stelt Lennard hem voor. Ze lopen het huis in. ‘Ik loop meteen even rond,’ zegt Lennard. Hij haalt een blocnote en een pen uit zijn tas.

‘Ik ken deze huizen,’ zegt hij terwijl hij notities maakt.

Jelle loopt met hem mee door het huis.

‘Kijk, deze keuken heeft een uitbouw. Door de lichtkoepel vangen ze meer licht. Heel slim gedaan, want dit is een beetje een donkere plek.' Hij bekijkt of de uitbouw professioneel is aangelegd. Het zegt Jelle helemaal niets. Hij zou hier voor geen prijs willen wonen.

'Willen jullie koffie?' vraagt de vrouw. Jelle ziet dat ze nerveus is.

'Sorry, geen tijd, ik heb zo nog een afspraak. Vanwege de urgentie heb ik jullie ertussen geschoven.'

Als Lennard en Jelle klaar zijn, lopen ze naar beneden.

'En?' vraagt de vrouw zorgelijk. 'Het moet wel weg.'

'Ja, dat is me duidelijk,' zegt Lennard. 'We doen wat we kunnen, maar we hebben de tijd niet mee. In elk geval gaan we niet te hoog zitten met de prijs. Positief punt is natuurlijk het schitterende uitzicht. We moeten mikken op mensen die een bootje willen aanleggen. En je kunt er zo in, want het ziet er geweldig uit. Ik moet het een en ander tegen elkaar afwegen en bel jullie vanmiddag. O ja, willen jullie een bord in de tuin?'

'Doe maar,' zegt ze.

Lennard haalt een bord met TE KOOP uit zijn auto en zet het voor het huis.

'Nu weet de hele buurt dat we weggaan,' zegt ze beschaamd.

'Tja, het is de bedoeling dat zoveel mogelijk mensen het te weten komen,' zegt Lennard. 'Je wilt het huis toch verkopen?' Hij geeft haar een hand. 'Je hoort van me.'

Als ze weer in de auto zitten, zegt Lennard: 'Dat is me wat. Heb je eindelijk zo'n droomplek en dan moet je die alsnog verkopen. En met verlies. Ik weet nu al dat ze er de kosten nooit uit zullen halen. Ze wonen er nog niet zo lang en de markt is op een dieptepunt.'

'Gaan ze scheiden?'

'Nee, hou op. Die vent van haar is compleet ingestort. Ik heb hem gezien. Een beetje een vrijbuiter. Ja, en dan vind je een vrouw die graag in een mooi huis wil wonen met haar gezin. Hij kon zo bij haar oom in het bedrijf terecht, en wat doe je dan? Maar dat was dus niks voor hem. Nou, je ziet het; ze kunnen alles verkopen.'

'En eh... die man?' vraagt Jelle geschrokken.

'Die loser is in een regeling terechtgekomen. Vind maar eens een andere baan in deze tijd. Ik moet nog zien hoe dol ze op hem is als hij niks meer verdient.'

Elise

Rafaël neemt Elises drijfnatte jack aan. Als hij ziet dat het water van haar haren druipt, geeft hij haar een handdoek. Als ze redelijk droog is, gaat ze de kleine kamer in. De sobere inrichting valt haar meteen op. Zelf is ze ook niet gewend aan luxe, maar hier staat alleen het hoognodige. Een tafel uit de jaren vijftig met twee stoelen die niet bij elkaar horen en een soort log dressoir dat misschien nog van Rafaëls ouders is geweest. Tegen de muur staat een soort slaapbank. Geen televisie of een geluidsinstallatie. Nergens hangt een schilderij; alleen boven de bank hangt een grote ingelijste foto van een man. Dat moet haast wel Jonathan zijn. Elise vraagt niets; daarvoor voelt ze zich nog veel te wiebelig. Ze staat besluiteloos in de benauwde ruimte en vraagt zich af wat ze hier doet. Zonder na te denken is ze hierheen gereden. Wat moet Rafaël er wel niet van denken?

'Ik, eh... Ik sta ineens zomaar voor je deur,' zegt ze beschaamd.

'Niet zomaar,' zegt Rafaël rustig. 'Ik was vanochtend in mijn kwekerij bezig en toen kreeg ik iets door. Het was Jonathans stem die zei dat ik naar huis moest. Eerst dacht ik nog dat ik het me verbeeldde, maar hij bleef het zeggen, en het werd steeds dwingender.' Hij wijst naar de stoel die het dichtst bij haar staat. 'Ga zitten.'

Zelf gaat hij aan de andere kant van de tafel zitten, alsof het vanzelfsprekend is dat Elise hier nu bij hem aan de tafel zit.

'Ik ben meteen de auto in gestapt,' zegt hij, 'en naar huis gereden. Eigenlijk ben ik nog maar een kwartier binnen.' Hij kijkt haar aan en glimlacht dankbaar. 'Ik vermoedde al dat jij het was die naar me toe kwam.'

'Dus je verwachtte me al?' zegt Elise.

'Jonathan heeft ons verteld dat wij het goede voorbeeld moeten geven aan de mensheid. Ik doe wat ik kan. Ik ben Jonathan veel verschuldigd. Zonder hem was ik er nu niet meer.'

'Hoe bedoel je?'

'Ik was getrouwd met een Amerikaanse vrouw. We hadden samen een zoontje. Ze was voor mij naar Nederland geëmigreerd. Ik deed er alles aan om haar gelukkig te maken. Ik werkte keihard, zodat het haar en ons kind aan niets zou ontbreken.

Zonder dat ik er iets van wist kreeg ze contact met haar jeugdvriendje op Facebook. Ze schenen al maanden met elkaar te chatten en te sms'en toen ze me vertelde dat ze terugging naar Amerika, voor hem. Ze waren weer verliefd op elkaar geworden. Ze nam ons zoontje mee.

Ik miste hen verschrikkelijk. Ik vluchtte in mijn werk – ik werkte toen dag en nacht – en smeekte haar om terug te komen. Ik had er alles voor over, maar ze verbrak het contact. Het deed zo'n pijn, ik wist niet meer wat ik hier nog deed. Ik werd somber en zakte steeds verder in de put, tot ik op een dag besloot er een eind aan te maken. Ik liep naar de Wibautstraat en wachtte met oversteken tot er een vrachtwagen aankwam. Vlak voor ik de weg op wilde lopen legde iemand een hand op mijn schouder. Een man keek me aan. Ik zal die blik nooit vergeten. Nog nooit had iemand me zo aangekeken. Een warme blik, die dwars door me heen ging. "God heeft me gestuurd," zei hij. "Hij wil dat je weer gelukkig wordt." Ik was sprakeloos. "Hoe weet u wat ik van plan ben?" vroeg ik. Ik kende hem niet, had hem nooit eerder gezien. Bovendien had ik het niemand verteld. Hij ging niet op mijn vraag in. "God nodigt je uit om met me mee te komen," zei hij heel beslist. "Jij bent zijn uitverkorene."'

Elise rilt ervan. 'En toen...'

'Ik heb verder niets gezegd; ik wist niets te zeggen. Ik liep met de man mee, het was een heel eind. We hebben wel een uur gelopen voor we stilstonden bij een groot huis. Hij nam me mee naar binnen en zei dat hij Jonathan heette. Hij heeft me aan iedereen voorgesteld. Toen ik binnenkwam, wist ik dat ik nooit meer weg zou gaan. Voor het eerst in mijn leven had ik mijn thuis gevonden. Ik voelde me als een kind in de armen van zijn moeder. Ik ben nog wel steeds hier, maar in mijn hart ben ik altijd daar. En binnenkort zal God een koper voor mijn bedrijf vinden die een goede prijs gaat betalen.'

Zijn verhaal raakt Elise recht in het hart.

'Ik heb jou dus het goede voorbeeld gegeven,' zegt hij stralend, 'anders was je niet hier. Voor we verder praten stel ik voor samen tot God te bidden en Hem te bedanken.' Rafaël sluit zijn ogen en vouwt zijn handen. 'Lieve God,' zegt hij. 'Hoe kunnen we U bedanken? U hebt Elise bij mij gebracht. Daarmee hebt U me laten zien dat ik op de goede weg ben. En

U hebt ervoor gezorgd dat Elise zich aan U zal toevertrouwen, zoals wij ons allemaal aan U toevertrouwen, Amen.'

Elise doet haar ogen open. 'Dank je,' zegt ze verlegen.

'Hoe voel je je nu?' vraagt hij.

'Er komt een soort rust over me. Ik was erg in de war toen ik hier kwam en nu voelt het volkomen vanzelfsprekend dat ik hier zit.'

'Mooi!' zegt Rafaël. 'En die rust, die vanzelfsprekendheid, moet je vast zien te houden. Morgenochtend is Jonathan weer terug in de Ark. Hij is een week weg geweest. Om elf uur preekt hij; dan introduceer ik je bij hem en de groep. Maak je geen zorgen. Ook al was hij niet in de Ark, hij is op je komst voorbereid. Thee?'

'Graag.' Elise is nog helemaal in de ban van het gesprek. Maar als Rafaël in het keukentje is, beseft ze ineens dat ze zomaar is weggegaan zonder Naomi iets te zeggen. Ze stuurt haar een sms.

Rafaël komt binnen met de thee en kijkt naar haar mobiel.

'Ik laat mijn zus even weten dat ik bij jou ben,' zegt ze, 'anders maakt ze zich zorgen. Dat wil ik niet.'

'Elise, als je toch een sms stuurt, zeg dan dat je hier blijft slapen. Je mag hier op de bank liggen. Je hart is nu open en bereid om Gods liefde te ontvangen. Als je weer naar huis gaat, verdwijnt dat gevoel misschien.'

'Maar ik heb niets bij me. Ik moet me toch verkleden als ik morgen met je meega.'

'Voordat we naar Jonathan rijden, gaan we even langs jouw huis, zodat je je kunt opfrissen als je dat wilt.'

Elise aarzelt even. Is het wel verstandig? Het gaat opeens zo snel.

Jelle

Het is halftwee 's nachts en Jelle staat zijn tanden te poetsen. Wat een avond! Hij heeft zijn baas verteld dat hij zijn ontslag neemt. Jelle merkte wel dat het bericht hem rauw op zijn dak viel. Vanaf dat moment liep zijn baas nijdig rond. Jelle vroeg zich nog af of hij het wel kon maken om zomaar op te stappen, maar hij had mazzel. Hij vertelde het tegen een vaste klant die aan de bar stond. 'Ik weet iemand die hier dolgraag wil werken,' zei die vent. Hij heeft die gast meteen opgebeld. Het ging allemaal razendsnel. Die jongen kwam gelijk langs, praatte even met de baas en het was rond. Jelle voelde zich toen niet meer bezwaard. Hij snapte wel dat zijn baas baalde. Het is ook vaak heel druk, vooral in het weekeind, dat redden ze niet met een man minder.

Hij stapt zijn bed in en na tien minuten valt hij al in slaap.

Hij droomt dat hij in de etalage van een herenmodezaak staat. Hij kan zich niet bewegen. Zijn lichaam voelt vreemd en stijf. Lennard kleedt hem aan. Hij krijgt een donkerblauw pak aan, en een overhemd met een stropdas. Zelf kan hij niks; hij is net een etalagepop. Mensen die langslopen wijzen lachend naar hem. Als hij helemaal is aangekleed, draagt Lennard hem naar buiten en legt hem op een bakfiets. Hij fietst met hem door de stad. Waar gaan ze heen? Hij roept, maar Lennard trapt gewoon door.

Hij parkeert de bakfiets voor een kantoor en samen met de vrouw van het huis in IJburg tilt hij Jelle eruit. Ze zetten hem op een stoel achter een pc. Het is een heel groot kantoor; er zitten honderden mensen achter hun pc. Het is een hels kabaal. Hij krijgt ook een koptelefoon op en voor zijn mond een speaker.

Er gaat een belletje en dan krijgt hij iemand aan de lijn. Er klinken steeds meer belletjes en hij krijgt tientallen mensen tegelijk aan de lijn. Ze praten allemaal door elkaar; hij kan er niks van verstaan. Ze spreken talen die hij niet begrijpt. Hij kijkt naar het beeldscherm, waarop vreemde tekens tevoorschijn komen. Ineens verschijnt het lachende gezicht van Chocolate op het scherm. 'Hé, loser, wat doe je daar, man? Natuurlijk kun je dat niet. Dat is toch niks voor jou?' Hij lacht vals. Jelle kijkt naar de mensen achter de pc's en dan ziet hij Naomi. Ze heeft een hinkelbaan getekend op de vloer en hinkelt.

'Naomi, help me!' roept hij, maar ze hoort hem niet en hinkelt gewoon door.

Hij raakt in paniek. Dan ziet hij een rode knop op zijn bureau. Hij wil erop drukken, maar hij kan er niet bij. De knop groeit en groeit, tot hij er wel bij kan. Hij drukt hem in. Er gaat een sirene loeien en ineens staan er twee mannen in witte jassen naast zijn bureau. Ze trekken hem van zijn stoel en nemen hem mee.

Op het moment dat de twee witjassen hem naar buiten willen gooien, wordt Jelle badend in het zweet wakker. Hij hapt naar adem. Het duurt even voordat hij doorheeft dat hij in bed ligt. Wat een afschuwelijke nachtmerrie. Hij gaat rechtop zitten en knipt het nachtlampje aan. Hij wrijft zuchtend met zijn handen over zijn gezicht. Hij ziet het beeld van zichzelf in het donkerblauwe pak.

Ineens realiseert hij zich dat het precies hetzelfde pak is als dat van Lennard. Dit was niet zomaar een droom. Het is een teken! De droom was levensecht, beangstigend echt. Het heeft te maken met zijn beslissing om bij Lennard te gaan werken. Hij wil het zo graag voor Naomi. Hij wil haar niet verliezen, maar dit kan hij niet. Hij zal zo erg doordraaien dat hij moet worden opgenomen. Bij hem ligt dat gevaar altijd op de loer. Hij heeft het nog steeds kunnen voorkomen, maar als hij deze stap zet, gaat het misschien mis.

Naomi kan zich niet voorstellen hoe het leven voor hem is; anders zou ze niet eens over deze baan zijn begonnen. Voor hem is elke dag een gevecht met het leven, met zichzelf. Angstige gedachten kunnen zomaar opkomen, waar hij ook is, en dan raakt hij in paniek.

Dit keer was hij nog met Lennard mee, maar hoe zal het zijn als hij alleen naar een klant moet? Hij kan dat nooit aan, en wat dan? Naomi zal op hem afknappen. Dan is hij niet alleen zijn vriendin kwijt, maar ook zichzelf. Ze zal hem moeten nemen zoals hij is: een loser die nooit in vaste dienst kan, behalve zo'n baantje in de kroeg dat hij elke dag kan opzeggen. Ze maakte laatst een grap over dat hij altijd nog huisman kon worden, maar zelfs dat kan hij niet. Hij moet het idee hebben dat hij zo weg kan lopen als het nodig is, en dat zie je toch niet voor je met een baby.

Hij moet Lennard zeggen dat het niet doorgaat. Hij zoekt

maar een ander. Hij denkt aan Naomi; ze zal teleurgesteld zijn. Hij is dol op haar, maar zelfs hun relatie heeft hem niet van zijn angsten af geholpen. Zijn faalangst kan elk moment weer opduiken en hem in de war brengen. Ze zal ermee moeten leven dat haar vriend een eenvoudige barman is. Shit! Zijn baas heeft al een ander aangenomen.

Elise

Elise en Rafaël zijn met het pondje het IJ overgestoken en fietsen nu langs het water. Het is een prachtige route. Het regent zachtjes. Elise kan het zelf nog niet helemaal bevatten dat ze met Rafaël meegaat naar de Ark. Toen ze vannacht bij Rafaël beneden op de bank lag twijfelde ze nog. Waar is ze mee bezig? Vroeger deed ze er alles aan om niet naar de kerk te hoeven, en nu zoekt ze het geloof zelf op. Maar toch wil ze de geestelijke wereld waar Rafaël over heeft verteld leren kennen. Het is alsof ze een tweede kans krijgt.

Ze heeft haar regenpak achterop gebonden. Ze twijfelt nog steeds of ze het zal aantrekken, ook al wordt ze nu behoorlijk nat. Ze rijden langs woonboten en in het water ziet ze eendjes die in een lange rij tussen hun ouders in zwemmen. Het verbaast haar hoe mooi het hier is, en dat heel dicht bij Amsterdam. Ze is hier nog nooit geweest. Rafaël vertelde al dat het een mooie route was, daarom zijn ze met de fiets gegaan.

'Wacht even,' zegt ze tegen Rafaël en ze stapt af. 'Ik trek toch even mijn regenjack aan, anders kom ik daar als een verzopen kat aan.' Net als ze het pak onder haar snelbinders vandaan wil halen, breekt de zon door.

'O, moet je kijken wat mooi,' zegt ze als ze verder fietsen. Ze wijst naar een prachtige regenboog boven een sprookjesachtig gebouw.

'Het is een goed teken,' zegt Rafaël. 'Dat gebouw is van onze groep. Jij komt eraan en de zon begint te schijnen. Duidelijker kan het toch niet?'

'Wat ligt het daar mooi tussen al het groen,' zegt Elise. Als ze dichterbij komen ziet ze kleine bruggetjes. Voor het gebouw langs loopt een sloot. 'En die tuin!' zegt ze. 'Heel idyllisch.'

'Zie je die twee mensen in de tuin?' Rafaël wijst. 'Die zijn ook van de groep. Het is een echtpaar en zij houden de tuin bij.'

'Tot jij er woont,' zegt Elise lachend. 'Dan zul jij de tuin wel gaan verzorgen.'

'Ik wilde dat het al zover was,' verzucht Rafaël.

De twee mensen kijken op. Rafaël zwaait naar hen.

'Het lijkt wel een romantisch hotel uit een Engelse film,' zegt Elise als ze hun fiets neerzetten.

'Het is inderdaad een hotel geweest,' zegt Rafaël. 'Jonathan huurt het. Het heet nu de Ark. Die naam heeft Jonathan van God doorgekregen toen hij het ging huren. Vind je het geen bijzondere locatie? De groep telt op dit moment tweeënzestig mensen. Ze hebben allemaal een eigen kamer. Het beroerde is alleen dat de eigenaar het wil verkopen. Jonathan heeft de eerste keus, maar als het hem niet lukt het geld bij elkaar te krijgen en een ander het koopt, dan moeten we eruit.'

'Denk je dat hij het kan kopen?' vraagt Elise. Ze vindt het echt een heel mooie plek.

'Jonathan heeft nog niet genoeg geld,' zegt Rafaël. 'Dat is een van de redenen dat ik zo'n haast maak met de verkoop van mijn bedrijfje. Iedereen geeft wat hij kan. Het is erg belangrijk dat we kunnen blijven. Ik geloof dat Jonathan nog drie ton tekortkomt. Geen enkele bank wil hem een lening geven. Maar God heeft het goed met ons voor. Jonathan is er zeker van dat er binnenkort redding komt.'

Rafaël ziet dat Elise naar het gebouw kijkt, naar de bladderende verf. 'Het moet nodig geschilderd worden,' zegt hij. 'Er moet wel meer gebeuren. Zodra het van ons is nemen we het onder handen.'

Elise kijkt naar de tuin. Zo'n tuin zou ze zelf ook willen. De twee mensen die in de tuin werken lachen vriendelijk naar haar. 'Woont Jonathan hier ook?' vraagt Elise aan Rafaël.

'Ja,' zegt hij, 'als hij thuis is, woont hij helemaal bovenin, op zolder. Het dichtst bij God.' Hij pakt haar hand en neemt haar mee naar binnen. Ze komen in een grote hal. Er hangt een enorm kruis aan de muur. De deur van de keuken staat open en Elise ziet dat er mensen staan af te wassen.

'Het ontbijt is net voorbij,' zegt Rafaël.

Het is bedrijvig in het huis. Overal zijn mensen aan het werk. Er wordt gedweild, tafels worden afgenomen en iemand lapt de ramen. In de gang vlak naast de deur hangt een goudkleurig koord. Rafaël trekt eraan en dan klinkt er een bel door het gebouw.

'Ik ga je voorstellen aan Jonathans priesteressen,' zegt Rafaël. 'Zij moeten hun goedkeuring geven voor je het samenzijn mag bijwonen.'

Er komen twee vrouwen in een lichtblauw gewaad de trap af. Ze geven Rafaël een hand.

'Ik heb Elise meegebracht. Mag zij ons samenzijn bijwonen?' vraagt hij.

Ze lachen vriendelijk naar Elise. 'Welkom,' zeggen ze. 'Rafaël zal je begeleiden.'

'Vroeger was daar de feestzaal,' zegt Rafaël als ze de gang door lopen. 'Ik bedoel, toen het nog een hotel was. Maar dat is nu onze gebedsruimte. Als Jonathan thuis is, preekt hij daar elke ochtend een halfuur.' Rafaël houdt de deur voor haar open.

Elise voelt de spanning in haar buik. In de gebedszaal ziet ze een altaar met een groot bronzen kruis erop. En daarvoor staat een katheder. De twee priesteressen komen binnen en verzorgen het altaar. Ze strooien er bloemblaadjes over en steken de kaarsen en de wierook aan. Het valt Elise op dat door de hele zaal kandelaars met kaarsen staan. Achter de katheder tegen de muur hangt een levensgrote foto.

'Dat is Jonathan,' zegt Rafaël als hij Elise ziet kijken.

Elise is best onder de indruk van hem. Hij ziet eruit als een geestelijke, met zijn lange haren en zijn witte gewaad. Er komen steeds meer mensen van de groep binnen. Ze gaan in kleermakerszit op de kussens zitten. Er staat ook een harp bij het altaar. Een vrouw neemt erachter plaats.

Na een tijdje zijn alle kussens bezet. Er hangt een gespannen sfeer in de ruimte. Iedereen wacht duidelijk op Jonathan. Mensen kijken naar de deur. Als die opengaat, gaat er een siddering door de zaal. De priesteressen geven een teken dat iedereen moet gaan staan. Elise ziet de toegewijde stralende gezichten als Jonathan naar zijn katheder loopt. Zelf voelt ze ook de opwinding in haar lichaam.

Terwijl Jonathan zijn preek begint, kijkt Elise om zich heen. Sommige mensen luisteren met hun ogen dicht.

'Iedereen lijdt in het leven,' hoort ze Jonathan zeggen. 'Dat lijden hoort erbij. Maar vannacht voor ik ging slapen kreeg ik een geweldig mooi bericht door van onze Verlosser. Hij vertelde me dat het tijdstip van de verlossing zeer nabij is.' Elise luistert geboeid. Vroeger wilde ze nooit iets met het geloof te maken hebben, en nu zit ze hier! Maar tegelijk voelt ze ook angst, omdat ze in een volkomen andere wereld is. Van de gezichten rondom haar kan ze niets aflezen. Ze konden net zo goed bij een auteursrechtenbureau werken, net als zij. Behalve dat ze dan allemaal heel stralend kijken en vriendelijk zijn.

De preek duurt heel lang. Elise krijgt kramp in haar benen. Ze is niet gewend zo lang in deze houding te zitten.

'Iedereen die hier zit heeft geleden,' hoort ze Jonathan zeggen. 'En kijk toch eens hoe gelukkig jullie nu zijn! Dat komt doordat jullie weten dat alles goed komt. Bedank God dat Hij jullie heeft uitgekozen.' Er wordt weer gebeden en daarna mag iedereen om de beurt naar voren komen voor de zegen.

Jonathan legt een hand op hun hoofd. Als Rafaël aan de beurt is, staat hij ook op, maar Elise twijfelt. Ze weet niet of ze ook naar Jonathan toe moet gaan. Ze blijft voor de zekerheid zitten.

Wie de zegen heeft gehad, verlaat de zaal. Elise is de enige die nog op het kussen zit. Ze wil opstaan om weg te gaan als Jonathan naar haar kijkt. Zijn ogen! Elise voelt een siddering door haar lichaam gaan. Nog nooit heeft iemand haar zo aangekeken. Hij moet haar pijn zien, haar geheim.

Ze staat op en wil naar hem toe gaan, maar de priesteressen gebaren dat ze niet dichterbij mag komen.

Ze verlaat de zaal en fietst met Rafaël terug naar haar huis. Onderweg zeggen ze niets. Als ze bij haar huis komen verwacht Elise dat hij mee naar binnen wil om na te praten, maar hij blijft voor haar deur staan.

'Ik ga nu,' zegt hij. 'Ik heb de deur voor je op een kier gezet, zodat je het pad van de waarheid kunt betreden. Het is aan jou om de deur zelf verder te openen.'

Naomi staat met haar jas aan als Elise binnenkomt. 'Haha, ik zie het aan je ogen: je bent verliefd!'

Elise had wel verwacht dat haar zus zoiets zou zeggen. Ze is vannacht niet thuis geweest. 'Het is niet wat je denkt,' zegt ze. 'Rafaël en ik kunnen het gewoon goed met elkaar vinden. Hij heeft me heel veel te vertellen.'

'Ja hoor, schat, geweldig toch! Je hoeft je niet te verontschuldigen. Ik ben superblij voor je. Ik wil er nog alles over horen, maar ik moet nu gaan.' Naomi geeft Elise een kus en vertrekt.

Elise loopt de kamer in. Het lijkt net of alles anders is. De lichtval, het schilderij aan de muur – alles lacht haar toe. Er is iets met haar gebeurd. Niets lijkt meer hetzelfde. Dit kent ze van een heel ander moment in haar leven, toen ze net had gehoord dat haar vader was gestorven. Ze liep toen over het weiland en alles zag er anders uit: de schapen, het gras, de bomen. Zelfs de huiskamer leek anders. Alles had zijn glans verloren, terwijl de dingen nu juist stralen. Waar zou dat door komen?

Ze loopt de tuin in. Zou het door Rafaël komen? Heeft

hij een bepaalde energie bij haar losgemaakt? Misschien was het heel anders geweest als ze zonder hem naar de Ark was gegaan. Misschien had ze dan bij het zien van die mensen gedacht: heerlijk voor jullie dat jullie hier iets vinden, maar voor mij is het niets. Nu voelt ze toch vlinders in haar buik, alsof ze verliefd is. Niet zozeer op Rafaël, maar op Jonathan. Op de hele sfeer daar. Eigenlijk zou ze er nog een keer heen willen. Dat kan, want ze weet nu waar het is. Niet meteen vandaag natuurlijk, maar ooit, als ze er zin in heeft, op een mooie dag. Als het gevoel dan nog net zo sterk is natuurlijk, want het kan ook zo over zijn.

Elise gaat in de tuin zitten en bladert een tijdschrift door, maar ze kan haar hoofd er niet bij houden. Ze moet voortdurend aan de Ark denken. Aan de mensen daar, de warmte die er hing, aan Jonathan. Ze lijkt echt wel verliefd. Ze heeft een opgewonden gevoel; zo heeft ze zich in tijden niet meer gevoeld. Ze wil erheen, ze wil die plek nog een keer zien en voelen. Wie weet komt ze daar en is er helemaal niets meer wat haar aantrekt. Maar dan weet ze dat tenminste en heeft ze weer rust. Waarom zou ze eigenlijk zo lang wachten? Ze heeft toch niks beters te doen vandaag. Ze trekt haar jack aan en stapt op de fiets.

Een halfuur later ziet ze de Ark liggen. Is het niet raar dat ze hier weer heen gaat? Ze kan nu nog omkeren. Ze twijfelt even, maar dan rijdt ze toch door. Het is alsof ze naar de plek toe wordt gezogen.

Als ze vlakbij is, ziet ze het echtpaar in de tuin werken. Nu ziet ze pas hoe groot het stuk grond is. Een eindje verderop baggert een man de sloot uit. Een vrouw is in de moestuin bezig. Het echtpaar kijkt op en zwaait. Ze herkennen haar en komen naar haar toe.

'Goed dat je er weer bent,' zegt de vrouw. 'Het heeft vast heel veel indruk op je gemaakt.'

Elise knikt.

'Toen we je met Rafaël zagen wegrijden vanochtend, zeiden we al tegen elkaar: zij wordt vast een van ons,' gaat de vrouw verder.

Elise schrikt. 'Nee, hoor,' zegt ze.

De man lacht. 'Dat denken we allemaal. Zo ging het bij ons ook. Toch?'

De vrouw knikt lachend. 'Wij waren absoluut niet van plan bij deze groep te gaan. Toen dachten we nog dat we het zelf in de hand hadden. Maar het komt op je pad, en dat is bij jou blijkbaar ook gebeurd. En dat is niet zomaar.'

'Wat bedoelt u?' vraagt Elise.

'Het is al voorbestemd, anders was je hier niet,' zegt de vrouw. 'Wil je zien hoe we wonen?'

Elise aarzelt. Is ze niet dom om naar binnen te gaan? Gaat ze dan niet over haar grens? Wat kan het haar eigenlijk schelen hoe ze daar leven. Ze gaat hier toch nooit wonen, voorbestemd of niet. Maar de vrouw wenkt al een man die net naar buiten komt.

'Wil jij haar rondleiden? Onze handen zitten onder de aarde.'

Nog geen minuut later krijgt ze al een rondleiding.

'We hebben hier allemaal onze eigen taak,' legt de man uit. 'Sommige groepsleden koken voor ons. Je mag zelf kiezen welke taak het best bij je past.' Hij neemt Elise mee de keuken in. Een paar vrouwen staan te koken. Ze lachen vriendelijk naar Elise.

‘De gebedsruimte heb je gezien,’ zegt de man, die haar blijkbaar ook heeft herkend.

Op de gang worden ze begroet door een vrouw die een trolley vol schone was duwt. ‘Dit is onze gemeenschappelijke ruimte,’ zegt de man. ‘Hier inspireren we elkaar.’ Twee mensen die zitten te lezen kijken stralend op en knikken. Het valt Elise op hoe verzorgd het eruitziet. Overal staan kaarsen. De ruimte is heel sfeervol ingericht, met mooie kleden op de grond en doeken met warme kleuren op de stoelen. Aan de muren hangen geborduurde wandkleden. En boven een dressoir hangt een grote foto van Jonathan.

‘O ja,’ zegt de man voordat ze de trap op gaan. ‘Ik zou de wasruimte bijna vergeten.’ Hij gaat een klein gangetje in en doet een deur open. Een vrouw is aan het wassen en een ander staat te strijken. Ze glimlachen naar Elise en gaan door met hun werk. Op de trap komen ze nog meer mensen tegen; ze kijken allemaal stralend. Elise krijgt even het gevoel dat ze in een mooie droom is beland.

‘Dit is mijn kamer,’ zegt hij en hij doet de deur open.

Elise kijkt rond. Er staat zowat niets in. Alleen een bed met een foto van Jonathan erboven en een tafeltje met een stoel ervoor.

‘Heb je geen persoonlijke dingen?’ vraagt ze.

‘Daar heb ik afstand van gedaan,’ zegt hij.

‘Mis je ze dan niet?’

‘Nee,’ zegt de man. ‘Hier onder Jonathans vleugels missen we niets. Dat had ik ook nooit kunnen denken, maar het is zo. Vroeger, toen ik nog niet in de groep zat, keek ik heel vaak tv. Ik was eraan verslaafd. Vooral aan series. Als ik de deur uit moest, nam ik ze op. Nu heb ik geen tv meer, en ook geen cd-speler, maar ik mis ze niet eens. Ik heb er zoveel voor teruggekregen. Dat is met niets materieels te vergelijken.'

In gedachten ziet Elise zichzelf hier al zitten, met helemaal niets. 'Als je hier woont, kun je dan nog gewoon naar je werk?' vraagt ze.

'Jazeker, degenen die werk hebben blijven dat gewoon doen. Het is ook financieel noodzakelijk.' Hij gaat voor het raam staan. 'Maar de buitenwereld moet je achterlaten.'

'Je familie toch niet?' Elise wordt al rood bij de gedachte.

De man lacht om haar verschrikte gezicht. 'Je familie laat je los.'

'Dat zou ik nooit kunnen,' zegt Elise.

'Dat denk je, met de geest van nu. Maar zodra je bij Jonathan in de buurt bent, gaat alles vanzelf. Maak je maar geen zorgen, al dit soort gedachten en emoties verdwijnen. Jonathan geeft ons zoveel liefde en kracht.' Hij zakt op zijn knieën neer, vouwt zijn handen en bidt.

Dat ga ik dus nooit doen, denkt Elise als ze naar huis fietst. Het idee dat ze haar familie moet opgeven! Haar moeder en Steven hebben haar nodig. Zelf vindt ze het ook heerlijk om elk weekeind op de boerderij te zijn. En Naomi, haar lieve zus, zou ze ook nooit laten stikken. Het is goed dat ik naar de Ark ben teruggegaan, denkt ze. Complete gekte. Maar ja, nu weet ze het tenminste.

Ze zet haar fiets voor haar huis en steekt de sleutel in het slot van de deur. Als ze binnen is, kijkt ze rond. Dit alles zal ze nooit kunnen missen. Ze valt op de bank neer. Wat een maf avontuur. Ze ziet de huiskamer van de Ark weer voor zich en voelt opnieuw de warmte die ze daar ervaarde. Haar huis is hier, houdt ze zichzelf voor. Maar het beeld van de Ark dringt zich aan haar op – de bewoners, Jonathan, het leven daar. Het voelt zo vertrouwd, alsof ze na een heel lange tijd thuiskwam.

Ineens beseft Elise dat ze de warmte en liefde die ze daar voelde al heel lang heeft moeten missen. Eigenlijk sinds de dood van haar vader. Ze ziet voor zich hoe hij haar vroeger op schoot trok en zei dat ze zijn grote lieve meisje was, zijn toekomstige boerinnetje. Die warmte van haar vader, die voelde ze in de Ark. Ze heeft de liefde voor haar vader verward met de warmte die ze daar voelde. God, wat mist ze haar vader. Eigenlijk heeft ze die gevoelens nooit echt toegelaten. Toen hij dood was moest ze sterk zijn, zei haar moeder telkens als Elise huilde. Haar moeder huilde ook bijna nooit. Zie je, het heeft niks met de Ark te maken, maar alles met het verdriet om haar vader.

Elise voelt zich ineens heel rustig; zo'n natuurlijke rust heeft ze al lang niet meer gevoeld. Zou dat dan toch door de Ark komen? Heeft Rafaël gelijk, moet ze de deur zelf verder opendoen? Elise piekert daarover als haar mobiel gaat. Arnold!

'Met Elise.'

'Hi, Elise, met Arnold spreek je. Ik wil je eigenlijk helemaal niet lastigvallen tijdens je ziekteverlof, maar ik moet iets van je weten. Kan het even?'

'Natuurlijk.'

'Annemiek kwam bij mij aan met de stukken van Meijer. Ze beweert dat haar handtekening die eronder staat niet door haar is gezet. Klopt dat? Ik denk dat ik het antwoord wel weet, maar ik ben verplicht het uit te zoeken. Het zou hier om vervalsing in geschrifte gaan.'

'Ze heeft gelijk,' zegt Elise. 'Ik heb die handtekening nagemaakt.'

Even blijft het stil. 'Dat meen je niet?' zegt Arnold dan.

'Ja, ik meen het wel.'

'Hoe heb je zo dom kunnen zijn?' zegt Arnold. 'Je bent niet alleen verantwoordelijk voor de strop van die order die je niet op tijd hebt geannuleerd, maar ook nog voor vervalsing.'

Ze laat hem uitspreken zonder dat ze hoort wat hij zegt. Normaal gesproken zou ze allang in huilen zijn uitgebarsten, maar ze blijft er nu heel kalm onder.

'Elise, wat heb je hierop te zeggen?'

'Ontsla me maar,' zegt ze.

Elise heeft al ontbeten als Naomi 's morgens beneden komt. 'Er zit nog koffie in de kan,' zegt ze, terwijl ze haar bord en beker op het aanrecht zet.

'Wat zie je er stralend uit!' zegt Naomi, naar haar zus kijkend. 'Je bent zeker blij dat je Rafaël hebt leren kennen?'

Elise knikt.

Naomi smeert staand met haar rug tegen het aanrecht haar cracker. 'Wat goed dat we toen naar die lezing zijn gegaan! Het heeft je hele leven veranderd.'

'Ja, dat is zo,' zegt Elise en ze maakt een sopje.

'Weet je trouwens wiens idee het was om naar die lezing te gaan?' Naomi neemt een slok van haar koffie. 'Jelle. Hij zag de poster voor het raam van de Ooievaar hangen. Wat een toeval, hè?' Naomi smeert nog een cracker. 'Als ik Jelle niet had ontmoet, dan kende jij Rafaël waarschijnlijk niet. Bizar, vind je niet?'

Elise knikt. Ze legt de glazen van gisteravond in het sop.

Ze hoopt niet dat Naomi verder vraagt. Ze heeft zich voorgenomen om haar nog niets over de Ark te vertellen. Ze weet zelf nog niet zo goed wat ze ervan moet denken. Maar liegen wil ze ook niet. Ze hebben elkaar nog nooit voorgelogen.

'Hoe woont Rafaël eigenlijk?' vraagt Naomi.

'Best leuk,' zegt Elise. 'In de buurt van de Utrechtsebrug, bij dat weiland. Een klein huisje in het groen.'

'Dat lijkt me helemaal wat voor jou!' zegt Naomi grijnzend. 'Stel je voor dat je bij hem intrekt.'

'Nee, dat gaat niet gebeuren,' zegt Elise.

'Ik zeg stel,' zegt Naomi, 'dan moet je het lekker doen. Je hebt geen verplichtingen aan mij, dat bedoel ik maar.'

'Schat,' zegt Elise, 'het gaat niet gebeuren.' Ze duwt Naomi opzij en schuift de la open. 'Rafaël woont daar niet meer zo lang.'

'Ah, hij zoekt iets voor jullie samen? Geweldig! Raar is dat, hè? Een maand geleden kende je hem nog niet eens en nu kun je je een leven zonder hem vast niet meer voorstellen.'

Elise denkt aan de Ark, waar Rafaël haar heeft geïntroduceerd. 'Nee.' Ze bergt haar vork en mes in de la op.

Naomi omhelst haar zus en staart daarna verdrietig voor zich uit.

'Wat is er?' vraagt Elise als ze Naomi's bedrukte gezicht ziet.

'Ik moet ineens aan Eric denken. Hij had dit zo fijn voor je gevonden. Eric maakte zich best weleens zorgen om jou, wij allemaal. Maar nu zie je er zo gelukkig uit. Je zult zien dat je binnenkort weer gewoon naar je werk kunt. Je gaat die baan nu relativeren, zo werkt het, hoor. Als je werk het belangrijkste in je leven is, wordt het veel te zwaar. Denk je ook niet?'

'Ik eh... Ik ga niet meer terug,' zegt Elise. 'Ik heb gevraagd of Arnold me wil ontslaan.'

'Hoe kan dat nou? Je zult toch ergens van moeten leven. O, ik weet het al: je gaat bij Rafaël op de kwekerij werken.'

Wat moet ze daar nu weer op zeggen? denkt Elise. Maar ze heeft geluk. Op dat moment gaat Naomi's mobiel.

'Wat ben ik stom!' hoort ze Naomi zeggen. 'Ik kom er meteen aan.' Ze rent de gang in en pakt haar jas. 'Het is Froukje, we hebben een afspraak voor de catering van de bruiloft – helemaal vergeten. Ik ben weg. Ciao!'

Als Naomi weg is, schuift Elise de gordijnen in de kamer open. Zelf voelt ze ook dat ze heel anders in haar vel zit. Het is dat Naomi over de bruiloft begon, maar daar heeft ze al dagen niet meer aan gedacht. Ook niet aan oom Evert; wat een bevrijding. Ze checkt haar mail. Ze heeft een berichtje van haar baas. Ze maakt het open:

Beste Elise,
Jouw wens om je te ontslaan heeft me zeer geschokt, maar ik respecteer je beslissing. Ik hoop alleen niet dat het komt doordat je fouten hebt gemaakt. Ik kan echter niet op je wens ingaan, niet zolang je in de ziektewet zit. Ik neem dan ook nog geen verdere stappen. Zodra ik van de bedrijfsarts hoor dat je weer mag werken, neem ik contact op. Misschien ben je dan wel van gedachten veranderd. Weet dat je altijd op je beslissing mag terugkomen. Je hebt veel voor ons bedrijf betekend. Neem alle tijd om te herstellen.
Arnold

Wel prettig dat hij me nog niet mag ontslaan, denkt ze. Dan kan ik nog even sparen, want als ik in de bijstand terechtkom zal het wel krap worden. Maar wat maakt dat uit? Ze kan makkelijk met minder geld toe. Moet je die mensen van de Ark zien, die hebben alle luxe afgezworen.

Ze kijkt de kamer rond. Wat kan ze nou absoluut niet missen? Ze moet er zelf om lachen, want van haar kan alles weg. Alleen de foto van haar vader wil ze houden, de rest boeit haar niet. Ze lijkt dus toch meer op de mensen van de groep dan ze dacht. Ze hecht niet aan materie. Maar zij kunnen ook hun familie missen en dat gaat haar nooit lukken. Haar zus, haar moeder en Steven horen in haar leven.

Terwijl ze opruimt denkt Elise aan de Ark. Ze voelt zich verbonden met de mensen daar. Dat voelde ze gisteren al. Het liefst was ze er weer naartoe gegaan, ze heeft zichzelf moeten bedwingen. Of komt dat verlangen naar de Ark door de leegte, doordat ze nu geen werk heeft? Voorlopig zal ze wel geen werk vinden, zo makkelijk is het nu niet. Wat moet ze met al die uren? Ze kan vrijwilligerswerk gaan doen. Dat kan natuurlijk ook bij de Ark. Misschien mag ze daar wel in de tuin werken. Dat zou super zijn; dan kan ze heel langzaam en rustig uitzoeken of het echt iets voor haar is.

Als Elise bij de Ark aankomt, is er niemand in de tuin. Ze kan het binnen vragen. Er zal heus wel iemand zijn die haar kan vertellen of een buitenstaander überhaupt in de Ark mag werken. Ze kijkt naar de deur, maar dan besluit ze toch maar om niet naar binnen te gaan. Ze komt een andere keer wel terug, en anders kan ze het ook aan Rafaël vragen. Ze wil op haar fiets stappen als de twee priesteressen in de deuropening verschijnen.

'Loop niet weg van God,' zegt de een. 'Hij heeft je hier niet voor niets gebracht. Jonathan wacht op je.'

Elise snapt het zelf ook niet goed, maar zonder een moment van twijfel zet ze haar fiets neer. Als ze achter de priesteressen door de gang loopt, heeft ze een intens gelukkig gevoel. Jonathan wacht op me, denkt ze verheugd.

De vrouwen houden de gebedsruimte voor haar open en lopen zelf naar het altaar, waar Jonathan met zijn ogen dicht staat te bidden. Elise kijkt de ruimte rond. Zal ze achterin gaan zitten? Maar dan denkt hij misschien dat ze bang voor hem is. Voorin vindt ze te opdringerig, daarom gaat ze maar ergens in het midden op een van de lege kussens zitten.

De gewijde sfeer overweldigt haar. Ze krijgt zelfs aandrang om haar handen te vouwen, maar waar slaat dat op? Ze kan beter rustig wachten tot Jonathan klaar is met zijn gebed.

Terwijl ze naar Jonathan kijkt, lopen de priesteressen zwaaiend met wierookstokjes door de ruimte. De scherpe lucht slaat op haar keel. Als ze maar niet moet hoesten. Gelukkig gebeurt dat niet.

Ze hoort de bel voor de lunch, terwijl Jonathan nog steeds in gebed is verzonken. Ze zit zeker al een uur te wachten. Maar ze wil ook niet weggaan.

Eindelijk gaan zijn ogen open. Hij kijkt naar Elise met een vanzelfsprekende blik, alsof hij wist dat ze zou komen. De priesteressen wenken dat ze naar voren moet komen. Elise loopt naar het altaar, maar als ze te dichtbij komt, gebaren ze dat ze een paar stappen naar achteren moet doen. Ze staat voor Jonathan en weet niet zo goed wat er van haar wordt verwacht. Moet ze knielen of buigen? Of moet ze hem een hand geven? Hij kijkt haar doordringend aan.

'Het is goed dat je hier bent,' zegt hij. 'God heeft jou tot zich geroepen en je hebt Hem gelukkig niet de rug toegekeerd. Hij heeft je een teken gegeven en je hebt het herkend. Ik zie dat je veel hebt geleden. Als je Zijn teken had genegeerd zou je de rest van je leven blijven lijden. Onze Verlosser heeft mij uitgekozen om jou naar Hem toe te leiden. Je mag dankbaar zijn dat Hij jou heeft geroepen. Ik bespeur dankbaarheid, maar ook twijfel. Die twijfel zul je moeten overwinnen, anders zal het je niet lukken God te ontmoeten. Je zult geheel en al toegewijd moeten zijn. Geloof, dankbaarheid en vertrouwen – die drie prachtige kwaliteiten zijn nodig om je door God te laten omarmen. Alleen dan kan hij je pijn wegnemen.'

Elise zuigt zijn woorden in zich op.

'Nu je hier vlak voor me staat, voel ik ook angst. Angst voor overgave aan het Goddelijke. Angst voor de weg naar geluk die je al zo lang hebt vermeden. Angst om het vertrouwde, ook al bestaat het uit pijn, angst om los te laten, om plaats te maken voor eeuwigdurend geluk. Ik zal hier hardop voor je bidden, zodat je de kracht zult vinden om de pijn achter je te laten. Kniel maar en vouw je handen.

Heer de Verlosser, ik, Jonathan, degene die U met Uw almachtige wijsheid hebt uitgekozen, en die U de naam Jonathan hebt gegeven en de kracht hebt gegeven om wezens als ik op het pad naar U te begeleiden, ik vraag U deze jonge vrouw die nu voor me staat te sterken om Uw pad zonder omkijken af te leggen, zodat ze in Uw eeuwigdurende zaligheid mag verkeren. Amen.'

Elise zit daar geknield, met haar handen gevouwen. Ze voelt de tranen over haar wangen rollen. 'Ik wil het ook,' zegt ze. 'Diep vanbinnen voel ik dat ik dit wil.'

'Dit is jouw weg.' Jonathan legt een hand op haar hoofd. 'Heb vertrouwen, mijn kind. Je zult je met je hele hart aan God moeten geven. Onthoud goed, er is niemand die je dwingt. Je bent vrij om te gaan.'

Een paar dagen later staat Elise in haar tuin. Ze heeft zich in geen tijden zo goed gevoeld. Ze slaapt zelfs weer en de paniek is niet meer terug geweest. Ze ziet er ook veel beter uit, zag ze vanochtend in de spiegel. Haar ogen staan weer rustiger en helder.

Volgende week moet ze zich bij de bedrijfsarts melden, en waarschijnlijk stuurt hij haar weer naar haar werk. Dan mag Arnold haar ontslaan. Raar is dat, maar ze is er rustig onder.

Ze loopt langs het paadje en raapt een uitgebloeide roos op. Straks komt Rafaël. Ze vraagt zich af of het wel zin heeft dat hij verdergaat met het ontwerp van de tuin. Stel je voor dat ze echt weggaat, dan is het zonde dat ze nog zoveel geld aan de tuin uitgeeft. Rafaël doet het gratis, maar ze zal de bloemen, struiken en de bestrating toch moeten betalen. Ze vindt het ook niet fair tegenover Rafaël, die al het werk voor niks doet. De hele tuin is omgespit, maar ze kunnen de boel aanharken en gras zaaien.

Sinds haar laatste ontmoeting met Jonathan kan ze aan niets anders dan de Ark denken. Ze beseft zelf ook wel dat het een heel grote stap zou zijn om daar te wonen. Soms twijfelt ze ineens, maar als ze dan aan Jonathan denkt, aan zijn liefde en aan het vertrouwen dat hij uitstraalt, wordt ze meteen rustig. Ze gaat in elk geval geen overhaaste beslissing nemen, maar het is beter om de tuin voorlopig zo te houden tot ze weet wat ze gaat doen.

Elise is bezig koffie te zetten als Rafaël komt aanrijden.

'Hi,' zegt hij en hij loopt meteen door naar de tuin. Elise loopt met de koffie achter hem aan. Rafaël staat voorovergebogen. 'Ik zie hier toch nog een wortel van een berenklauw. Die moet weg, anders staat het zo weer vol.' Hij rukt hem eruit.

Elise leunt tegen het tuinhek aan. 'Ik twijfel of we de tuin moeten afmaken,' zegt ze.

Rafaël kijkt verrast op. 'Ik hoorde dat je nog een paar keer op de Ark bent geweest. Dat is een goed teken.' Hij zet een kever die op zijn rug ligt rechtop. 'Het gaat precies zo met jou als het mij is vergaan. Ik had ook twijfels, maar toch werd ik ernaartoe getrokken.'

Elise roert in haar koffie. 'Mijn hele leven staat op zijn kop, maar het is wel een prettig gevoel. Ik zit alleen met mijn familie. Hoe doe jij dat?'

Rafaël zet zijn lege kopje op een steen. 'Dat we ons oude vertrouwde leven moeten loslaten vinden we allemaal moeilijk. Maar je bent ze niet kwijt, want je neemt ze mee in je hart.'

Elise loopt door de tuin. Ineens draait ze zich om. 'Ik help mijn broer elk weekeind op de boerderij.' Ze trekt een graspolletje tussen de tegels uit.

'Je zegt het zelf: je helpt je broer.' Rafaël loopt naar haar toe. 'Als jij bij Jonathan bent en je verbindt je met God, kun je veel meer voor je broer betekenen. Als jij het vraagt, zal God je dierbaren beschermen.'

Augustus 2011

Elise

Elise is op weg naar kantoor. De bedrijfsarts had haar drie weken geleden beter verklaard en toen heeft ze meteen haar vakantie opgenomen. Maar ze had net zo goed geen vakantie kunnen opnemen. Achteraf was het alleen maar uitstel van executie. Ze had totaal geen vakantiegevoel. Ze liep maar te piekeren over de Ark. Een halfjaar geleden wist ze niet eens van het bestaan af, maar sinds Rafaël haar daar heeft geïntroduceerd, heeft ze nergens anders meer aan gedacht. Het heeft haar hele leven op zijn kop gezet. Gelukkig kon ze er heel goed met Rafaël over praten en ze is er ook verschillende keren geweest, maar ze heeft nog geen beslissing genomen.

'Je hoort hier,' zeiden de priesteressen steeds als ze langskwam. Eerlijk gezegd voelt ze dat zelf ook zo, maar ze kan haar familie niet in de steek laten. Nee, het is het best als ze gewoon verdergaat met haar leven en weer gaat werken.

Arnold is heel begripvol geweest. Laatst mailde hij dat hij ernaar uitkeek dat ze weer kwam, ondanks alle blunders die ze had gemaakt. Daar denkt Annemiek vast heel anders over. Wat zal ze kwaad zijn dat ze naar haar oude plek terug moet!

Ze neemt vast wraak, maar daar wil Elise nu niet aan denken. Ze heeft geen keus, ze moet er iets van maken. Gelukkig hoeft ze nog niet meteen fulltime te werken, want dat zou ook niet gaan. Ze mag het rustig opbouwen. Ze hoopt dat het haar lukt. Het voelt nog zo onwennig na al die maanden thuis.

Ze haalt diep adem en stapt het kantoor binnen. Ze hoopt dat Annemiek, Layla en Maaike er nog niet zijn, maar als ze haar hoofd om de deur steekt kijkt ze recht in het gezicht van Annemiek.

'Ah, onze vervalster is er weer. Welke handtekening ga je vandaag namaken?'

'Zo,' zegt Maaike. 'Zeker lekker uitgerust? Ik ga ook zeggen dat ik overspannen ben, heel slim.'

'Het spijt me van die handtekening,' zegt Elise. 'Dat was stom van me.'

'Slijm niet zo,' snauwt Annemiek. 'Je bent gewoon een achterbakse trut. Jammer dat Arnold het niet doorheeft.'

'Het klopt niet dat jij nog op die plek zit,' zegt Maaike. 'Ga je soms met hem naar bed?'

Voordat ze nog meer kunnen zeggen draait Elise zich om en loopt weg.

Arnold is er nog niet. Ze gaat haar kamer in en start haar pc op.

'Ah, een vertrouwd gezicht,' zegt Arnold, die haar kamer in komt. 'Goed je te zien.' Hij geeft haar een hand. 'Voor je begint wil ik even in mijn kamer met je praten.'

Het overvalt Elise allemaal, maar na tien minuten klopt ze toch op Arnolds deur.

'Ga zitten.' Hij wijst naar de bank. Arnold neemt naast haar plaats.

'Je zat er behoorlijk doorheen,' zegt hij. 'We moeten zien te voorkomen dat je terugvalt. Ik bedoel, als de werkdruk op deze plek toch te zwaar voor je blijkt te zijn, dan moeten we misschien besluiten om de promotie terug te draaien. Ik stel voor dat we er twee maanden voor nemen.'

Elise schiet meteen in de stress. Het idee dat ze weer bij die valse meiden moet zitten lijkt haar geen pretje. Arnold buigt zich naar haar toe. 'Hé, meid, geen paniek, hoor. We gaan ervan uit dat het goed komt.' Hij legt vertrouwelijk zijn hand in haar nek.

Elise hapt naar adem. Ineens komt het terug: na al die jaren ziet ze het huis weer voor zich. Een vrijstaand huis aan het eind van een pad. Ze wilde wegrennen, maar oom Evert legde zijn hand in haar nek en duwde haar naar binnen...

Al die jaren had ze deze naargeestige herinnering verdrongen en nu is die terug, als een klap in haar gezicht. Het begint Elise te duizelen en in de verte hoort ze Arnold iets mompelen over koffie. Hij loopt de kamer uit. Ik moet hier weg, denkt ze in paniek. Zolang ik zo nauw met Arnold moet samenwerken, blijft mijn verleden terugkomen.

Elise legt haar pen neer en leest de brief over.

Lieve zus,

Je zult wel denken: wat is haar handschrift bibberig, maar dat komt doordat ik je iets heel moeilijks moet vertellen. Zo moeilijk dat mijn vingers mijn pen bijna niet kunnen vasthouden. Ik weet ook niet zo goed hoe ik dit moet zeggen, dit is al de zoveelste versie die ik nu schrijf. Maar het heeft geen zin om de brief telkens opnieuw te schrij-

ven. Er bestaat geen goede manier om je dit te vertellen. Jij hebt al die tijd gedacht dat er iets was tussen Rafaël en mij. Dat is er ook, maar niet wat jij denkt. Rafaël heeft mij in contact gebracht met de Ark. Een groep mensen die onder leiding van Jonathan het pad naar God volgen.
Lieve Naomi, ik heb er de hele zomer over nagedacht, maar nu heb ik de beslissing genomen: ik sluit me bij deze groep aan. Ik zal jou en mama en Steven vreselijk missen, maar toch weet ik diep vanbinnen dat dit mijn weg is. Het is beter zo. Wees niet boos op me. Het lijkt alsof ik je in de steek laat, maar niets is minder waar. Het is heel verdrietig, omdat we elkaar niet meer kunnen zien, maar onze relatie wordt vanaf nu meer een spirituele relatie. Ik zal altijd aan je denken en je in mijn hart meedragen. Het spijt me dat ik je dit moet aandoen, maar er is geen weg terug. Ik mag en kan mezelf niet verloochenen.
Jij kunt gewoon in het huis blijven wonen. Mijn lieve Naomi, zou je deze brief aan mam en Steven willen laten lezen? Weet dat ik van jullie hou!
In liefde voor eeuwig,
Je zus

Ze moet gaan, het kan niet anders. Ze pakt haar rugtas. Er zitten alleen wat kleren in en een foto van haar vader. Meer heeft ze niet nodig. Nog één keer kijkt ze om en dan vertrekt ze.

Voor de zoveelste keer deze zomer fietst Elise naar de Ark, maar nu is het menens. Nadat ze haar ontslagbrief had geschreven, heeft ze de knoop doorgehakt: ze sluit zich aan bij de Ark. Dat ze haar familie moet loslaten blijft moeilijk.

Volgens Rafaël moet ze daar gewoon doorheen. Maar kan ze dat wel? Haar moeder belde toen Elise de afscheidsbrief aan Naomi aan het schrijven was. Ze wilde weten wanneer Naomi terugkwam van vakantie. Elise voelde zich vreselijk schuldig. Je moest eens weten, mam, dacht ze, je moest eens weten wat ik heb besloten.

Ze rijdt langs het water. Het riet staat al een stuk hoger dan toen ze hier voor de eerste keer fietste. De zomer is al bijna voorbij. Het is goed dat ze eindelijk de knoop heeft doorgehakt. Ze ziet het gebouw in de verte liggen. Mijn toekomstige woonplek, denkt ze, en dan wordt ze emotioneel. Het is een enorme stap, maar ze moet nu wel. Morgen komt Naomi thuis. Het zal nog veel lastiger zijn te vertrekken als haar zus er weer is. Ze zucht als ze aan Naomi denkt. Dit is de moeilijkste beslissing die ze ooit heeft moeten nemen.

Als ze aankomt ziet ze het echtpaar weer in de tuin werken. Ze begint te huilen, het is ook zo echt ineens. De man gaat naar binnen. Hij komt terug met de priesteressen. Ze omarmen haar en nemen haar mee naar binnen.

'Ik heb mijn besluit genomen. Ik sluit me aan bij de Ark, maar ik vind het zo moeilijk dat ik mijn familie in de steek laat,' snikt Elise als ze de deur van de gebedsruimte sluiten. 'Ik weet zeker dat ze woedend op me zijn, ze zullen zich bedrogen voelen.'

'Sst...' Een van de priesteressen legt een vinger tegen haar lippen. 'Zij kunnen het niet helpen dat ze het niet begrijpen, ze worden geregeerd door de duivel.'

'Mijn moeder!' Elise kijkt geschrokken op. 'Dat mag u niet zeggen.'

‘Is je moeder dan gelukkig?’ vraagt de andere priesteres.

Elise ziet haar moeder voor zich. Altijd zwoegend en zorgelijk. Ook toen haar vader nog leefde. Ze heeft haar nooit zien stralen, niet zoals de mensen hier.

‘Maar mijn zus dan?’ zegt ze vertwijfeld.

‘Voor je zus geldt exact hetzelfde. Ze weet alleen niet dat ze ongelukkig is. Niemand die buiten de Ark leeft weet dat. Daar lijden de mensen het meest onder; onder hun onwetendheid. Jonathan leidt jou naar God, dat kun je niet zelf. Dat is toch wat je wilt?’

Elise knikt. Ze wordt alweer wat rustiger. Het is goed wat ze gaat doen. Nee, ze twijfelt niet.

‘Kijk naar jezelf, hoe ongelukkig je bent,’ zegt de eerste priesteres weer. ‘Niemand heeft jou ooit kunnen helpen. Je moeder niet, je broer niet, je zus niet. Alleen Jonathan kan je helpen. Alle anderen zijn op dit moment gevaarlijk voor je. Ze willen je door hun onwetendheid meetrekken in hun eigen ongeluk. Je weet wat je wilt, je hebt er al heel lang en goed over nagedacht, en je hebt je besluit nu genomen.’

Elise knikt.

‘We brengen je naar je kamer.’ De priesteressen gaan haar voor naar boven.

De priesteres die vooroploopt, doet een deur open. ‘Dit is vanaf nu jouw kamer. Vanmiddag is Jonathan weer terug van een korte reis. Dan kan de inwijdingsperiode beginnen. Wij geven je een mantra, die je, als je je spullen hebt uitgepakt, telkens moet herhalen. Zeg me na: “God, ik zoek U en Jonathan zal mij naar U toe leiden.”’

‘God, ik zoek U en Jonathan zal mij naar U toe leiden,’ zegt Elise.

'"Alleen kan ik dat niet. Alleen Jonathan kan mij de weg wijzen."'

'Alleen kan ik dat niet,' zegt Elise. 'Alleen Jonathan kan mij de weg wijzen.'

De priesteressen slaan een kruis, geven haar een vel papier waarop de mantra staat uitgeschreven en vertrekken.

Elise zit op het bed in haar nieuwe kamer. Ze kijkt rond. Behalve een stoel, een tafel en het bed is de kamer helemaal leeg. Ze staat op en doet een deur open. Erachter is een kleine badkamer, met een douche en een wc. Ze loopt door haar kamer. Het is stil om haar heen, ze hoort geen geluiden van buiten. Ineens slaat de twijfel toe. Wat doet ze hier? Ze gaat voor het raam staan. In de tuin ziet ze het echtpaar. Misschien mag ze over een tijdje ook in de tuin werken. Die gedachte maakt haar rustig.

Logisch dat ze zich vreemd voelt, ze moet wennen. Ze is hier net.

'Dit is mijn nieuwe leven,' zegt ze hardop als ze voor het raam staat. 'Hier hoor ik.'

Ze is al een tijdje op haar kamer als er op de deur wordt geklopt. Nog voor ze iets kan roepen gaat de deur open. De priesteressen komen binnen met een fotolijst in hun hand. Ze geven hem haar.

Elise ziet dat het een foto van Jonathan is. Ze wijzen naar het haakje boven het bed.

Als Elise de foto eraan heeft gehangen knielen de priesteressen en zeggen een gebed. Daarna kijken ze Elise stralend aan.

'Straks, na het gezamenlijke gebed,' zegt een van de priesteressen, 'zal Jonathan je tot zich roepen. Als alles goed gaat, ben je over precies zeven dagen, zeven uur en zeven minuten een van ons.'

Ze lopen weg, maar bij de deur draaien ze zich om. 'Toen we binnenkwamen, hoorden we je niet de mantra zeggen,' zegt een van hen, en ze kijkt Elise streng aan.

Elise wordt rood; ze had allang haar spullen moeten uitpakken. Zodra de priesteressen weg zijn, opent Elise de kast in de muur. Ze haalt haar kleren uit haar rugzak en hangt ze een voor een op. Haar toilettas legt ze in de badkamer. Het enige wat nog in haar rugzak zit is de foto van haar vader. Ze houdt het lijstje in haar hand en kijkt naar de foto. 'Pap,' begint ze, en dan ineens moet ze huilen. 'Pap, het is goed dat ik hier ben,' snikt ze. 'Jij kon me ook niet helpen. Ik was zo ongelukkig, en niemand kon me helpen. Nu heb ik eindelijk mijn weg gevonden en ik durf hem ook te gaan, ook al is het verschrikkelijk moeilijk. Ik hoop dat je trots op me bent.'

Elise kijkt de kleine kamer rond. Waar zal ze de foto zetten? Ze wil haar vader kunnen zien als ze op haar bed zit, daarom zet ze de foto op het tafeltje. 'Pap, jij bent de enige die ik mee hiernaartoe heb genomen,' zegt ze zachtjes, 'maar ik hou ook van mam, Naomi en Steven. Ze zitten in mijn hart.'

Als ze aan haar zus denkt wordt ze opnieuw emotioneel. Nu ze daar zo zit in haar nieuwe kamer voelt ze opeens de liefde voor haar zus heel sterk. Toch weet ze dat die liefde plaats moet maken voor de liefde voor God. Ze wil zich helemaal aan God geven. Dat is het allermooiste, zegt Rafaël, voor haarzelf en ook voor de anderen. Ze gaat op haar knieën voor het bed zitten en richt haar blik schuin omhoog op Jonathan.

'God, ik zoek U,' zegt ze, 'en Jonathan zal mij naar U toe leiden. Alleen kan ik dat niet. Alleen Jonathan kan mij de weg wijzen.' Ze zegt de mantra hardop – tien, twintig, dertig, veertig keer achter elkaar, tot de deur van haar kamer opengaat en de priesteressen haar wenken dat ze mee moet komen. Het is tijd voor het gebed. Overal in de gangen gaan deuren open en lopen mensen vriendelijk knikkend in de richting van de gebedsruimte.

Naomi

Naomi wordt wakker en kijkt naast zich. Jelle slaapt nog. Door de open deuren hoort ze de zee. Ze kijkt op haar mobiel, het is halfnegen. Hun laatste dagje in Barcelona. Eind deze middag vliegen ze terug. Ze heeft geen zin om langer in bed te blijven liggen. De uren die ze nog hebben wil ze goed besteden.

Toen Jelle voorstelde naar Barcelona te gaan, verslikte ze zich bijna in haar wijn. Waarom nou net Barcelona? dacht ze. Ze zou met Eric naar Barcelona gaan, ze hadden zelfs al vliegtickets geboekt, maar toen kreeg hij het ongeluk. Het leek haar pijnlijk om daar nu met Jelle heen te gaan, maar uiteindelijk heeft ze er toch mee ingestemd. Ze kan niet alles wat ze nog met Eric had willen doen vermijden. Dan kan ze ook nooit meer kinderen nemen.

Achteraf heeft ze er geen spijt van dat ze toch zijn gegaan. Het was heerlijk om een week alleen met Jelle te zijn, en op vakantie leer je elkaar nog beter kennen. In het begin moest ze heel erg wennen. Jelle is zo anders dan Eric. Als ze met Eric in deze stad was geweest, had hij haar in zijn enthousiasme meegesleept van het ene architectonische hoogtepunt naar het andere. Eric zou zeker alle bouwwerken van Gaudí hebben willen zien. Ze vond zijn passie voor architectuur weleens een beetje te veel van het goede. Maar Jelle is precies het tegenovergestelde: ze kreeg hem nergens mee naartoe. Op het strand liggen zonnen en zwemmen in de zee, dat is alles wat hij wilde. Hij ging alleen mee naar de stad om te slenteren en tapas te eten en om 's avonds uit te gaan. Ze hebben wel elke nacht gefeest.

Ze komt de douche uit en kleedt zich aan. Toch zit het haar niet lekker dat ze niets heeft bekeken. Cultuurbarbaren, zou Eric zeggen. Hij had het altijd over de beroemde kathedraal Sagrada Familia, en nu was ze er zo dichtbij en heeft ze hem niet eens gezien! Ze voelt zich bijna schuldig tegenover Eric, alsof ze hem niet respecteert. Ze kan nog naar de kathedraal toe, ze heeft de hele ochtend nog.

Jelle ligt nog wel even te slapen. Ze aait over zijn wang. Als je hem zo ziet, zou je niet denken dat hij zo onrustig kan zijn. Daar weet ze niet goed raad mee, met zijn paniekaanvallen. Ze komen zomaar opzetten en dan gaat hij ervandoor. Het is een paar keer gebeurd dat ze op het strand lagen. Naomi lag heerlijk te lezen en ineens sprong hij op en weg was hij, zonder iets te zeggen. Dan zag ze hem langs de vloedlijn lopen. Na een tijdje kwam hij weer terug. Ze vroeg maar niks. In het begin heeft ze wel geprobeerd erover te praten, maar daar stond hij niet voor open. Een keer hebben ze er wel fikse ruzie om gehad.

De tweede nacht in Barcelona werd ze om een uur of vijf wakker. Jelle lag niet naast haar. Ze dacht dat hij naar de wc was, maar hij kwam maar niet. Toen is ze gaan kijken. Zijn kleren waren weg. Ze was hartstikke ongerust. Toen ze belde, bleek dat zijn mobiel nog in het appartement lag. Hij moet in paniek zijn vertrokken. Om zeven uur kwam hij thuis. 'Ik kon niet slapen,' zei hij, 'en dan moet ik wandelen.' Ze was woest. 'Leg dan een briefje neer, zak!' schreeuwde ze.

Nu moet ze zelf ook een briefje neerleggen natuurlijk. *Ik ben even naar de kathedraal*, schrijft ze, *liefs en kus*. Ze legt het op haar kussen.

Naomi geniet van de stad in de ochtend. Eric was ook altijd vroeg op. Van hem mocht je geen seconde verspillen. Daarin was hij wel een beetje dwangmatig. Wat dat betreft is Jelle veel relaxter. Als ze langs de gebouwen van Gaudí loopt, vindt ze het weer moeilijk dat Eric er niet meer is. Het is ook echt een stad voor hem, vol hippe jonge mensen en mooie gebouwen. Ze steekt een plein over als ze een sms'je van Jelle krijgt. *Morning, love, veel plezier.*

Hij is dus al wakker. Vroeg voor zijn doen. Deze vakantie is echt heel goed voor hen geweest. Ze hebben heel veel gevreeën – dat was heerlijk – en ze houden alle twee van dansen. En 's morgens als zij koffiezette, ging Jelle altijd naar de bakker. Dan kwam hij thuis met allemaal lekkere dingen en dan zaten ze samen heel lang te ontbijten op het terras en praatten en lachten ze veel. Jelle is heus niet alleen maar makkelijk, daar is ze wel achter gekomen. Maar wie wel? Zelf is ze ook niet zonder gebruiksaanwijzing. Ze voelt zich met hem verbonden en durft nu echt te zeggen dat ze van hem houdt. Met hem wil ze verder.

Naomi staat met haar rugtas voor haar huis. Ze geeft Jelle een kus. Daarna gaat hij zijn eigen huis in. Hij wil zich eerst even opfrissen en schone kleren aantrekken. Ze vindt het prima, dan is ze tenminste even alleen met haar zus. Ze heeft Elise best gemist, maar nu is ze er weer.

Ze kijkt door het raam naar binnen, maar ze ziet niemand. Ze heeft geen zin om de sleutel onder uit haar rugtas te vissen en belt aan. Het verbaast Naomi dat Elise niet opendoet. Ze weet toch dat ze op dit uur thuiskomt? Vanochtend heeft ze nog een sms'je gestuurd. Elise is zeker bij Rafaël, denkt ze, en ze duikt in haar rugtas. Eindelijk heeft ze de sleutel gevonden en ze steekt hem in het slot. Stiekem moet ze wel lachen om Elise. Ze heeft nooit een vriendje gehad en nu is het ineens dik aan.

Ze doet de deur open, kwakt haar rugtas in de gang en loopt door naar de kamer. Wat heerlijk om weer thuis te zijn. Ze zal Elise zo wel bellen dat ze thuis is. O wacht, ze ziet een brief op tafel liggen. Naomi begint nietsvermoedend te lezen, maar algauw trekt ze wit weg. 'Dit kan niet!' roept ze geschrokken. 'Dit is niet waar!' De kamer begint voor haar ogen te draaien. Ze rent in paniek de trap op naar Elises kamer en rukt haar kledingkast open. Als ze ziet dat hij leeg is, geeft ze van schrik een gil. Dan rent ze weer naar beneden en leest de brief nog een keer over. Het lijkt wel een nachtmerrie. Haar zus zit bij een sekte! Ze is haar kwijt, haar eigen zus! Naomi krijgt hetzelfde machteloze gevoel als toen ze het telefoontje over Erics ongeluk kreeg. Ze ploft in een stoel neer en als in een shock staart ze voor zich uit. 'Nee,' kreunt ze. 'Dat kan ik niet aan...'

Ze voelt zich duizelig en slaat haar handen voor haar gezicht. Dit overleef ik niet, denkt ze. Ze staat op, loopt naar de keuken en drinkt een paar slokken water. Ik wil niet nog iemand verliezen, denkt ze, terwijl ze de tuin in kijkt. Aan de overkant ziet ze mannen op een steiger aan de balkons werken. Ze werken gewoon door, alsof er niets aan de hand is. Ik ben godverdomme mijn zus kwijt, wil Naomi schreeuwen.

Ze loopt de kamer in. Was ze maar niet op vakantie gegaan, dan was dit misschien nooit gebeurd. Ze had Elise tegengehouden, al had ze haar zus moeten opsluiten. Maar wist zij veel? Ze dacht dat Elise verliefd was op Rafaël. Ze was ervan overtuigd dat ze bij hem zou gaan wonen. Hoe kan het dat ze zich zo heeft vergist? Dat ze al die tijd blind is geweest? Ze heeft verdomme niet goed gekeken. Ze is alleen maar met zichzelf bezig geweest, met haar en Jelle. Dit kan gewoon niet waar zijn, dit gebeurt niet echt. Naomi pakt haar mobiel. Haar vingers trillen als ze het nummer van haar moeder intoetst.

'Mam...' zegt ze en dan begint ze te snikken. Het is net zoals toen met Eric. Het ging precies zo. Toen heeft ze ook als eerste haar moeder gebeld.

'Wat is er, kind?' vraagt haar moeder bezorgd.

'Elise... Ze is weg. Ik kom net thuis en ze is vertrokken.'

'Hoe bedoel je "vertrokken"? Waarnaartoe?'

'Er ligt een brief op tafel, mam, een afscheidsbrief. Ze zit in een of andere enge sekte. Ze heeft zich aangesloten.'

'Naomi, rustig, wat is er precies aan de hand?'

'Ik dacht dat ze verliefd was op die Rafaël. Voor ik wegging heb ik het er nog met je over gehad. Ik was zo blij voor haar, en jij ook, mam, wij allemaal. Maar ze was helemaal niet verliefd. Hij heeft haar ingepalmd, mam. Ze is in God, ze komt niet meer terug, ze zit in een sekte. Ze schrijft het zelf. Het is een afscheidsbrief.' Naomi pakt de brief en leest hem helemaal voor. Als ze klaar is, valt er een stilte. 'Mam, ben je daar nog? Zeg iets, mam,' snikt Naomi.

'Elise...' zegt haar moeder hees. 'Elise, onze eigen Elise...'

'Mam, wat moeten we doen?'

'Dit is verschrikkelijk, kind, heel verschrikkelijk. Oom Evert moet ons helpen.'

Naomi loopt door de kamer heen en weer. Elise is weg, haar zus is weg... Ze kan het niet geloven. Ze voelt hetzelfde verdriet als toen bij Eric. Hetzelfde lege gevoel. Ze ziet weer voor zich dat ze in Erics kamer kwam en alles er nog net zo stond als ervoor, terwijl hij er zelf niet meer was. Nu is dat ook zo. Er is niets veranderd, alles staat er nog – de geluidsinstallatie, alle boeken, haar sieraden – maar Elise zelf is er niet meer. Ze zou schreeuwend en gillend door het huis willen rennen, maar ze weet dat dat niets helpt. Elise is uit haar leven verdwenen, net als Eric en haar vader. En ze is nog wel speciaal bij haar zus gaan wonen, omdat Elise zo eenzaam was! Hoe vaak heeft ze zich de laatste jaren geen zorgen om haar gemaakt? Ze weet nog dat ze vaak met Eric over Elise heeft gepraat. Soms was hij jaloers als ze over haar zus inzat. Elise ging voor, altijd. Ze heeft een paar keer een afspraak met Eric afgezegd, omdat ze er voor Elise wilde zijn. 'Ze heeft me nodig,' zei ze dan. Eric had het maar te pikken, en dat wist hij ook. En nu laat Elise haar zomaar achter. Het voelt bijna nog erger dan toen met Eric. Eric kreeg een ongeluk; hij kon er niets aan doen dat hij plotseling uit haar leven was gerukt. Maar Elise kiest hier zelf voor. Ze gaat verder, zonder haar. Zelf zou ze haar zus nooit ofte nimmer in de steek hebben gelaten, voor niemand. Mijn god, hoe moet ze verder? Hoe moet ze hiermee omgaan?

Naomi wil Jelle bellen als hij met een stralend gezicht binnenkomt. 'Er lag een briefje op mijn kamer. Er is werk voor me bij de Dokter, dat hippe café in de Pijp. Ik ga er vanavond meteen heen.'

'Ik heb ook een brief gekregen.' Naomi pakt hem van de tafel en duwt de brief in Jelles hand.

Jelle begint te lezen. Even later kijkt hij Naomi ontzet aan. 'Wat is dit nou opeens voor bizars?'

'Niet opeens,' zegt Naomi. 'Ik heb het alleen niet in de gaten gehad, met mijn stomme kop. Die Rafaël heeft haar geïndoctrineerd, al vanaf die tuinenlezing, en nu heeft hij zijn slag geslagen, nu ik weg was. Reken maar dat hij dag en nacht op haar heeft ingepraat. En ik maar denken dat ze verliefd waren. Ik heb die engerd nog vriendelijk te woord gestaan. Ik heb nog met hem gepraat. Ik had hem het huis uit moeten meppen. Ze is weg, Jelle, mijn zus is weg!'

'Daar laat je het toch niet bij!' zegt Jelle. Hij leest de brief nog een keer over.

'Natuurlijk laat ik het er niet bij. Ik ga erheen, ik haal haar daar weg! Of ze wil of niet, ik neem haar gewoon mee. Dit soort sektes is levensgevaarlijk. Je wordt er gebrainwasht. Ik ril er altijd van als ik zoiets lees, en nu zit mijn eigen zus daar. Ik ga ernaartoe!'

'Waarnaartoe?'

'Ja, wat denk je nou? Naar de Ark natuurlijk. Dat schrijft ze toch?'

'Weet je dan waar dat is?'

'Daar kom ik wel achter.' Naomi zet haar laptop aan en

googelt 'de Ark'. Mijn god, ze had zich haar terugkomst wel anders voorgesteld.

'Hebbes! De Ark, Jacobskapel. Een centrum voor geloof in Slotervaart.'

'Dat is alleen een soort kerk,' zegt Jelle. 'Jij zoekt een sekte. Ze wonen daar.'

Naomi googelt 'sekte', maar ze komt geen stap verder. 'Verdomme!' Ze springt gefrustreerd op. 'Het is toch te gek! Ik weet niet eens waar mijn eigen zus uithangt. Hoe kan ze nou zomaar weggaan zonder een adres achter te laten? Stel je voor dat er iets met onze moeder gebeurt, dan kan ik haar niet eens bereiken. Misschien moet ik naar de politie. Valt dit niet onder vermiste personen of zo?'

'Ik denk niet dat die je verder kunnen helpen,' zegt Jelle, die achter de laptop is gekropen en naar het adres van de Ark zoekt. 'Ze is er vrijwillig heen gegaan. Daar bemoeien ze zich niet mee. Bel die Rafaël.'

'Had ik zijn nummer maar,' zegt Naomi.

'Wacht even,' zegt Jelle, 'is er niemand die Rafaël kent en van wie je wel gegevens hebt?'

'In de Ooievaar, dat clubhuis, daar moeten ze het weten,' zegt Naomi ineens. 'Daar heeft hij die lezing gehouden. Ik heb Elise nog meegenomen, zodat ze iemand vond. Zo zie je maar weer, ik had het nooit moeten doen. Ze worden bedankt daar. Weten ze wel wie ze in huis hebben gehaald? Ik ga er meteen naartoe.'

'Ik ga met je mee,' zegt Jelle.

'En je baantje dan? Dat is ook belangrijk, dit kan ik zelf wel. Ik hou je op de hoogte.' Naomi heeft haar jas al aan.

Een paar minuten later fietst ze de straat uit. Vanochtend

zat ze nog in Barcelona. Het lijkt heel lang geleden. Gelukkig hoeft ze niet ver. Als er maar iemand is, misschien zijn ze in de zomer gesloten. Maar als ze aan komt rijden, ziet ze de deur openstaan. Ze zet haar fiets neer en gaat naar binnen. De jongen achter de bar herkent ze van de vorige keer.

'Je moet me helpen,' zegt ze. 'Ik ben hier in mei geweest met mijn zus voor een lezing over tuinieren – wilde tuinen, was het, geloof ik. Ik weet het niet eens meer precies, maar door die lezing ben ik nu mijn zus kwijt.'

'Sorry?' De jongen kijkt haar niet-begrijpend aan.

'Ik moet het telefoonnummer hebben van die gast. Rafaël, heet hij. Weet je wel wat dat voor type is? Hij ronselt mensen voor een of andere sekte in de Ark.'

'Rafaël is een heel aardige man,' zegt de jongen doodkalm.

'Aardig? Een engerd, zul je bedoelen. Hij heeft hier met mijn zus aangepapt en haar gehersenspoeld, en nu zit ze ook in die sekte. Die gast is levensgevaarlijk en die halen jullie zomaar binnen, zonder te checken.'

'Shit,' zegt de jongen. 'Ik wist niet dat Rafaël zo bezig was.'

'Waar zit die Ark?' vraagt Naomi.

'Geen idee,' zegt de jongen. 'Dat moet Rafaël je kunnen vertellen. Ik zal voor je kijken of ik zijn nummer kan vinden.' Hij kijkt in de computer. 'Ah, hier heb ik het.' Terwijl hij het nummer opleest, zet Naomi het in haar mobiel. Ze loopt bij de bar vandaan en belt het nummer.

'Rafaël.'

'Je spreekt met de zus van Elise. Je snapt zeker wel waar ik voor bel? Je hebt mijn zus gebrainwasht. Ik wil weten waar ze zit, ik moet naar haar toe.'

'Naomi, jouw zus heeft gehoor gegeven aan Gods roep.'

'Hou op met je gelul! Waar is die Ark? Het is verdomme jouw schuld.'

'Ik zie het anders. Ik ben er trots op en dankbaar voordat ik haar de weg heb mogen wijzen. Elise heeft haar thuis gevonden, een thuis waar ze liefdevol wordt opgenomen. Ieder mens verdient dit, maar helaas is het maar weinigen van ons gegeven.'

'Om opgesloten te zitten bij een sekte? Bespaar me de rest van je lulkoek. Ik wil weten waar die fucking Ark van je zit!' schreeuwt ze.

Even blijft het stil. 'Mag God je bij staan,' hoort ze, en daarna wordt de verbinding verbroken.

'Die is gek!' zegt Naomi tegen de jongen. 'Hij wil het niet zeggen.'

'Meer kan ik niet doen.' De jongen wil verdergaan met zijn werk.

'Natuurlijk kun jij wel meer doen,' zegt Naomi boos. 'Wie laat nou zo'n engerd op onschuldige mensen los? Jullie zijn medeverantwoordelijk. Heb je wel door dat mijn zus in gevaar is? Ik ga niet eerder weg voordat je me helpt.'

Dat maakt indruk. De jongen denkt na. 'Ik ken wel iemand die ook in de Ark woont.'

'Waar kan ik die vinden?'

'Hij staat voor het Centraal Station. Daar deelt hij een blaadje over God uit. Een soort zendingswerker.'

'Er staan daar zoveel gekken met blaadjes,' zegt Naomi. 'Hoe ziet hij eruit?'

'Hij is lang en altijd in het wit gekleed.'

'Oké, ik ga kijken, maar als ik hem niet vind kom ik terug.' Naomi loopt naar buiten en stapt op haar fiets. Mijn god, denkt ze als ze naar het Centraal Station fietst, dat soort stakkers die blaadjes uitdelen over God gaat ze altijd uit de weg, en nu hoort haar zus daarbij! Die gasten wachten tot er iemand voorbijkomt die niet lekker in zijn vel zit en dan slaan ze toe.

Elise had het behoorlijk moeilijk de laatste tijd, maar dan nog kan Naomi de stap van haar zus niet begrijpen. Zelf was ze kapot toen ze Eric verloor. Er waren dagen dat ze alleen maar kon huilen. Haar hele wereld was in één keer ingestort. Ze wist absoluut niet hoe ze verder moest. Maar ze ging echt niet op dit soort engerds in. Hoe kan het dat haar zus wel zo ontvankelijk is? Elise heeft haar ook niks verteld, dat mocht zeker niet van die Rafaël. Die lui weten echt wel hoe ze het moeten aanpakken. Ze vindt het ook heel erg voor haar moeder en Steven. Laat ze maar hopen dat ze mazzel heeft en ze Elise vandaag nog uit die Ark weghaalt.

Het is druk bij het Centraal Station. Hoe moet ze hier nou die rare gast vinden? Ze loopt met de fiets aan haar hand tussen de menigte door. Een gestreste man in pak botst tegen haar op. 'Donder dan ook op met je fiets!' roept hij en hij loopt gehaast verder.

Ze ziet een paar hippieachtige jongeren die muziek staan te maken, maar die moet ze niet hebben. Haar blik valt op een man met een gitaar. Naast hem zingt een vrouw. Die twee zien er nogal gelovig uit. Ja hoor, voor hen staat een groot bord met JEZUS REDT erop. Zouden ze bij de Ark horen of zijn ze van een andere gestoorde club? Ze zoekt verder en dan ziet ze een jongen blaadjes uitdelen. Ze gaat eropaf, maar het gaat om een reclamefolder. Ze manoeuvreert haar fiets door de drukte.

En dan ineens ziet ze een lange man in het wit. Hij praat met een vrouw. Na een tijdje haalt hij een blaadje uit de tas die over zijn schouder hangt en hij geeft het de vrouw mee. Dat moet hem zijn! Maar ze is niet zo stom om naar hem toe te gaan. Als hij weggaat, volgt ze hem. Het kan haar geen barst schelen hoe lang het duurt, zij blijft wachten.

Naomi heeft er meer dan een uur gestaan als de man aanstalten maakt om te vertrekken. Hij sluit zijn tas en loopt in de richting van de bussen. Hij gaat met de bus! denkt Naomi verschrikt. Ze moet haar fiets kwijt. Ze sjeest door de mensenmenigte heen, glipt vlak voor een tram langs naar de brug en zet haar fiets op slot. Je mag hier eigenlijk geen fietsen zetten en het kan dat ze hem losknippen, maar dat is dan pech.

Als ze ziet in welke bus de man stapt, zet ze het op een rennen. De bus moet niet voor haar neus wegrijden. LANDSMEER, staat er voorop. Misschien gaat die vent helemaal niet naar de Ark, maar dat ziet ze dan wel weer.

Als Naomi in de bus zit, belt Jelle. Ze drukt hem weg en stuurt gauw een sms'je. *Zit in de bus naar Landsmeer, kan niet praten. Kus.*

Ze houdt de man angstvallig in de gaten. Een eindje buiten de stad drukt hij op het knopje. Ze laat hem eerst uitstappen en dan gaat ze er zelf uit. Waar is ze? Ze ziet alleen maar weilanden en sloten. Er is verder geen levend wezen te bekennen. Het lijkt haar niet handig om vlak achter hem te gaan lopen, dus blijft ze staan en doet net of ze belt. Intussen kijkt ze hem na. Het is één lange weg langs het water, dus de kans dat ze hem uit het oog verliest is klein. Ze volgt hem, de weg gaat naar rechts. In de verte ziet ze een gebouw liggen. Zou dat de Ark zijn? Ze blijft staan en kijkt vol spanning naar de man, die het pad naar het gebouw op gaat. Ze wacht tot hij binnen is en dan loopt ze ernaartoe.

Naomi denkt aan haar vader. Wat zou die dit erg vinden. Elise was altijd zijn oogappeltje. Naomi weet heus wel dat hij ook van haar hield, maar Elise was zijn lievelingsdochter. Haar vader en zij deelden hun liefde voor de boerderij, voor de natuur en de stilte. Naomi is zo anders dan haar broer en zus. Ze heeft zich vaak een beetje een vreemde eend in de bijt gevoeld. Dat kwam natuurlijk doordat ze zich niet thuis voelde op de boerderij. Ze was heel vaak bij Froukje, en haar moeder vond het best.

Dat vond ze weleens moeilijk. Elise kreeg altijd taken en zij nooit. Dat leek wel makkelijk, maar het gaf haar ook een gevoel van eenzaamheid, alsof ze haar niet nodig hadden en ze voor spek en bonen meedeed. Het was ook zo. Hun moeder had Steven en Elise echt nodig. Ze steunde op hen, nog steeds trouwens. Zij hing er maar zo'n beetje bij. Misschien dat ze daarom zo blij is met Jelle, die haar zo hard nodig heeft.

Haar vader had alle hoop op zijn oudste dochter gevestigd. Elise zou boerin worden. En nu heeft ze zichzelf aangesloten bij een of andere sekte, maar niet voor lang, want straks staat ze alweer buiten en dan kunnen ze er over een tijdje samen slap om liggen. Eerst nog even niet natuurlijk, want Elise zal het nodige moeten verwerken.

Naomi kijkt naar het gebouw, dat zo afgelegen ligt. Zou haar zus hier zitten? Wat heeft die Rafaël met haar gedaan?

Een vrouw en een man die in de tuin werken komen naar haar toe. 'Kunnen wij je misschien ergens mee helpen?'

'Ja,' zegt Naomi. 'Ik kom voor mijn zus. Ze moet hier zijn ingetrokken. Elise, heet ze.'

De vrouw knikt. 'Dat klopt, Elise zit in haar inwijdingsperiode.'

Die schijnheilige lach op hun gezicht! Naomi kan er wel van kotsen. 'Ik moet haar dringend spreken,' zegt ze beslist.

'Dat gaat nu niet,' zegt de man.

'Ik mag mijn eigen zus toch wel spreken?'

'Ooit kun je haar weer spreken,' zegt de man.

'Ooit!' zegt Naomi verontwaardigd. Haar stem slaat over van woede. 'Jullie denken toch zeker niet dat ik wacht tot ze is gehersenspoeld? Ik wil haar nu zien!'

De man loopt naar de deur. Naomi wil achter hem aan naar binnen gaan, maar hij doet de deur voor haar neus dicht.

Ze kijkt of er een bel zit, maar vindt niets wat daarop lijkt. Ze doet de brievenbus in de deur een stukje open. 'Kan iemand misschien de deur opendoen? Hallo!'

Als er niets gebeurt, bonkt ze op de deur, en dan komt de man met een vrouw in een blauw gewaad naar buiten.

'Ik hoor dat jij het geluk van je zus komt verstoren,' zegt de vrouw.

'Geluk?' zegt Naomi schamper. 'Waar hebt u het over? Waar is mijn zus? Ik kom haar redden.'

'Alleen God kan haar redden,' zegt de priesteres. 'Vertrouw op God, Hij zal haar gelukkig maken.' Ze gaat naar binnen en doet de deur dicht. De man blijft buiten staan.

'Wat is dit hier voor gevangenis!' schreeuwt Naomi. 'Jullie sluiten mijn zus op.'

'Jouw zus is vrij om te gaan als ze wil,' zegt de man en hij gaat weer aan het werk.

Ze laten haar gewoon voor gek staan. Naomi is woest. Ze wil Elise spreken en ze rent om het gebouw heen met haar handen aan haar mond. 'Elise, ik ben het, je zus!' Naarstig speurt ze alle ramen af. Ineens ziet ze aan de achterkant bovenin iemand voor het raam staan. Het is haar zus! 'Elise!' roept ze en ze zwaait met beide armen. 'Elise, ik moet je spreken!' Ze kijkt omhoog naar het raam. Elise blijft roerloos achter het raam staan, alsof ze haar niet meer kent.

'Elise, doe het raam open, ik moet je iets zeggen.' Dan ziet Naomi dat de vrouw in het blauwe gewaad haar zus bij het raam wegtrekt. 'Elise!' gilt ze. Maar haar zus komt niet meer terug. Naomi rent naar de voorkant van het huis en bonkt op de deur. 'Doe open!' Maar er gebeurt niets. Naomi heeft het gevoel dat ze in een nachtmerrie is beland. Huilend zakt ze op de grond neer en ze belt Jelle.

'Elise is hier...' snikt ze. 'Maar ze mag niet met me praten. Ze doen verdomme de deur dicht. Ik kan niets beginnen.'

'Kom naar huis,' zegt Jelle. 'Hoor je me? We verzinnen er wat op. Waar ben je nu? Je zat in de bus, toch? Waar staat je fiets?'

'Bij het Centraal Station. Het is gewoon niet te geloven: ik mag niet eens mijn eigen zus spreken!'

'Liefje, luister, neem de bus en ga naar het Centraal Station, dan kom ik naar je toe.'

Drie kwartier later zit Naomi met Jelle in de kroeg.

'Gaat het nu weer een beetje?' vraagt hij bezorgd als ze een paar slokken van haar wijntje heeft gedronken.

Naomi schudt haar hoofd. 'Het was zo eng daar, echt horror. Je ziet zoiets weleens op de tv. Gadver, ze werd gewoon bij het raam weggetrokken, alsof ze in een gevangenis zit. En dan zeggen ze dat God dat wil. Ik krijg haar niet eens te spreken. Dat is toch kut? Ik weet niet hoe dit verder moet. Die idioten kun je niet eens aangeven, want ze zeggen dat ze daar vrijwillig zit. Maar ondertussen wordt ze helemaal gebrainwasht.' Ze schuift haar glas weg. 'Ik moet nu niet drinken, sorry, het valt niet goed. Wat een kutzooi! Ze moet daar weg, Jelle. Die gasten met hun schijnheilige koppen breken haar. Dan ben ik mijn zus voorgoed kwijt.' Ze voelt dat ze moet huilen en ze staat op en loopt naar buiten.

Ze heeft zin om te gillen, om op haar fiets te stappen en naar de Ark te rijden en een steen door de ruiten te keilen. Ze wil net Froukje bellen als Jelle achter haar komt staan en een arm om haar schouder legt.

'O Jelle, ik voel me zo machteloos. Ze hebben mijn zus ontvoerd.'

'Misschien moet ik erheen,' stelt Jelle voor.

'Alsof jij erin komt. Je snapt het nog steeds niet, hè? Ze laten je echt niet binnen.'

'Wel als ik zeg dat ik bekeerd wil worden,' zegt Jelle.

Elise

Elise is ontroerd als ze de gebedsruimte binnenkomt. Overal branden kaarsen en een vrouw speelt harp. Elise kijkt rond en wil in het midden gaan zitten, maar de priesteressen nemen haar mee naar een kussen helemaal achteraan. Er zit zelfs een ruimte van een meter tussen haar en de rest van de plaatsen. Er zit niemand naast haar, ze zit helemaal alleen.

'Gedurende de inwijdingsfase is dit jouw plek,' zegt een van de priesteressen zachtjes. 'En praat niet met de anderen, vermijd zelfs elk oogcontact.'

Hoewel Elise in haar eentje achterin zit, voelt ze zich toch niet eenzaam. Ze wacht net als de anderen vol spanning op hun leider. Als hij binnenkomt, loopt hij langs de kussens en gaat voor de groep staan. De muziek stopt en de vrouw achter de harp neemt ook plaats op een kussen. Iedereen vouwt zijn handen. Jonathan spreekt met zijn ogen dicht. Zijn zalvende stem galmt door de ruimte.

'Verlosser,' hoort Elise hem zeggen, 'mag ik U danken dat U ons weer iemand hebt gezonden? Mag zij de inwijdingsfase goed doorstaan? Mag ze in staat zijn de liefde voor de buitenwereld af te leggen? Mag ze mij gehoorzamen, zodat

U haar kunt bereiken? Mag ze alle obstakels op haar pad uit liefde voor U uit de weg ruimen?'

Dit gaat over mij, denkt Elise, onder de indruk. Het voelt alsof de gewijde sfeer en de kracht van Jonathans woorden haar optillen en meevoeren. Nu snapt ze ook waarom ze hier alleen moet zitten, waarom ze voorlopig geen contact met wie dan ook mag hebben. Aardse genegenheid zal haar alleen maar afleiden op haar weg naar overgave.

Bij elk woord dat Jonathan uitspreekt voelt ze warmte door haar lichaam stromen. Ze ziet niet op tegen de zeven dagen, zeven uren en zeven minuten van afzondering. Ze weet dat ze het kan doorstaan. Ze kan het volhouden; haar angsten en eenzaamheid zal ze weten te overwinnen. Ze ziet zichzelf voor zich, vroeger in de schuur, elke keer als oom Evert binnenkwam. Ze wist wat hij van haar verlangde, maar toch is ze nooit weggerend. Ze bleef. Ze vluchtte in de mooie herinneringen aan haar vader, en daardoor redde ze het. Elke keer weer.

Ze kijkt naar Jonathan, die voor de groep staat. De priesteressen gebaren dat ze mee moet bidden. Ze vouwt haar handen en sluit haar ogen. Ineens moet ze aan oom Evert denken, of ze wil of niet; de beelden dringen zich aan haar op. Juist nu, nu ze zich zo veilig voelt, komen ze weer boven. Ze heeft er nooit meer aan willen denken, maar het bidden maakt iets in haar los.

Ook toen heeft ze gebeden, heel vurig, elke dag. Ze was vijftien en elke dag bad ze en vroeg ze God of ze ongesteld mocht worden, maar haar menstruatie, die altijd zo gelijkmatig kwam, bleef uit. Ze was doodsbang dat haar moeder iets zou merken en haar van alles zou vragen. Daardoor pakte ze net als anders elke maand maandverband uit het pak. Haar moeder merkte niets en Elise durfde het haar ook niet te vertellen. Ze weet nog hoe bang ze was voor wat er in haar buik groeide. Iedereen zou haar geheim kunnen zien; ze zouden haar wegsturen. Ze was vooral ook bang voor tante Anna. Ze wist hoeveel verdriet die ervan had dat ze geen kinderen kon krijgen. Terwijl Jonathan bidt, ziet Elise zichzelf voor zich, 's nachts, huilend van angst en schaamte in bed, met haar hoofd onder de dekens, zodat niemand haar kon horen.

Hoeveel ze ook bad, ze werd niet ongesteld. God heeft de mensen hier wél verhoord, denkt Elise. Nu ik deze stap heb gezet, zal Hij ook naar mij luisteren.

Na de gebeden en het gezang verlaat iedereen de zaal. De priesteressen wenken Elise dat ze naar voren moet komen. Ze gaat voor Jonathan staan.

'Elise.' Hij spreekt haar naam plechtig uit. 'In deze inwijdingsfase heet je nog Elise. Maar als je deze tijd goed hebt doorstaan, krijg je je echte naam.' Hij kijkt op naar een van de priesteressen, die met een fotolijstje binnenkomt. Hij houdt zijn hand op. Als hij de foto aan Elise laat zien, schrikt ze. 'Dat is mijn vader,' zegt ze.

'Het was je vader,' verbetert Jonathan haar.

Elise knikt. 'Mijn vader leeft niet meer. Hij is overleden toen ik elf jaar was.' Ze wil stoppen, maar de priesteressen die ieder aan een kant van Jonathan staan, gebaren dat ze door moet gaan met vertellen. 'Mijn vader was boer,' gaat ze verder. 'Hij kreeg een hartaanval. Het was afschuwelijk, vooral voor mijn moeder. Er kwam een heleboel op haar af.

Mijn moeder wilde de boerderij voortzetten en het is haar gelukt, met hulp van mijn oom. Nu dragen we de boerderij over aan mijn broer Steven. Dat is de wens van mijn vader.'

'Het was je vader,' herhaalt Jonathan. 'De Elise van toen bestaat nu niet meer. In de komende zeven dagen, zeven uren en zeven minuten wordt er een nieuwe Elise geboren. Een Elise die zich niet langer door de mensen laat verblinden, die uitsluitend nog gelooft in de grootheid en goedheid van God.'

Jonathan geeft de fotolijst terug aan een van de priesteressen. 'Denk aan je mantra,' zegt hij en dan vertrekt hij.

Elise kijkt de priesteressen aan. Moet ze gaan? Ze weet het niet. Maar dan gaan de vrouwen haar voor naar haar kamer. Bij de deur blijven ze staan wachten. Elise stapt haar kamer in en kijkt achterom naar de priesteres die haar fotolijstje vasthoudt, maar ze krijgt het niet terug.

Jelle

Jelle checkt het saldo van zijn bankrekening. Shit, er staat minder op dan hij had gedacht. Vierhonderd euro maar. Hij had gedacht dat hij nog twee maanden kon leven van zijn geld, maar dat valt vies tegen. Hij zal werk moeten vinden, en snel ook. Dat baantje in de kroeg was al vergeven. Als hij niet op vakantie was geweest, had hij het gehad.

Hij is wel lekker bezig. Infiltreren in een sekte, wat heeft hij nou weer met zijn stomme kop beloofd? Hij, die overal een paniekaanval van krijgt. Hij kan niet eens een normale baan aan; daar krijgt hij het al benauwd van. Hoe denkt hij het daar uren, misschien dagen uit te houden? Hij is echt de laatste persoon op aarde die daarvoor geschikt is. Hij leert ook nooit van zijn eigen stommiteiten. Waarom biedt hij zoiets aan?

En Naomi gelooft hem ook nog. Nog wel, tot ze erachter komt wat voor een loser hij is. Hij weet wel waarom hij het zei: om indruk te maken. Hij voelt zich schuldig. Hij heeft nou eenmaal geen carrière en dat zal hij haar ook nooit kunnen bieden. Hij kan haar niet eens de zekerheid van een baan bieden. Hij wil iets doen om het goed te maken, om op die manier haar respect te winnen.

Hij ziet weer voor zich hoe ze er gisteren aan toe was. Ze was kapot van het bericht van haar zus. Als het hem echt zou lukken Elise uit die sekte te krijgen, dan kan hij niet meer stuk bij Naomi. Als hij het zo bekijkt, is het een mooie kans, maar dan mag hij wel actie gaan ondernemen.

Hij loopt heen en weer door zijn kamer. Het is niet alleen goed voor Naomi, maar ook voor zijn zelfrespect. De vraag is: hoe moet hij het aanpakken? Want het zal nog niet zo gemakkelijk zijn. Hoe komt hij daar binnen? Naomi had het over Rafaël; misschien moet hij het via hem proberen. Die Rafaël heeft hem nog nooit gezien. Nog een geluk dat hij niet mee is gegaan met Naomi gisteren. Hij had daar vast stennis geschopt bij de Ark en dan kon hij er nu niet meer heen.

Naomi stelde voor dat hij naar Rafaëls huis zou gaan en zo moest proberen met hem in gesprek te raken, maar valt dat niet veel te veel op? Zeker met een smoes voor zijn deur staan. Nee, dat wordt niks.

Ineens denkt hij aan Rafaëls kwekerij. Hij kan vragen of Rafaël werk voor hem heeft. Stel je voor dat hij hem aanneemt, dan heeft hij zijn eigen probleem ook opgelost. Anders moet hij nog aankloppen bij Naomi voor een lening. Dan zal hij toch eerst haar zus uit die sekte moeten krijgen. Jelle gaat achter zijn laptop zitten. 'Zaden in Amsterdam', googelt hij. Er zijn meer van die bedrijven dan hij dacht. Ah, dat moet hem zijn. *Rafaël de Wit, specialist in zaden voor uw natuurlijke wilde tuin.* Het adres zegt hem niets. Waar zou het ergens zijn? Hij kijkt op Google Maps. Ah, nou ziet hij het: dat is aan de rand van de stad, richting Halfweg. Dat is een buurt waar hij nooit komt. Het lijkt nog een heel eind.

Hij moet maar niet te lang nadenken, anders doet hij het niet meer. Even aarzelt hij of hij het Naomi zal vertellen, maar het lijkt hem toch beter als ze het achteraf van hem hoort. Voor hemzelf is dat beter, anders komt er weer zo'n druk op te staan. Hij baalt wel dat hij daar altijd zo'n last van heeft. Eigenlijk kan hij nooit volop genieten, ook niet van de fijne dingen. Bij hem ligt er meteen overal een druk op. Zelfs op zijn relatie.

Hij is dol op Naomi, daar is geen twijfel over mogelijk. Nog nooit heeft iemand hem zoveel gedaan. Toch voelt hij zich niet beter of stabieler dan ervoor. Toen hij Naomi nog niet had, voelde hij zich vaak eenzaam, maar nu moet hij zich weer zo nodig bewijzen. Hij is nou een typisch voorbeeld van iemand die het leven eigenlijk niet aankan. Hij balanceert altijd op de rand, en soms valt hij eroverheen. Hij redt het zonder drugs, maar het gaat maar net.

Hij loopt naar beneden. 'Hé, Jelle!' roept Harold vanuit de keuken. 'Heb je al woonruimte? Eind deze maand moet je weg.'

'Man, zeik niet zo. Ik heb allang woonruimte.'

Harold kijkt verbaasd op. Ha, dat had die eikel niet gedacht zeker! Jelle heeft helemaal nog geen woonruimte, maar dat hoeft Harold niet te weten. Eind deze maand ziet hij wel verder. Als hij daar ook nog over na gaat denken, gaat hij zeker flippen. Geen werk, geen huis. Nou ja, op naar de zadenkoning dan maar.

Hij stapt op zijn fiets en komt na een tijdje door Oud-West. Ook wel een toffe buurt. Hij stopt bij een AH en hangt een kaartje op met de mededeling dat hij een kamer zoekt. Hij zet er zijn mobiele nummer onder. Je kunt nooit weten. Dit zou hij in veel meer buurten moeten doen. Waar is hij nou weer mee bezig? Zo is hij nou: het ene moment besluit hij zijn woonprobleem weg te stoppen, omdat het hem te veel wordt, en een halfuur later hangt hij een kaartje op in een AH. In de kroeg hoorde hij dat de drie kamers waar hij nog naar zou informeren al waren verhuurd. Hij was weer eens te laat. Er zit helemaal geen systeem in hem, niet in wat hij denkt en niet in wat hij voelt.

Hij rijdt langs Geuzenveld. Daarachter moet het ergens zijn. Je zou denken dat je Amsterdam al uit bent, maar het hoort nog bij de stad. Hier zou hij dus echt nooit kunnen wonen. Hij wordt nu al depressief, alleen al door erdoorheen te rijden. Volgens de routeplanner moet hij hier ergens afslaan.

Hij slaat rechts af en rijdt nu door een groen gebied. Een eindje verderop ziet hij een kwekerij liggen. Hij kijkt op de routeplanner, dat moet hem zijn. Hij zet zijn fiets voor de kwekerij en loopt het pad op. Een man met een kruiwagen loopt tussen de plantjes door. Dat moet Rafaël zijn, want verder is er niemand.

'Hi,' zegt Jelle en hij stapt op hem af. 'Mooi bedrijfje heb je hier. Ik wist niet dat het hier lag. Wat een verrassing.'

'Ja, je moet het weten,' zegt de man.

'Zit je hier al lang?'

'Alweer een aantal jaren.'

'Heeft hier altijd een kwekerij gezeten dan?'

'Voor zover ik weet wel. Ik heb hem overgenomen van een man die met pensioen ging. Ik had mazzel. Hij had geen zoons of andere familieleden die interesse hadden, daarom ging het goedkoop weg. En nu kweek ik hier wilde planten.'

'Ik wist niet eens dat hier een kwekerij zat,' herhaalt Jelle. 'Ik ben hier weleens eerder in de buurt geweest, maar toen ben ik er waarschijnlijk ongemerkt langs gereden.'

'Ja, we hebben zo onze gedachten die ons in beslag nemen,' zegt de man lachend. 'Maar nu viel het je opeens op?'

'Nou nee, ik werd hier als het ware naartoe getrokken.'

'Ja, zo kan het weleens gaan,' zegt de man. 'Ik geloof in dat soort dingen. Wat denk je hier te vinden?'

'Sorry, het overvalt me zelf ook,' zegt Jelle. 'Ik zoek werk, maar ik heb nog nooit over werken op een kwekerij gedacht.'

'Het heeft ook geen zin, want de kwekerij staat te koop. Zodra ik die heb verkocht, ga ik weg.'

'Ik snap er zelf ook niet veel van dat ik hier sta. Iets in me vertelde me dat ik hier iets kon vinden. Nou ja, sorry, je kunt me dus niet helpen.'

'Als je echt in nood bent, kan ik je misschien wel aan werk helpen, maar het is tijdelijk en veel kan ik je niet betalen.'

'Toch heb ik het gevoel dat ik hier moet zijn,' zegt Jelle.

'Als dat zo is, moeten we het niet negeren,' zegt de man. 'Wie weet wat hieruit voortkomt. Is vijfendertig euro per dag goed? Je kunt meteen aan de slag.'

'Akkoord!' Hij geeft de man een hand. 'Jelle.'

'Rafaël.'

Elise

Elise woont nu een halve week in de Ark en ze is al een beetje gewend. De eerste dag was het zwaarst. Ineens zat ze daar, alleen op een vreemde kamer, en juist toen ze het zo moeilijk had, stond Naomi onder haar raam. Ze werd er heel verdrietig van en zag steeds het beeld van haar zus voor zich die wanhopig haar naam riep, haar smeekte om naar buiten te komen. Maar de mantra's hebben haar geholpen. Gelukkig is Naomi niet meer teruggekomen. Ze beseft heel goed dat, hoe lief Naomi, haar moeder en haar broer ook voor haar zijn geweest, ze haar nooit hebben kunnen helpen. Met het uur wordt het haar duidelijker dat dit haar plek is.

De bel voor de lunch luidt. Elise verlaat haar kamer en loopt naar de eetzaal. Ze vindt het nog wel heel lastig dat iedereen haar negeert, ook aan tafel. Niemand besteedt enige aandacht aan haar, niemand werpt zelfs maar een blik op haar. Ze ziet wel hoe liefdevol ze tegen elkaar zijn, en dat geeft haar een beetje troost. Zodra de inwijdingsperiode voorbij is, hoort zij er ook helemaal bij. Ze kijkt de tafel rond en beseft dat dit haar nieuwe familie is. Met hen zal ze het moeten doen. Eigenlijk bijzonder hoe snel ze aan de nieuwe situatie is gewend. Straks, na de lunch, zit ze weer uren alleen op haar kamer en dat vindt ze helemaal niet erg. Ze heeft totaal niet het gevoel dat ze opgesloten zit. Ze weet heel goed dat ze zo kan opstappen als ze zou willen.

Iemand van de groep schenkt koffie voor hen in, maar zij wordt overgeslagen. Dat vindt ze wel een lastig moment. Ook als de schaal met brood haar passeert. Dan bedenkt ze maar gauw dat het tijdelijk is en ze zegt in zichzelf de mantra op.

Het werkt wel. Nu al, na een paar dagen, is ze zich heel bewust van het feit dat ze zelf niets voorstelt, dat ze het niet alleen kan en dat ze God nodig heeft om gelukkig te worden. Het is ook waar: ze heeft zichzelf niet kunnen helpen. Niemand kan dat; dat dringt nu pas tot haar door. Ze heeft altijd tegen haar moeder en Naomi opgekeken, omdat die het leven wel aankonden, maar gelukkig zijn ze niet, niet oprecht gelukkig, zoals de mensen van de groep. Bijna iedereen hier heeft een glimlach op zijn gezicht. Een glimlach is een uiting van ontspanning, geluk en tevredenheid. Zal zij over een tijdje ook zo mooi kunnen glimlachen?

Ze staat op en neemt een broodje van de schaal. Veel trek heeft ze niet. Thuis had ze best vaak behoefte aan snoep, maar hier mist ze het helemaal niet. Naomi zou het heel sober vinden als ze de tafel zag. Er staan niet veel soorten broodbeleg op. De ene dag krijgen ze jam en de andere dag appelstroop, maar niemand klaagt of ziet er ontevreden uit. Gisteren tijdens het gebed benadrukte Jonathan het nog eens. Doordat hun geest is vervuld van liefde voor God hebben ze geen behoefte aan materie, alleen aan het hoogstnoodzakelijke. En dat is maar goed ook, zei Jonathan, want er moet zoveel mogelijk worden gespaard om het voortbestaan van de Ark veilig te stellen.

Terwijl ze haar koffie drinkt komt een van de priesteressen naar haar toe. 'Na de lunch zal Jonathan je in de gebedsruimte ontvangen,' zegt ze zachtjes.

Elise knikt. Ze vindt het een hele eer. Wat zal hij haar vertellen? Zal hij van God haar nieuwe naam hebben ontvangen?

Een halfuur later staat ze voor Jonathan. Ze zijn alleen in de gebedsruimte. Het is de eerste keer dat de priesteressen er niet bij zijn. Jonathan gebaart dat ze moet gaan zitten. Hij neemt tegenover haar plaats. 'Ik heb je hierheen laten komen omdat je er zo ongelukkig uitziet,' zegt hij. 'Het viel mij meteen op toen je hier voor het eerst binnenkwam. Je gaat gebukt onder een groot verdriet.'

Elise voelt dat ze moet huilen en slikt haar tranen weg. 'Ik ben ook verdrietig,' zegt ze. 'Er komen telkens herinneringen bij me boven waar ik niet mee kan leven.'

'Je zult je moeten uitspreken,' zegt Jonathan, 'hardop, zodat we samen vergiffenis aan God kunnen vragen. Laten we knielen.'

Ze knielen tegenover elkaar. Elise moet haar handen vouwen en dan sluit Jonathan zijn handen om de hare heen.

'Sluit je ogen,' zegt hij. 'En spreek hardop uit waar je grote verdriet zit. Weet dat je vrijuit kunt spreken; behalve wij tweeën is hier niemand, alleen God, die zonder oordeel naar je zal luisteren.'

Elise haalt diep adem. Ze heeft haar geheim nog nooit aan iemand verteld, maar ze voelt dat het hier veilig is. En Jonathan heeft gelijk: wil ze het pad van God volgen, dan zal ze de zware last waaronder ze al zo lang gebukt gaat van zich af moeten leggen.

Elise begint te vertellen. Eerst over haar vader, en daarna over oom Evert. 'Toen ik vijftien jaar was,' vertelt ze, 'werd ik niet meer ongesteld. Ik bad tot God en smeekte Hem of ik alstublieft weer ongesteld mocht worden, maar het bleef uit. Ik hield het nog een tijdje voor oom Evert achter, bang als ik was voor zijn reactie. Maar toen mijn menstruatie voor de derde maand wegbleef, moest ik het hem wel vertellen. Elke avond als ik in bed lag voelde ik aan mijn buik, en dan dacht ik aan het kindje dat daar groeide. Hoe moest het verder? Ik was pas vijftien. Ik zat nog op school, ik kon geen baby verzorgen. Als het uitkwam, zou mam intens verdrietig zijn. Ik wilde het haar niet aandoen. Ze zou boos op oom Evert worden. Misschien zou ze hem wel wegsturen, en wat moest er dan met de boerderij gebeuren? Zonder de hulp van mijn oom zouden we de boerderij moeten verkopen. Dan bracht ik iedereen in de problemen, door mijn schuld. Mam zou ook kwaad op mij zijn, omdat ik het nooit had verteld. Omdat ik het telkens weer had laten gebeuren.

Op een ochtend wachtte ik op oom Evert in de schuur. Ik zat net als anders op het stro. Hij had geen idee wat ik wilde zeggen en draaide net als anders de deur van de schuur op slot.

"Wat is er?" vroeg hij toen hij zag dat ik huilde.

"Ik..." begon ik, maar de woorden bleven in mijn keel steken.

"Jij bent mijn uitverkorene, je weet dat je me alles mag zeggen."

"Ik ben al drie maanden achter elkaar niet ongesteld geweest," zei ik.

Ik hoopte zo dat hij me zou troosten, dat hij me gerust zou stellen dat ik het kindje kon baren en dat tante Anna en hij ervoor zouden zorgen. Maar hij werd kwaad. "Slet," siste hij. "Vuile hoer, je hebt mij uitgedaagd. Vanaf je elfde heb je me verleid. Je bent door en door slecht, je wilde aandacht van je oom en ik heb je die gegeven, te goeder trouw. En nu kom je hiermee, dit is je straf!" snauwde hij. Hij liep weg, bij de deur draaide hij zich om. "Je hebt je vader beschaamd, hij zal je niet langer vanuit de hemel willen beschermen." Hij liet me alleen achter.

Ik zat daar op het stro. Het laatste was het ergst, wat hij over pap zei. Op dat moment raakte ik in paniek. Wat moest ik? Ik kon nog geen moeder zijn, want overdag zat ik op school.

Ik heb de hele nacht wakker gelegen. De woorden "vuile hoer" bonkten in mijn hoofd. Ik had het nooit mogen toestaan. Ik wilde het ook helemaal niet, ik deed het voor mam, voor Steven en Naomi, voor de boerderij, zodat we die konden houden. Mam had het zo vaak gezegd: paps grootste wens was dat de boerderij niet werd verkocht. Ik wilde oom Evert niet kwetsen, ik wilde ons geheim niet verraden, daarom had ik nooit iets verteld en liet ik het toe.

De volgende morgen fietste ik om halfzes naar het kerkhof en ging ik bij paps graf zitten. "Pap, wil je me alsjeblieft helpen?" smeekte ik. Ik hoopte dat ik een teken van hem zou krijgen, dat hij niet boos op me was, dat ik hem niet had teleurgesteld. Maar in mijn hoofd hoorde ik alleen maar oom Everts stem. *Hoer. Slet. Dit is je straf.*

Om halfzeven was ik in de stal om te melken. Ik kroop in elkaar toen oom Evert binnenkwam.

"Straks kom ik je van school halen," zei hij. "Na een halfuur ga je ziek naar huis, ik wacht om de hoek."

Ik vermoedde wat hij van plan was. Ik had er weleens iets over gehoord. Ik zat in de klas en keek de hele tijd op de klok. Ik was verschrikkelijk bang voor wat er ging gebeuren.

Na een halfuur stak ik trillend mijn vinger op en zei tegen de lerares dat ik me ziek voelde. Ze vond me er ook ziek uitzien en ik mocht gelijk gaan. Ik ging de school uit en rende naar de hoek.

Een paar minuten later reed ik met oom Evert over de snelweg. Ik had wel vaker bij hem in de auto gezeten, maar nu reed hij heel hard en roekeloos. Ergens aan de buitenkant van een dorp parkeerde hij de auto voor een huis. Ik stapte uit en keek om me heen. Ik was bang dat iemand zou zien waar ik naar binnen ging. Ik schaamde me heel erg. Ik wilde wegrennen – ze mochten mijn kindje niet doodmaken – maar ik voelde oom Everts hand in mijn nek en hij dwong me het pad op. Hij belde aan en zodra een vrouw opendeed duwde hij mij naar binnen. Zelf liep hij terug naar zijn auto. Wat ging hij doen? Ging hij weg?

Ik wist totaal niet waar ik was. Ik had geen geld bij me voor de trein of de bus. Hoe moest ik thuis komen? Ik was erg bang voor wat er ging gebeuren. De vrouw deed een kamerdeur open. Ik moest me vanonder bloot maken, zei ze. De rest mocht ik aanhouden. Ze ging weer weg. Ik trok mijn schoenen, mijn rok en slipje uit. Daar stond ik, rillend van de kou. Ik begon te klappertanden.

"Ga maar liggen," zei de vrouw toen ze eindelijk binnenkwam, en ze wees naar een bed met een zeil erop, dat ze bedekte met een aantal lagen papier. "Knieën optrekken en benen spreiden." Ze liep naar de kast en haalde er een dienblad met instrumenten uit. Toen ze een wit schort aantrok, wendde ik mijn gezicht af. Ze duwde mijn benen verder uit elkaar.

Terwijl ik de spijlen van het bed vastpakte, dacht ik aan de ijsvogel. Pap had altijd gezegd dat hij een keer een ijsvogel wilde zien. Ik hoorde mezelf gillen, maar toen dacht ik gauw aan die keer dat ik uit school kwam en bij de sloot iets blauws zag wegflitsen. Ik vertelde het pap. "Dat moet een ijsvogel zijn geweest," zei hij. Een tijdlang hebben pap en ik elke middag om dezelfde tijd op dezelfde plek bij de sloot gezeten, heel stil, zo stil als ik toen op dat bed moest blijven liggen. Ik zat dicht tegen pap aan.

Er ging een pijnscheut door me heen, maar ik probeerde uit alle macht te denken aan de ijsvogel die op een dag ineens kwam aanvliegen. Hij ging op een tak zitten, vlak boven de sloot. Pap kneep in mijn hand en opeens dook de vogel de sloot in en kwam hij met een vis in zijn snavel boven.

Weer voelde ik een ondraaglijke pijn, maar ik wilde alleen aan de ijsvogel denken, met zijn prachtige blauwe kleed en zijn mooi snavel, de vogel die pap zo blij had gemaakt.

"Dit heb ik altijd willen zien," zei pap, "en nu nog wel met mijn kleine meid. Mooier kan toch niet?"

Ik hoorde het hem keer op keer zeggen, terwijl ik het uitgilde van de pijn.

Eindelijk zei de vrouw dat het voorbij was, maar dat ik nog moest blijven liggen. Ze trok het papier onder me vandaan. Ik schrok van al het bloed. Ze propte het bebloede papier in elkaar en duwde een paar verbanden tussen mijn benen. Ik voelde het bloed erin lopen.

"Niet bewegen," zei ze. "Ik kom je straks halen." Ik lag daar en moest huilen. Ik dacht aan het kindje dat ze in de afvalbak had gesmeten, samen met het papier. Ik wist niet eens of het een jongetje of een meisje was. Ik had mijn eigen kindje dood laten maken, en ik had weer niets gedaan om me te verzetten. Ik was niet alleen een hoer, ik was ook een moordenaar. De vrouw zou me straks komen halen, maar ik wilde niet meer leven. Ik huilde en huilde, tot ik geen tranen meer had.

Daarna werd het stil vanbinnen. Beangstigend stil. Alsof uit mij ook het leven was gehaald. Ik was voorgoed veranderd.

Ik was nog zwak toen ze me kwam halen. Ze bracht me naar mijn oom, die daar in de kamer een sigaar rookte. Hij keek niet eens naar me en legde geld op tafel, veel geld. Ik voelde me erg slapjes en had steken in mijn buik, maar ik wist dat de pijn over zou gaan. Er kwam echter iets voor terug wat nooit over zou gaan.' Elise moet weer huilen. 'Ik voel me vreselijk schuldig.'

'Laten we bidden, dan vragen we God om vergiffenis. Sluit weer je ogen,' zegt Jonathan, en terwijl hij bidt en aan God vraagt haar te vergeven, voelt ze iets wat op opluchting lijkt. Ze heeft dit afschuwelijke geheim met zich meegedragen, maar ze voelt dat dit de plek was om het te vertellen.

Jelle

Jelle stapt op zijn fiets en rijdt weg. In geen tijden heeft hij meer zo vroeg op de fiets gezeten. Hij kijkt naar de hordes fietsers die naar hun werk gaan. Het zou hem nooit lukken om elke ochtend tussen die meute te moeten rijden. Hij doet het nu, en hij weet waarvoor, maar het moet niet te lang duren.

Hij probeert zijn verstand op nul te zetten. Gewoon gaan, zegt hij tegen zichzelf, je hebt maar één doel: zoveel mogelijk over die Ark te weten komen zodat je Elise kunt spreken. Hij moet zichzelf helemaal wegcijferen, want het gaat nu niet om hem, het gaat om Naomi. Ze kreeg wel weer wat moed toen ze hoorde over zijn baantje bij Rafaël, maar erg enthousiast reageerde ze niet. Dat mag en kan hij nu ook niet van haar verwachten, ze heeft het er heel moeilijk mee.

Even gaat er een golf van jaloezie door hem heen als hij al die mensen ziet die naar hun werk gaan. Kon hij dat maar, dan was zijn leven heel wat makkelijker. De meesten zien er niet uit alsof ze er moeite mee hebben. Ze gaan gewoon, elke dag opnieuw, en waarschijnlijk genieten ze er nog van ook. Zij hebben tenminste een doel om voor te gaan, en dat lijkt hem zoveel prettiger.

Een halfuur later zet hij zijn fiets voor de kwekerij. Gelukkig is hij op tijd. Maar daar heeft hij dan ook alle moeite voor gedaan. Hij wil een goede indruk maken.

'Goedemorgen,' begroet Rafaël Jelle. 'Koffie?'

'Graag.' Jelle loopt achter Rafaël aan een soort schuur in. Rafaël geeft hem vier bekers aan.

'We krijgen hulp,' zegt Rafaël, die Jelles verbaasde gezicht ziet. 'Volgende week komt er weer iemand die de kwekerij misschien wil kopen. De vorige belangstellende is afgehaakt omdat hij het een zootje vond. Mensen willen nou eenmaal dat alles tiptop in orde is. Er is hier nogal wat achterstallig onderhoud, dat we voor die tijd gaan wegwerken. Denk je dat deze overall je past?'

'Lijkt me wel,' zegt Jelle.

'Dan wil ik Oswin en jou de buitenkant van de schuur laten verven, dan toont het al heel anders. De oude verf bladdert. En Esther en ik nemen dan de kwekerij voor onze rekening. Een beetje ordenen scheelt al een heleboel. Je hebt toch weleens geverfd, neem ik aan?'

'Geen probleem,' zegt Jelle. Hij baalt wel. Zoals het er nu naar uitziet kan hij de hele dag met die Oswin optrekken. Het is wel te hopen dat hij Rafaël ook alleen te zien krijgt. Hoe moet hij er anders achter komen hoe het daar op de Ark toegaat?

Jelle trekt zijn overall aan. Een mooie misrekening. Rafaël had het erover dat de kwekerij volgende week in orde moest zijn. Daarna krassen die gasten natuurlijk pas op. Dan kan hij zich hier dus een week voor niks uit de naad werken. Nou ja, hij krijgt tenminste wel voor dit theater betaald, al is het niet zoveel als George Clooney.

'Ik zeg goedemorgen.' Een man van eind twintig stapt binnen. Vlak na hem komt er een vrouw binnen. Dat moet Esther zijn.

'Oswin!' De man geeft Jelle een hand.

Esther stelt zich ook voor.

'Wij moeten de tent hier opknappen,' zegt hij lachend tegen Jelle. 'Zeg, Rafaël, heb je voor mij ook een overall?'

Aardige gast, denkt Jelle. Dat is nog een geluk. Hij voelt zich meteen bij hem op zijn gemak.

'Dus Rafaël heeft jou ook opgetrommeld?' zegt Jelle als ze aan het werk zijn.

'Ik ben een soort redder in nood,' zegt Oswin grijnzend. 'Die toko moet worden verkocht. Daar hebben we allemaal belang bij, dus aanpakken dan maar.'

Hij zet een trapje voor het raam.

Zeker familie die deelt in de winst of zo, denkt Jelle. Of een goede vriend die aandelen heeft.

'Het zal nog niet meevallen om deze tent te verkopen.' Oswin schuurt de kozijnen. 'De economie ligt helemaal op zijn gat.'

'Alles gaat op het moment slecht,' zegt Jelle. Met een brander verwijdert hij de oude verflaag van de deur. 'Ik heb nog mazzel met dit baantje.'

'Wat een gesappel, hè?' zegt Oswin. 'Ik hoorde van Rafaël dat je werk zocht. Die uitzendbureaus hebben nu ook niks natuurlijk. Ik dacht meteen aan mezelf, een paar jaar geleden. Ik was altijd op zoek naar werk. Uiteindelijk belandde ik in de kroeg.'

'Grappig, ik heb een tijd achter de bar gestaan in de Apotheek,' zegt Jelle.

'Ik zat altijd aan de andere kant van de bar,' zegt Oswin. Hij vult een paar gaten met Alabastine. 'Nou ja, zat... Zeg maar gerust dat ik altijd aan de bar achter een biertje hing.'

'Had je geen werk?' Jelle mag Oswin. Hij is zo zichzelf, geen opschepper of zo.

'Ik had altijd en nooit werk. Het klinkt gek, maar ik kon nooit werken. Ze konden me best ergens aan het werk zetten, dondert niet wat, maar ik werd gek.'

'Dat gevoel ken ik,' zegt Jelle verrast, 'dat je je opgesloten voelt, bedoel je.'

'Exact,' zegt Oswin. Hij verschuift het trapje, zodat hij bij het andere kozijn kan. 'Wat een ellende. En daarna maar weer alles wegzuipen. Eén grote misère. Wil je geloven dat ik heel vaak heb gedacht dat ik in de goot zou eindigen? Het is ook bijna gebeurd.'

Jelle is onder de indruk. Het is voor het eerst in al die jaren dat hij iemand ontmoet die zich net zo rot voelt als hij en er nog normaal over durft te praten ook.

'Nou ja,' zegt Oswin, 'dat is nu gelukkig voorbij.'

'Heb je een vrouw ontmoet?' vraagt Jelle.

'Nee,' zegt Oswin. 'Ik had wel een lieve vriendin. Door haar ben ik een tijdje van de drank af geweest. Ik was best gek op haar, maar ik heb het toch weer verkloot. Alcohol, hè? Ook al was ik dol op haar, ik moest toch mijn eigen leven leiden. En wat doe je dan als je het niet aankunt? Aan de zuip.'

Daar is Jelle dus ook bang voor: dat hij ooit weer terugvalt. Hij is dol op Naomi, anders stond hij hier niet te verven, maar die onrust! Hij komt er niet vanaf.

De verf van de deur is eraf. Hij pakt een blik grondverf.

Hij zou zo graag weten wat Oswin eraan heeft gedaan. Hij zei dat het voorbij was. Hoe heeft hij dat geflikt? 'Ben je soms in therapie geweest?'

'Luister,' zegt Oswin. 'Ik ben overal geweest. Noem maar een afkickkliniek en ik heb er gezeten. Ik heb ook medicijnen geslikt. Dat hielp wel, maar toen ik moest afbouwen, was ik terug bij af. Je lost het niet zomaar op. Ik had een klotejeugd. Mijn vader was al weg voor onze geboorte. Ik ben er een van een tweeling. Mijn moeder kon niet voor ons zorgen. We werden uit elkaar gehaald, ieder naar een ander pleeggezin. Ik zal je de rest van de ellende besparen – pleeggezin in, pleeggezin uit. In elk geval, mijn tweelingbroer is helemaal naar de klote gegaan, die heeft zich verhangen.'

'En nu gaat het met jou goed?' Jelle moet het weten.

Oswin keert zich naar hem toe. 'Zie je het niet aan me? Ik geniet weer, ik voel me als herboren. Ik bén herboren. Vroeger had Rafaël me dit niet hoeven vragen. Ik was niet komen opdagen óf ik was er na een halfuur mee gekapt. En kijk nu eens? Ik sta hier met plezier, met een gezellige gast naast me. Toppie!'

'Maar wat heb je dan gedaan dat je je nu zo goed voelt? Wat is er gebeurd?'

Oswin lacht. Hij doopt zijn kwast in de verfpot. 'Tja, wat is er gebeurd... Heel veel. Normaal gesproken praat ik hier niet over. Mensen snappen het niet, of ze denken dat ik gek ben.'

'Ik oordeel niet zo snel,' zegt Jelle.

'Wil je het echt weten?' Oswin kijkt hem aan. 'God heeft mij gered.'

Jelle moet daar wel even van bijkomen. Oswin is dus ook in God. Dat had hij dus nooit gedacht. Het is zo'n een toffe gast. Als hij hem in de kroeg was tegengekomen, zou hij zo een boom met hem opzetten. In de Apotheek kwamen zoveel van dat soort jongens als Oswin, van die gasten die heel open zijn, types met wie je heel makkelijk contact maakt. En nou blijkt dat hij bij een of andere sekte hoort! Hij kijkt naar Oswin, die fluitend de kozijnen in de grondverf zet. Hoe is het mogelijk? Heeft hij nou totaal geen mensenkennis, of hoe zit het?

Ineens beseft hij wat een mazzel hij heeft. Mooier kan toch niet? Oswin zit dus dicht bij het vuur. Aan Rafaël heeft hij voorlopig niets, die werkt de komende dagen met Esther samen. Als hij het slim aanpakt, kan hij heel wat over de Ark te weten komen. Esther woont vast ook in de Ark. Hij zit ermiddenin.

Hij moet wel heel goed opletten dat hij zich niet verspreekt. Dit is zijn kans, die moet hij grijpen. Hij moet elke stap met beleid zetten, en niet zomaar uit zijn nek lullen omdat hij leuk voor de dag wil komen. Hij hoeft hier niet te scoren, hij heeft een missie, daarvoor staat hij hier die schuur te verven. Hij kent zichzelf; hij wil zo graag aardig worden gevonden. Dat is zijn valkuil, zijn hele leven al, maar daar moet hij nu niet in trappen. Hij heeft er al genoeg ellende door gehad. Nu gaat het om Naomi. Hij wil dit graag voor haar doen, en zoals het er nu uitziet zou het weleens kunnen lukken. Zou het hem dan eindelijk eens meezitten? Naomi moest eens weten! Hij heeft zin om haar te bellen en loopt een eindje weg.

'Hi, schat!' zegt Naomi, maar haar stem klinkt mat.

Jelle kijkt of niemand hem kan horen, maar Esther en Rafaël zijn achter in de tuin bezig.

'Je gelooft het niet,' zegt hij zachtjes. 'Ik moet hier de hele week een klus doen samen met een gast die ook bij de Ark zit. En er is nog een vrouw bij ook. Beter kan niet.'

'Jelle, wat goed! Jeetje, zou het dan toch gaan lukken?'

'Ik doe mijn best,' zegt Jelle.

'Is het niet lastig om de hele dag tussen die engerds te zitten?' vraagt ze.

Dat is het juist, denkt Jelle, Oswin is helemaal geen engerd, maar dat is natuurlijk het laatste wat Naomi wil horen. 'Valt wel mee,' zegt hij. 'Ben je nog achter die band voor de bruiloft aan gegaan?'

'Dat doet Froukje,' zegt Naomi. 'Daar staat mijn hoofd nu helemaal niet naar.'

'Groot gelijk, ik ga weer verder,' zegt Jelle, 'en eh... heb vertrouwen, hè? Dag, schatje.' Hij hangt op en loopt terug naar Oswin. 'Zo, even een paar zaken geregeld,' zegt hij en hij pakt zijn kwast weer op.

'Laat die kwast maar liggen,' zegt Oswin. 'Ik denk dat het de hoogste tijd is om te schaften. Zo heet dat toch onder bouwvakkers? Hé, directeur!' roept hij als hij Rafaël ziet. 'Uitbuiter! Ik bel de Arbeidsinspectie.'

Rafaël en Esther komen er lachend aan.

'Ik barst van de honger,' zegt Oswin.

Rafaël kijkt tevreden rond. 'Jullie zijn goed opgeschoten. We gaan aan de picknicktafel lunchen.'

Oswin haalt twee trommels met brood uit zijn tas.

'Ik heb niks bij me,' zegt Jelle beschaamd als Oswin het brood op tafel zet. 'Zo te zien verzorgen jullie jezelf beter dan ik.'

Rafaël zet melk en karnemelk op tafel.

'Esther, wil jij voorbidden?' vraagt Oswin en hij vouwt zijn handen.

Jelle weet niet wat hij meemaakt. Ze bidden alle drie en danken God omdat Hij Jonathan heeft gestuurd. De naam Jonathan valt een paar keer in het gebed. Zeker een of andere goeroe uit de Ark. Jelle voelt zich behoorlijk ongemakkelijk, alleen die vrome gezichten al.

Het bidden duurt ook zo lang, het lijkt wel of er geen eind aan komt. Nou ja, hij moet het maar als een voorproefje zien; als hij eenmaal in die Ark zit, wordt het natuurlijk helemaal feest.

'Je mag wel van ons brood pakken, hoor,' zegt Esther als ze eindelijk klaar zijn met bidden. 'We laten je hier niet verhongeren. Er zit alleen niet veel bijzonders op. Lust je appelstroop?'

'Heerlijk.' Hij moet in zijn rol blijven. Nu zitten ze allemaal bij elkaar. Daar moet hij het van hebben.

'Hier is je melk.' Rafaël schuift een beker naar Jelle toe. 'Of heb je liever karnemelk?'

'Melk is prima,' zegt Jelle. 'Superaardig van jullie.'

'Dat doet hij alleen maar omdat je dan hard kunt werken,' zegt Oswin grijnzend.

'Zo is het.' Rafaël grinnikt. 'Uitbuiten die hap. Daar sta ik om bekend.'

'Ja,' zegt Esther lachend, 'je had beter door kunnen fietsen, Jelle.'

'Jullie moeten goed werk afleveren,' zegt Rafaël. 'Tenslotte worden jullie er goed voor betaald.'

Oswin verslikt zich bijna in zijn melk. 'Goed voor betaald,

die is brutaal! Wij krijgen er niks voor. En, Jelle, jij staat hier de hele dag te buffelen voor...?'

'Vijfendertig euro,' zegt Rafaël. 'Maar het is voor het goede doel, hè? Als de kwekerij goed wordt verkocht, varen we er allemaal wel bij.'

'De opbrengst gaat namelijk naar de Ark. Daar wonen we,' legt Esther Jelle uit.

'Al het geld van je kwekerij?' vraagt Jelle.

Rafaël knikt. 'Ik zou geen betere bestemming weten.'

'Maar daar schiet Jelle niets mee op,' zegt Oswin. 'Die werkt zich hier een slag in de rondte voor een hongerloontje.'

'Mij hoor je niet klagen,' zegt Jelle. 'Ik ben blij met deze klus. Ik zit echt in de shit op het moment. Ik leef al de hele week van zeven euro.'

'Wij weten hoe het is,' zegt Esther. 'Wij hebben allemaal in hetzelfde schuitje gezeten. Ik herken in jou de shit waar ik eindelijk uit ben.'

'Nou, ik ben er nog lang niet uit,' zegt Jelle. Hij probeert niet te dramatisch te doen, maar het moet wel indruk maken. 'Ik geniet van dit samenzijn, maar als ik straks thuiskom zit ik weer alleen.'

'Heb je geen vriendin?' vraagt Rafaël.

'Nee, daar ben ik niet aan toe. Ik heb genoeg aan mezelf.'

'Als je wilt, mag je vanavond bij ons in de Ark eten,' zegt Esther.

Yes! denkt Jelle. Dit gaat de goede kant op. 'Eh... nee, dat hoeft niet.' Hij houdt het expres even af. Hij moet niet te gretig overkomen.

'Je bent welkom,' zegt Esther. 'Denk er maar over na. Je mag elke dag komen, de deur staat voor je open.'

Jelle durft nog niet mee te gaan. Hij moet eerst veel meer over Elise te weten komen. Als Elise hem ziet, heeft ze meteen door wat hij daar komt doen en dan licht ze iedereen in. Dan wordt hij er natuurlijk in no time uit gegooid.

'Ik ben jullie erg dankbaar,' zegt Jelle.

'Je hoeft ons niet dankbaar te zijn,' zegt Oswin. 'Dank God maar.'

'Ik heb niet vaak zulke gave mensen ontmoet,' zegt Jelle. 'Dat ze nog bestaan! Weten jullie dat ik dat was vergeten?'

'Je bent verbitterd,' zegt Esther, 'en je hebt het niet makkelijk. Toch ben je over het dieptepunt heen.'

'Wat bedoel je?'

Esther glimlacht. 'Denk je nou echt dat je zomaar hier terecht bent gekomen?'

'Het was inderdaad vreemd,' zegt Jelle. 'Ik móést hier naar binnen. Je zou bijna geloven dat het van bovenaf was geregeld.'

'Daar ben ik dus heilig van overtuigd,' zegt Esther.

Oswin knikt. 'God probeert je tot zich te roepen. Hij wil een eind maken aan je lijden en het inruilen voor blijvend geluk.'

'Ja, en dan woon ik zeker ineens in de Ark,' grapt Jelle.

'Nou, zo makkelijk gaat dat dus niet,' zegt Rafaël. 'Daar komt heel wat bij kijken.'

'Een soort ontgroening, bedoel je dat?' vraagt Jelle nieuwsgierig.

'Wij noemen dat een inwijdingsperiode,' zegt Oswin. 'Dan bevind je je wel tussen de groep, maar je mag tegen niemand praten en iedereen negeert je.'

'Mag je wel gewoon aan tafel zitten?' wil Jelle weten.

'Ja, maar niemand bemoeit zich met je.'

Dan ga ik er dus niet eten, denkt Jelle. Hij wil Elise onder vier ogen spreken. Hij moet erachter komen waar haar kamer is.

'Ik zou best willen zien hoe jullie daar leven,' zegt hij.

'Voor vanavond staat er spinaziestamppot op het menu,' zegt Esther. 'Lust je dat?'

'Heel aardig, maar ik trek het niet om tussen allemaal vreemden te eten.'

'Dan kom je na het eten. Wij hebben corvee. Als je om halfacht komt, kunnen we je een rondleiding geven.'

Fluitend zit Jelle aan het eind van de middag op de fiets. Hij heeft het voor elkaar, de eerste dag al. Hij wilde de hele tijd Naomi bellen om over de rondleiding te vertellen, maar hij hield zich in. Het is veel leuker om haar te verrassen.

'Surprise!' roept hij als hij binnenkomt. Hij schrikt van Naomi's gezicht. Ze hangt op de bank en hij kan zien dat ze heeft gehuild.

'Liefje.' Hij gaat naast haar zitten en trekt haar naar zich toe. 'Het gaat juist allemaal perfect. Ze hebben me voor vanavond uitgenodigd in de Ark. Ik krijg een rondleiding van Oswin en Esther, mijn collega's. Hé, je moet er wel vertrouwen in hebben, hoor.'

'Sorry, dat wil ik ook wel, maar ik ben zo bang dat Elise niet terugkomt. Alle verdriet van toen komt weer boven.'

'Het verdriet over Eric?'

'Ja.' Naomi staat op en gaat voor het raam staan, met haar rug naar hem toe. 'Ik ben al twee keer iemand van wie ik veel hield verloren. Eerst mijn vader, en toen Eric. En nu raak ik Elise ook nog kwijt!'

'Dit is totaal iets anders, schatje.' Jelle gaat achter haar staan en slaat zijn armen om haar heen. 'Je zus leeft nog. Ze is alleen maar in de war, en ik ga haar op andere gedachten brengen.'

Naomi knikt. Ze draait zich om en geeft Jelle een kus. 'Sorry, het is juist erg lief van je. Ik ben je ook heel dankbaar, maar af en toe zie ik het even niet meer zitten. Mijn moeder zit er ook doorheen. Ik heb haar vandaag gesproken. Gelukkig heeft ze tante Anna en oom Evert om mee te praten, want bij Steven kan ze niet terecht. Hij zit tot 's avonds laat in de stal. Dat is zijn manier om ermee om te gaan.'

'Ik ga er alles aan doen, schat. Ik gooi vanavond al mijn charmes in de strijd.'

'Denk je dat je vanavond al met Elise kunt praten?'

'Als ik de kans krijg wel natuurlijk.'

Als er een sterke etensgeur vanuit de keuken de kamer in komt, slaat Naomi een hand voor haar mond. 'De pizza's, helemaal vergeten!' Ze rent naar de keuken en zet de oven uit. 'Net op tijd. Ik had geen zin om te koken vanavond.'

Onder het eten kijkt Jelle naar Naomi. Ze eet amper. 'Ga vanavond iets leuks doen met Froukje, dan vergeet je het even,' stelt hij voor.

'Froukje zit voor een tentamen.'

'Ga dan naar het filmhuis. Er draait een supergoede film. De...'

Naomi pakt zijn hand. 'Laat me maar. Het komt wel weer goed.'

Jelle fietst naar de Ark. Hij ziet ertegen op. Als hij maar niet in paniek raakt. Oswin en Esther vindt hij wel relaxed, maar hoe is de rest? Hij moet proberen zijn verstand op nul te zetten en zich concentreren op zijn missie. Elise moet daar weg, en wel zo snel mogelijk. Hij kent Naomi nu al een tijd en hij heeft haar nog nooit zo verdrietig gezien. Eerlijk gezegd kan hij er niet zo goed tegen. Hij viel op haar omdat ze zo positief was en vastbesloten was iets van het leven te maken. Deze nieuwe, sombere Naomi kent hij niet.

Hij kan het bijna niet geloven dat ze een paar dagen geleden nog in Barcelona zaten. De vakantie was niet alleen maar gemakkelijk. Er waren heel wat lastige momenten, zoals die nacht dat hij een hevige paniekaanval kreeg en naar buiten was gevlucht. Naomi was kwaad, omdat hij geen bericht had achtergelaten. Ze snapt totaal niet hoe hij zich dan voelt. Als hij het erg te pakken heeft, met hevige hartkloppingen en duizelingen, dan denkt hij dat hij doodgaat.

Hij weet wel waarom hij in paniek raakte. Ze hadden 's avonds aan de bar gezeten met een jong stelletje dat op huwelijksreis was. Jelle vond die hele trouwerij maar flauwekul, maar ze raakten er niet over uitgepraat. Hij schrok van Naomi's reactie. Toen die vrouw de trouwfoto's liet zien, werd Naomi helemaal lyrisch. 'Romantisch, hè?' zei ze toen ze in hun appartement waren. Hij kreeg het meteen stikbenauwd. Hij kan gewoon niet trouwen, dat weet hij zijn hele leven al. Maar hij wil Naomi ook niet teleurstellen. Zijn ouders heeft hij ook teleurgesteld, anders was zijn vader nooit weggegaan. En zijn moeder vond Ollie altijd belangrijker dan hem. Hij wil aardig gevonden worden, door iedereen. Hij had het Naomi eerlijk moeten zeggen. 'Sorry, schat, jij mag het romantisch vinden, maar trouwen is niks voor mij.' Hij heeft zich weer eens ingehouden, zichzelf weer verloochend. Erger nog: hij is er zelfs in meegegaan. 'Heel romantisch,' had hij zelfs gezegd.

Hij kan haar dit soort romantiek niet geven, hij kan haar sowieso niet veel geven. Daarom moet dit lukken. Hij geeft haar haar zus terug, dat is veel belangrijker.

Jelle ziet de Ark al liggen. Ze hebben het goed beschreven, het ziet er precies zo uit als ze zeiden. Oswin en Esther staan op hem te wachten. Nu krijgt hij dus een rondleiding in de toko van Onze-Lieve-Heer.

'Welkom,' zeggen ze.

Jelle zet zijn fiets neer. 'Mooi gebied hier.' Hij moet toch iets zeggen, want ze staan er zo trots en stralend bij. 'En die tuin is ook niet mis.'

'Hou je van tuinieren?' vraagt Esther.

'Ja, daarom vind ik het zo fijn om voor Rafaël te werken, lekker buiten. Vroeger op de basisschool had ik een schooltuintje. We mochten onze naam zaaien. Supertrots was ik.' Hij vertelt maar niet over de raapstelen die hij had gezaaid.

Op een dag reed hij heel trots naar huis met een grote zak raapstelen uit zijn tuin. Toen hij thuiskwam was zijn moeder in paniek. Ollie had die middag een mes te pakken gekregen en zichzelf in zijn hand gesneden. Ze kwamen net uit het ziekenhuis. Ollies hand zat in het verband en diezelfde week moest hij aan zijn hand worden geopereerd. Die avond haalde zijn moeder een kant-en-klaarmaaltijd, want ze had geen energie om te koken. De rest van de week mocht Ollie kiezen wat ze aten, omdat hij zielig was. De raapstelen lagen al die tijd in de schuur. Nu snapt hij wel dat zijn moeder iets anders aan haar hoofd had, maar de kleine Jelle dacht dat ze zijn groente niet lekker vond.

Na een week vond zijn moeder de raapstelen, helemaal verdord. 'Ach,' zei ze, 'die kunnen we niet meer eten.' En ze smeet ze in de groene bak.

'We beginnen bij de gebedsruimte,' zegt Oswin als ze door de hal lopen. 'Jonathan is er nog, maar straks gaat hij weg en dan mogen we naar binnen.' Jelle ziet Jonathan door de open deuren staan. Dat is hem dus, denkt hij. Jonathan kijkt hem aan en gebaart dat ze naar binnen mogen.

Jelle loopt de gebedsruimte in. Hij is oprecht onder de indruk van de gewijde sfeer die er hangt.

Jonathan richt zijn blik op hem. 'Welkom, mijn zoon.'

Jelles adem stokt in zijn keel. Hoe vaak heeft hij niet naar deze woorden verlangd? Hij raakt ervan in de war.

'Ik zie dat dit je raakt.' Jonathan wenkt dat hij dichterbij mag komen. 'Je had gewenst dat je ouders je zo hadden aangesproken.'

Jelle kijkt hem aan. Hij begrijpt me, denkt hij. Voor het eerst staat hij tegenover iemand die precies de vinger op de zere plek legt. Jelle denkt aan zijn missie, aan wat hij hier komt doen, maar hij raakt in de ban van Jonathans woorden.

'Je bent niet de enige,' gaat Jonathan verder. 'Velen hier zijn jou voorgegaan; jonge mensen die door hun ouders zijn verlaten, of juist in een moeilijke periode van hun leven in de steek zijn gelaten. Jongeren, net als jij, hebben geleden doordat ze dachten dat ze wees waren. Maar ieder mens is een kind van God. Als je dat beseft, zul je je nooit meer alleen voelen.'

Jelle is zich ineens bewust van de eenzaamheid die hij al jaren diep vanbinnen voelt. Tranen wellen in zijn ogen op.

'Om tot dat besef te komen moet je de moed hebben om Gods pad te bewandelen. Je zult voorgoed van je eenzaamheid verlost zijn en de overweldigende warmte van God ervaren.' Jonathan doet een paar stappen naar voren en legt een hand op Jelles hoofd. 'Ik voel dat je lijdt.'

Niet reageren, denkt Jelle, ik ben hier voor Elise, niet voor mijn eigen shit. Maar hij kijkt in de ogen van Jonathan en voor hij het weet, zegt hij: 'Ik heb het verkloot bij mijn ouders. Mijn vader was niet in mij geïnteresseerd en mijn moeder heeft met me gebroken, omdat ik haar heb bestolen.'

'Spijtig genoeg hebben je ouders nooit echt naar je gekeken. Want dan hadden ze gezien wat voor een waardevol mensenkind ze op de wereld hadden gezet. Waarschijnlijk waren ze verblind door hun eigen hebzucht en ego. Ieder mens verdient het om liefde te krijgen, mijn jongen, jij ook.'

Jelle vecht tegen zijn tranen.

'God houdt van je,' zegt Jonathan. 'Je bent aangedaan, omdat je voor het eerst voelt dat je recht van bestaan hebt. Weet dat je hier in de Ark altijd welkom bent, dag en nacht. Als je je aan mij toevertrouwt, zal ik je helpen om een goede zoon van God te worden. Gods onvoorwaardelijke liefde zal je genezen.' Jonathan slaat een kruis en verlaat de gebedsruimte.

Esther slaat een arm om Jelle heen. 'Wil je nog meer zien, of is het voor nu wel genoeg?'

Jelle kan nu geen rondleiding aan, laat staan met Elise praten. Hij is veel te geëmotioneerd.

'Een andere keer graag,' fluistert hij. Hij gaat naar buiten en stapt op zijn fiets.

Terwijl de tranen over zijn wangen stromen gooit hij een eindje verderop zijn fiets in het gras. Hij gaat bij het water zitten en kan alleen maar huilen. Nu pas voelt hij hoe erg hij zijn vader heeft gemist. Voor het eerst van zijn leven durft hij zijn verdriet toe te laten.

Elise

Elise voelt zich stukken lichter nu ze Jonathan haar geheim heeft toevertrouwd. De gedachte dat God haar heeft vergeven, maakt haar leven veel makkelijker. Maar haar rust is ook het resultaat van het voortdurend opzeggen van de mantra. *God, ik zoek U, Jonathan zal mij naar U toe leiden. Alleen kan ik dat niet. Alleen Jonathan kan mij de weg wijzen.* Ze merkt dat ze door de mantra veel kleiner wordt, en daardoor wordt haar probleem ook kleiner. Ze durft nu haar leven in Jonathans handen te leggen.

Ze vraagt zich af hoe ze ooit heeft kunnen denken dat ze haar eigen leider kon zijn. Ze snapt er steeds meer van. Wij mensen weten niet wat goed voor ons is, iedereen heeft Gods hulp nodig. Wat heeft ze niet geleden de laatste jaren!

's Ochtends, als ze wakker wordt, merkt ze dat de schrijnende innerlijke pijn iets afneemt. Ze kan niet wachten op de dag dat die pijn en het schuldgevoel voorgoed wegblijven. Tot nu toe heeft ze nog elke dag een gesprek met Jonathan gehad. Het doet haar goed om in zijn nabijheid te zijn. Zijn wijsheid, zijn warmte en vooral zijn kracht hebben een bijzondere uitwerking op haar. Elke keer weer als ze in zijn nabijheid mag verkeren, voelt ze de verbinding tussen hem en God. Ze heeft Jonathan eerlijk verteld dat ze soms last heeft van een schuldgevoel tegenover haar familie, omdat zij hen nu in de steek heeft gelaten. Maar Jonathan heeft haar ervan overtuigd dat de weg die ze nu heeft gekozen voor haar de allerbeste weg is en dat ze over een tijd zal beseffen dat het schuldgevoel onterecht was.

Die gesprekken en de dagelijkse preken van Jonathan in de gebedsruimte helpen haar standvastig te zijn. Vaak denkt ze op haar kamer nog lang na over wat hij heeft gezegd.

Jammer genoeg spreekt ze Jonathan vandaag niet. Gisteren heeft hij haar verteld dat de vijfde dag een dag van bezinning is. Ze moet de hele dag op haar kamer blijven; ook tijdens de maaltijden is ze niet welkom. Maar morgen, als ze hem weer spreekt, wil ze het over iets anders hebben waar ze over tobt. Namelijk dat ze haar baan heeft opgezegd. Soms voelt ze zich net een parasiet. Ze eet in de Ark, ze krijgt hier alles, en zelf brengt ze niets in. Misschien moet ze toch weer een baan gaan zoeken. Ze kan wel huishoudelijke taken op zich nemen; ze kan wassen en strijken en koken, of nog liever: de tuin verzorgen. Maar dat levert allemaal niets op. Die taken kunnen ook naast een baan.

Ze schrikt als haar deur opengaat. De priesteressen wenken dat ze mee moet komen. Ze vraagt zich af waar ze haar heen brengen. Jonathan zou ze vandaag niet te spreken krijgen, maar ze lopen toch in de richting van de gebedsruimte. Een paar leden van de groep komen naar buiten. Ze groeten de priesteressen, maar haar lopen ze straal voorbij. Het went al. Ze snapt nu dat het voor haar eigen bestwil is. De inwijdingsperiode is er niet voor niets. Ze is nog te werelds, ze hoort nog niet echt bij hen.

Elise loopt achter de priesteressen aan de gebedsruimte in. De priesteressen gaan voor het altaar staan en steken de kaarsen aan. Elise knielt als Jonathan binnenkomt. Hij gaat voor haar zitten en pakt haar handen. 'Vandaag zouden we eigenlijk geen contact hebben,' zegt hij plechtig. 'De dag van bezinning, weet je nog? Maar God heeft mij gevraagd jou bij Zich te roepen.'

Elise schrikt. Hij kijkt er zo ernstig bij. Ze hoopt niet dat Jonathan ontevreden over haar is. Ze denkt meteen aan gisteravond tijdens het avondeten. Ze mag geen oogcontact maken, maar opeens verscheen Rafaël en toen keek ze hem recht in de ogen. Ze weet dat het verboden is, maar ze deed het zonder erbij na te denken. Daarna wendde ze meteen haar gezicht af. Ze heeft dus gezondigd. Ze was het eigenlijk al helemaal vergeten, maar nu ze wordt ontboden moet ze er opeens aan denken.

'Het spijt me als ik iets verkeerds heb gedaan,' zegt ze nederig.

'Dat is niet de reden dat je hier bent,' zegt Jonathan. 'Vannacht werd ik gewekt en toen zag ik de engel die mij wel vaker bezoekt, maar deze keer was hij niet alleen.' Het blijft even stil. Elise kijkt hem vol verwachting aan.

'De engel had jouw vader bij zich.'

'Mijn vader...?' Elise rilt van emotie.

Jonathan knikt. 'Ik moest je vertellen dat het heel goed met hem gaat. Je vader is trots op je, omdat je Gods pad volgt. Hij weet dat je je leven altijd in dienst hebt gesteld van je familie. Tot in het extreme toe.'

Elise wordt rood van schrik. 'Hij weet alles?'

'Je vader heeft je vergeven, Elise,' zegt Jonathan.

Elise slaat haar handen voor haar gezicht en begint te huilen. Het is altijd haar grootste angst geweest dat haar vader boos op haar zou zijn.

'Je vader wil dat je vanaf nu goed voor jezelf gaat zorgen. Hij spreekt de wens uit dat jij vertrouwen mag hebben en mee zult werken aan het goddelijke plan dat God met de Ark heeft.'

'Ik heb alle vertrouwen,' zegt Elise, 'en ik wil alles doen wat God van me vraagt.'

'God weet dat jij van goede zin bent,' zegt Jonathan. 'Daarom heeft Hij je tot zich geroepen. Jij bent een van de uitverkorenen die in Zijn zaligheid mogen delen. Hij vertrouwt erop dat je er alles aan zult doen om Zijn goddelijke plan te doen slagen.'

'Vertelt u mij alstublieft wat Gods plan is,' zegt Elise.

Jonathan slaat zijn ogen ten hemel. 'Het is de wens van God,' begint hij, 'dat wij de Ark niet hoeven te verlaten. Dat we niet weggestuurd zullen worden en bij elkaar kunnen blijven. Dat betekent dat we de Ark zullen moeten kopen. Helaas dringt de tijd.' Jonathan kijkt haar doordringend aan. 'Ik heb ook al mijn bezittingen voor Gods plan afgestaan, maar het is niet genoeg. We hopen en bidden elke dag dat de opbrengst van de kwekerij van Rafaël ons dichter bij ons doel brengt, maar helaas missen we nog een aanzienlijk bedrag, en jouw vader was hier om mij ervan te overtuigen dat Gods plan juist door jouw bijdrage zal kunnen slagen.'

'Heeft mijn vader dat echt gezegd? Ik wilde dat ik het kon.

Ik heb maar een paar duizend euro op mijn rekening, die mag u zo hebben. Verder bezit ik niets.'

'Toch bleef je vader daar vannacht op aandringen. Ik zal zijn woorden letterlijk citeren. "Heb vertrouwen in Elise, zij zal jullie helpen."' Jonathan sluit zijn ogen en gaat in gebed.

Pap, denkt Elise, hoe kon je nou denken dat ik Jonathan kan helpen? Ineens denkt ze aan de boerderij. Vader zal toch niet bedoelen dat ze haar kindsdeel moet opeisen? Even voelt ze lichte paniek. Nee, dat kan niet, dat kan haar vader nooit hebben bedoeld... Ze kan toch niet...

'Elise.' Jonathan pakt haar handen. 'Er is iets waar jij niet aan durft te denken. Ik laat de priesteressen je terug naar je kamer brengen. Vertel mij morgen wat dat iets is. Bid en vraag of je je mag openstellen, zodat de waarheid aan het licht kan komen. Houd niets achter, het gaat om Gods plan. Alleen dat telt.'

Jelle

'Dus je weet nu waar Elises kamer is?' vraagt Naomi als ze 's morgens aan het aanrecht een broodje voor zichzelf smeert.

'Ja,' zegt Jelle en hij neemt een slok van zijn koffie.

Helemaal wakker is hij nog niet. Gisteravond zat hij er helemaal doorheen. Uren heeft hij aan de waterkant gezeten. Hij kwam heel laat thuis, in de hoop dat Naomi al zou slapen, maar ze zat nog op hem te wachten. Hij heeft niets over zijn ontmoeting met Jonathan verteld en maar wat verzonnen over een rondleiding. Vannacht lag hij te draaien en te woelen. Jonathan, zijn vader – allerlei beelden schoten door zijn hoofd.

'Je ziet er moe uit.' Naomi geeft hem een kus. 'Je zult wel raar hebben geslapen na dat bezoek aan die engerds.'

'Ach ja, dat hoort er nou eenmaal bij,' zegt Jelle. 'Allemaal voor het goede doel.' Om eerlijk te zijn heeft hij geen seconde aan Elise gedacht.

'Ik had ook een heel vreemde nacht,' zegt Naomi. 'Ik droomde over ons tweetjes. We woonden op een woonboot, heel idyllisch, midden tussen het groen, en we hadden een kind, een schattig jochie. Jij had hem op je arm en je was zo lief voor hem, je zag er echt als een papa uit. Waarom zou ik zoiets dromen?'

Jelle schrikt.

'Ik voel me zelfs schuldig tegenover mam en Steven. Iedereen zit in de put, en dan heb ik zo'n superromantische droom. Dat voelt niet goed. Geloof jij in dromen?'

'Eh... sorry, ik moet gaan.' Jelle geeft haar een snelle kus en haast zich de deur uit. Hij springt op zijn fiets en racet weg.

Die droom, verdomme, denkt hij, ze droomt er dus toch van om samen een gezinnetje te stichten. En daar moet hij zeker blij om zijn. Ze kent hem helemaal niet. Zie je wel, ze dwingt hem toch in een burgerlijk leven. Zo meteen begint ze over trouwen en een huwelijksreis. Samen in een boot tussen het groen, met een kind nog wel! Alleen al bij het idee wordt hij gek. Hij kan niet voor een kind zorgen, hij kan niet eens voor zichzelf zorgen.

Waarvoor gaat hij eigenlijk nog naar die pokkenkwekerij? Hij wil weg, voor het te laat is en hij erin is geluisd. Het zweet breekt hem aan alle kanten uit. Verdomme, dit is het laatste wat hij wil met zijn leven. Al die wijven zijn hetzelfde. Deze week maakt hij nog vol en dan vraagt hij aan Rafaël zijn poen en smeert hij 'm. In geen tijden heeft hij zich zo beroerd gevoeld.

Hij zet zijn fiets voor de kwekerij en gaat meteen aan het werk.

'Ook goedemorgen,' zegt Oswin.

'Sorry, ik heb mijn dag niet,' zegt Jelle. Hij trilt over zijn hele lichaam. Hij merkt wel dat Oswin naar hem kijkt, maar dat kan hem geen bal schelen. Hij denkt er maar het zijne van.

Esther en Rafaël komen binnen om goedemorgen te zeggen. Jelle ziet dat Oswin naar hen kijkt. Het lukt hem nog om te verven ook. Hij heeft nog nooit zo hard gewerkt, maar hij zegt niks. Gelukkig houdt Oswin ook zijn mond. Jelle blijft hem een toffe gast vinden.

Hij wordt al wat rustiger als de dag vordert. Maar als ze aan de picknicktafel zitten, krijgt hij het ineens Spaans benauwd. Hij staat op en loopt naar de achterkant van de kwekerij. Hij voelt zich duizelig en gaat tegen een muurtje zitten. Een paar minuten later zit Esther naast hem.

'Jelle.' Ze pakt zijn hand. 'Waar wacht je nog op? Hoe duidelijk moet het worden voordat jij wilt toegeven waar je ware geluk ligt?'

'Ik heb er een puinhoop van gemaakt.' Jelle slaat zijn handen voor zijn gezicht. 'Nou moet ik nog janken ook... Ik verlies iedereen, ik kap met alles.'

'Goed zo, laat het maar toe,' zegt Esther. 'Dit is alleen maar goed. Laat los, eerst moet je alles loslaten, dan komt de bevrijding.' Ze legt een hand in zijn nek.

'Je weet het heel goed, je weet waar je hoort, waar je thuis is: bij ons. We hebben dit allemaal doorgemaakt. Je had Oswin moeten zien toen hij bij ons kwam. Het gaat stukken beter met hem sinds hij het pad volgt.'

'Ik weet niet meer hoe het verder moet,' zegt Jelle snikkend.

'Je hoeft het ook niet te weten. Bij ons ben je nooit meer alleen en je hoeft geen keuzes meer te maken. Dat doet Jonathan voor je. Jelle, ik zag het meteen aan je, je bent een van ons. Je moet geleid worden, laat je dan ook leiden en verzet je niet langer. Wat heeft het je opgeleverd, al die inspanning? Niets dan pijn.'

'Ik zit er helemaal doorheen,' zegt Jelle en hij veegt zijn

neus af aan zijn mouw. Ineens staat hij op en hij kijkt paniekerig om zich heen. 'Ik wil scoren.'

'Geef mij een kans.' Esther pakt hem bij de arm. 'Ga naar Jonathan, oké?'

'Ik ben een megaloser,' zegt Jelle wanhopig.

'Kom maar.' Ze duwt hem in de richting van de picknicktafel. 'Rafaël brengt je.'

Tien minuten later zit Jelle naast Rafaël in de bestelbus. Hij voelt zich een verrader, want diep in zijn hart weet hij dat hij niet naar de Ark gaat om Elise te ontmoeten. Naomi heeft alle hoop op hem gevestigd, maar hij is er helemaal niet meer mee bezig. Hij wil Jonathan nog eens zien, en niet alleen uit nieuwsgierigheid. Hij wil weten of Jonathan weer zoveel bij hem zal oproepen. Nog nooit heeft iemand dat bij hem teweeggebracht. Hij wil het opnieuw beleven.

Rafaël geeft hem een klapje op zijn schouder. 'Het is goed dat je meegaat, dat je toegeeft aan je verlangen.'

'Welk verlangen?'

'Je verlangen naar rust, een thuis, ware liefde.'

Jelle herkent zichzelf niet terug. Vroeger zou hij gedacht hebben: waar heeft die gast het over? Maar nu verlangt hij naar meer; hij heeft honger naar meer! Hij wil meer horen, meer voelen, en gek genoeg is hij niet bang.

'We zijn er!' Rafaël parkeert zijn bus voor de Ark. Hij neemt Jelle mee naar binnen. 'We kijken of Jonathan in de gebedsruimte is.' Hij doet de deur voorzichtig open. Jonathan staat te praten met de priesteressen.

'Jelle heeft hulp nodig,' zegt Rafaël. 'Mag ik hem aan u toevertrouwen?'

Jonathan wenkt dat Jelle verder mag komen. Als de priesteressen en Rafaël zijn vertrokken, kijkt hij Jelle aan. 'Ik moest eigenlijk weg voor een korte reis,' zegt hij, 'maar ik ben gebleven om jou te ontvangen, mijn zoon. Je hebt het enige gedaan wat goed voor je is en je uit je lijden verlost. Je hebt gehoor gegeven aan Gods roep. Hier bij ons, waar de stem van God tot in elke porie van je lichaam doordringt, zul je eindelijk tot rust komen. Hier ben je veilig.'

Jonathan pakt het ijzeren kruis van het altaar en houdt het voor Jelle. 'Door de kracht van dit kruis zullen alle demonen die zich in je lichaam en je geest hebben vastgezet oplossen. Jij verdient beter dan het leven vol pijn dat je tot nu toe hebt geleid.'

Jelle voelt een enorme rust over zich heen komen, een kalmte die hij niet meer heeft gevoeld sinds zijn vaders vertrek.

'Vertrouw op mij en neem je intrek in het huis waar God je naartoe heeft geroepen.'

Als in trance kijkt Jelle Jonathan aan. Misschien is dit ook zijn plek. Wat heeft hij te verliezen? Een leven waarin elke dag een gevecht is om overeind te blijven?

Jonathan zet het kruis naast zich neer en legt een hand op Jelles hoofd. Voor het eerst voelt Jelle zich beschermd.

'Ik... Ik kan het leven niet meer aan,' zegt hij trillend. 'Wilt u mij beschermen?'

'Het is God die jou zal beschermen, mijn jongen. Ik zal je alleen de weg wijzen.'

Een warm gevoel stroomt door Jelles lichaam. Voor het eerst komt er een glimlach om zijn verkrampte mond.

Elise

Elise staat voor het raam van haar kamer en staart naar buiten. Ze heeft de halve nacht liggen piekeren over Jonathans woorden. Ze durfde er niet aan te denken, maar nu weet ze zeker wat hij bedoelde. Haar vader en Jonathan willen dat zij haar kindsdeel van de boerderij gaat opeisen. Maar hoe moet dat? Als ze dat doet, als ze haar familie dwingt het bedrag aan haar uit te betalen, hoe moeten zij dan verder?

Nog niet zo lang geleden hebben ze met elkaar vergaderd en heeft Steven de wens uitgesproken dat de boerderij van hem wordt. Haar moeder wilde de gemaakte afspraken meteen officieel bij een notaris vastleggen. Elise weet nog dat juist zij degene was die dat tegenhield. 'We kunnen elkaar toch wel vertrouwen?' had ze gezegd. En dan zal uitgerekend zij nu degene zijn die haar woord breekt! Wat voor gevolgen zal dat voor haar familie hebben? Ze zullen een lening bij de bank moeten afsluiten om haar te betalen. Die krijgen ze misschien wel, maar ze kunnen nooit iets aflossen. Ze hebben het al zo krap. Mam heeft geen buffertje; al haar geld zit in de boerderij. Ze was nog zo lief om het Steven zolang te laten houden. En Naomi krijgt ook nooit een lening, want die studeert nog.

Als ze dit echt doorzet en haar aandeel opeist, moet de boerderij worden verkocht. Haar moeder zal dan ergens in het dorp in een goedkoop flatje moeten gaan wonen, terwijl ze zo gewend is aan het buitenleven en aan privacy. En hoe moet het dan verder met Steven? Hij heeft geen vak geleerd. Voor hen stond het altijd als een paal boven water dat hij boer zou worden. Hij is voortijdig van school gegaan, zonder diploma.

Ze maakt het leven van haar moeder en haar broer kapot. Wat zal Naomi wel niet denken als ze dit doet? Ze zal haar nooit begrijpen. Ze zullen haar geen van drieën begrijpen. Dat kan God toch nooit bedoelen, dat ze haar familie kapotmaakt? Maar haar vader staat er blijkbaar achter; dat verbaast haar nog het meest. Hij heeft het aan Jonathan doorgegeven.

'Pap, hoe kun je?' zegt ze wanhopig. 'Hoe kun je dit nou van mij vragen? Je hield altijd zoveel van de boerderij, en ook van mam en van Steven.'

Elise gaat op haar bed zitten. Ze weet het ineens zeker dit doet ze niet. Dit gaat ze nooit doen. Ze kan het niet, ze houdt veel te veel van haar familie om ze kapot te maken. Straks, als de priesteressen haar meenemen naar Jonathan, zal ze het eerlijk zeggen.

Ze gaat op haar bed liggen en staart naar het plafond. Ze doet dus niet wat Jonathan van haar vraagt. Hij is wel hun leider. Als ze weigert, stuurt hij haar absoluut weg. Kan ze dat wel aan? Ze komt overeind en loopt door haar kamer heen en weer. De gedachte dat ze weg moet maakt haar angstig. Ze kan het niet meer, ze kan niet meer terug naar haar oude leventje met Naomi. Ze kan het niet meer opbrengen om elke dag opnieuw te vechten om zichzelf overeind te houden. Ze ziet nu heel duidelijk hoe haar leven eruitzag: het was overleven. Elke dag voerde ze weer opnieuw een strijd. Dat kan ze niet meer. Het geeft haar juist zoveel rust nu ze weet dat Jonathan voor haar denkt, dat hij haar leidt en keuzes voor haar maakt. Moet ze toch niet doen wat hij van haar vraagt, en wat haar vader en God van haar vragen? Is dit juist niet precies wat ze moet overwinnen? De gedachte dat ze zelf de touwtjes in handen heeft, dat ze zelf beslist en verantwoordelijk is? Jonathan vertelt het in elk gebed: vertrouw op God, ook al lijken Zijn keuzes soms ondoorgrondelijk.

Nu ze het zo bekijkt, wordt het allemaal heel anders. Misschien is het wel helemaal niet zo'n ramp als de boerderij wordt verkocht. God heeft misschien andere plannen met haar moeder en Steven. Zijn ze daar wel zo gelukkig? Elise ziet haar moeder voor zich, dag in dag uit zwoegend op de boerderij, en Steven ook. Hij heeft niet eens tijd om uit te gaan, om iemand te ontmoeten. Als hij boer blijft, zal hij altijd eenzaam blijven. Is dat wat hij echt wil? Wat hem gelukkig maakt? Hij heeft zelf eigenlijk nooit echt kunnen kiezen. Al heel vroeg werd van hem verwacht dat hij hielp op de boerderij. Iedereen ging er ook van uit dat hij boer werd, want ze hadden hem nodig. Wie weet wat voor moois God voor haar broer en moeder in petto heeft. Misschien zijn ze haar later heel erg dankbaar.

Ze moet zelf op een heel andere manier leren denken, wil ze echt gelukkig worden. Ze moet niet meer denken en keuzes maken vanuit haar vertrouwde bekrompen geest. Ze moet het loslaten en aan Jonathan overlaten wat er moet gebeuren. Ze begint de mantra weer op te zeggen.

Na een paar uur kijkt Elise voor zich uit. Ze was vanochtend helemaal in de war; dat kwam door alle twijfels. Maar nu is haar vertrouwen helemaal terug. Ze vouwt haar handen en bidt. Ze vraagt om vergiffenis, omdat ze even geen vertrouwen meer had. 'Ik doe het, Heer,' zegt ze. 'Ik zal alles doen om Uw plan te laten slagen, ook al moet ik mijn kindsdeel opeisen.'

Af en toe komt het beeld van Steven en haar moeder terug. Die zullen schrikken als ze horen wat ze heeft besloten, maar ze wil er niet meer aan denken en duwt dat beeld telkens weg. Ze wil niet meer denken, maar ze hoeft ook niet meer te denken. Ze volgt haar leider, Jonathan.

'Elise!' De priesteressen staan in de deuropening van haar kamer. 'Jonathan, onze leider vraagt hoe ver je in het proces bent.'

Elise gaat met hen mee naar de gebedsruimte. Ze knielt voor Jonathan neer.

'Ik wil weten of je al aan de waarheid durft te denken,' zegt hij.

Elise knikt trots. 'Het was wel heel moeilijk, maar ineens wist ik waar mijn vader op doelde. Ik kan mijn kindsdeel van de boerderij opeisen. Ik durfde het niet, en dacht alleen aan het verdriet dat ik mijn dierbaren aan zou doen, maar ik besefte dat ik op u moet durven vertrouwen. Dat dat ook de les is.'

'De les heb je heel goed begrepen, maar kun je het ook?' vraagt Jonathan.

Elise knikt stralend.

'Mooi zo, heel dapper. Vergeet niet dat pijn en verdriet soms nodig zijn voordat mensen het geluk vinden. God is heel tevreden over jou, Elise. Je vertrouwt God en je laat zien dat je het wereldse durft los te laten. Nu al, na zes dagen. Morgen is je inwijdingsfase voorbij. Je hebt die goed doorstaan. Overmorgen vindt de plechtigheid plaats. Je zult dan ook je werkelijke naam krijgen.'

Elise straalt.

'We zullen God samen danken dat hij je het juiste antwoord heeft laten vinden. En daarna vraag ik de priesteressen of ze onze advocate willen halen. Zij zal de brieven voor je familie opstellen. Zelf hoef je niets te doen, het grote werk heb je al gedaan. Je hoeft haar schrijven alleen maar van een handtekening te voorzien.'

Jelle

Jelle zit aan de ontbijttafel bij Rafaël. Hij heeft vannacht bij hem op de bank geslapen. 'Je kunt nu niet naar huis,' zei Rafaël gistermiddag nadat Jelle Jonathan had ontmoet. 'Je moet nu in deze sfeer blijven; dan kun je Gods roep horen. Als je nu de wereld in gaat, raak je misschien verloren.'

Jelle vond het wel fijn. Hij wilde afgelopen nacht ook niet bij Naomi zijn. Hij is erg emotioneel door de woorden van Jonathan. Elk woord, elke blik van Jonathan raakt hem diep tot in zijn hart. Het was toch geen bevlieging van hem, zoals hij eerst dacht. Het voelt als iets heel groots en dieps, groter dan hijzelf. Hij zet zijn mobiel aan. Zes oproepen, alle zes van Naomi. Hij zucht. Straks gaat hij naar haar toe. Hij wil voelen hoe het voor hem is om bij haar te zijn. Ze zal wel benieuwd zijn hoe het met Elise gaat. Hij verzint wel wat.

In elk geval slaapt hij vannacht en morgennacht nog bij Rafaël, hebben ze afgesproken. En daarna beslist hij definitief wat hij doet. Hij denkt dat hij het wel weet, maar toch moet hij er goed over nadenken voor hij aan de inwijdingsperiode begint.

Eigenlijk heeft hij geen keus; dat weet hij zelf ook wel. Als hij voor de Ark kiest, zijn zowat al zijn problemen opgelost. Hij hoeft dan geen kamer meer te zoeken. Er is nog een vette belastingaanslag naar hem onderweg. Laten ze die maar lekker naar zijn oude adres sturen. Niemand weet waar hij zit. En over een baantje hoeft hij zich ook geen zorgen te maken. Op de Ark schijnt werk genoeg te zijn en hij mag voorlopig bij Rafaël werken.

'Koffie?' vraagt Rafaël.

'Graag.'

'Ik ga zo,' zegt Rafaël. 'Jij komt vandaag wat later, toch?'

Jelle zucht. Hij ziet er behoorlijk tegen op om naar Naomi te gaan, want hij zal tegen haar moeten liegen. Maar hij moet haar toch zien. Hij wil weten wat harder aan hem trekt: Naomi of de Ark.

Naomi

Naomi loopt naar de kamer als ze een piepje hoort. Ze krijgt een sms'je: *Ik ben over een halfuur bij je. Kus, Jelle.*

Wat zal hij haar te vertellen hebben? Sinds gisteren heeft ze niets meer van hem gehoord. Hij moet ook in de Ark hebben geslapen vannacht. Dat heeft hij toch maar voor haar over. Hij laat nog niets los, maar dat vindt ze echt iets voor Jelle. Pas als hij goed nieuws heeft, krijgt zij het te horen. Wat zal het fijn zijn als haar zus er weer is. Ze mist haar verschrikkelijk.

Ze hoort de bel. Dat kan Jelle nog niet zijn. De postbode staat voor de deur. Hij houdt een brief in zijn hand. 'Naomi Hageman?' vraagt hij.

Naomi knikt verbaasd.

'Ik heb een aangetekende brief voor je,' zegt de postbode. 'Hier een krabbeltje graag.' Hij overhandigt haar een pen.

Naomi zet haar handtekening, pakt de brief en loopt naar binnen. ADVOCAAT ROZEN, staat erboven. Wat kan dat nou zijn? Ze scheurt de brief open. Haar ogen glijden over de regels en dan verbleekt ze. Trillend zakt ze op de bank neer en ze belt haar moeder. 'Mam... ik... Ik krijg net een brief.'

'Kind, jij ook al? Ik weet wat erin staat. Wij hebben vanochtend ook zo'n brief gekregen. Ik ben meteen naar oom Evert gerend. Hij wist ook niet wat hij las.'

'En Steven? Hoe reageerde Steven? Of weet hij het nog niet?'

'Steven zei niets. Hij liep weg en even later zag ik hem wegfietsen. Die arme jongen! Dat dit ons moet overkomen! Ik ben blij dat je vader dit niet hoeft mee te maken. Zijn boerderij! Dat mijn eigen dochter zoiets...'

'Mam, dit kan Elise niet menen. Ze weet toch wel wat ze ons hiermee aandoet? Zo is ze niet. Dit heeft ze nooit zelf bedacht.'

'Nee, kind, dat zei oom Evert ook al. Ze moet daar weg.'

'Daar is Jelle al mee bezig, mam. Hij infiltreert in de Ark om zo contact met Elise te krijgen. Hij haalt haar eruit, mam, geloof me. Jelle is een kanjer.'

'Wil je geloven dat ik helemaal uit mijn doen ben? Zo radeloos heb ik me nog nooit gevoeld, niet eens na de dood van je vader. Ik ben helemaal lamgeslagen.'

'Het gaat niet door, mam. Je zult zien dat Elise over een paar dagen weer gewoon hier is. Vertrouw me maar. Jelle komt straks thuis met nieuws.'

'Ik hoop het, kind. Ik hoop zo dat het goed nieuws is. Ik vind het zo erg voor Steven. Die jongen heeft zo'n klap gekregen. O, Naomi... waar hebben we dit aan te danken? Ik ben toch altijd goed voor je zus geweest...'

'Niet huilen, mam. Het komt goed.'

Wat afschuwelijk. Als Naomi heeft opgehangen, is ze helemaal opgefokt. Ze ijsbeert door de kamer heen en weer. Wat een schorem. Dat ze haar zus zover hebben gekregen dat ze haar handtekening heeft gezet! Ze pakt de brief. Ja, het is Elises handtekening. Hoe heeft ze dit kunnen doen?

Voor het eerst sinds haar verkering met Jelle mist Naomi Eric. Ze zou hem meteen hebben gebeld en dan had hij haar gerustgesteld. Hij was onmiddellijk met haar naar de boerderij gegaan om Steven en haar moeder op te vangen. Eric was altijd heel daadkrachtig. Stel je voor dat Jelle geen goed nieuws heeft, dat hij niet tot Elise kan doordringen. Nee, zo moet ze niet denken. Dat zei Eric altijd: niet meteen uitgaan van het negatieve. Dan maak je jezelf gek. Ze moet ervan uitgaan dat het goed komt.

Naomi kijkt op de klok. Nog tien minuten en dan is Jelle hier en weet ze meer. Het huis is een bende. Ze wilde vanochtend opruimen, maar ze komt tot niets. Ze is rusteloos. Ze gaat zitten en dan staat ze gelijk weer op. Ze banjert door het huis, van de kamer naar de keuken en weer terug. Nu staat ze weer in de tuin. Wat moet ze in godsnaam doen?

Haar mobiel gaat. Het is Froukje. 'Ik word gek!' zegt ze. 'Ik krijg net een brief van een advocaat. Elise eist haar kindsdeel op.'

'Wat?' roept Froukje.

'O, sorry, de bel gaat. Daar heb je Jelle. Ik bel je nog.'

Ze hangt op en rent naar de deur. Ze valt meteen Jelle om de hals. 'Ik ben zo blij dat je er bent!' Ze kust hem en loopt door naar de kamer. 'Elise is gek geworden.' Ze pakt de brief en geeft die aan Jelle.

Hij leest de brief aandachtig door.

Naomi verwacht dat hij begint te vloeken en te tieren, maar hij kijkt haar alleen aan. Zijn blik! Hij ziet er heel anders uit, heel ver weg.

'Ik word gek,' zegt ze. 'Dat tuig maakt alles kapot. Zeg iets, zeg iets, alsjeblieft. Je was toch in de Ark?'

Jelle knikt.

'Gaat het lukken?' Ze pakt zijn handen. 'Zeg me dat het gaat lukken.' Maar Jelle zegt nog steeds niets.

'Mijn god!' roept Naomi. Haar ogen worden groot van schrik. 'Je bent bij haar geweest en het helpt dus niet! Ze hebben mijn zus gebrainwasht, maar alsof dat nog niet genoeg is, maken ze mijn moeder en broer ook kapot. Elise moet dat weten. Ze weet dat ze dat geld niet hebben. We hebben er laatst nog over vergaderd. Als het jou niet lukt haar te overtuigen, ga ik er zelf heen.'

Jelle staat daar maar. Waarom reageert hij zo lauw?

Haar mobiel gaat. Het is oom Evert.

'Hoi, oom.'

'Naomi, lief kind, ik hoorde van je moeder dat je vriend in die sekte infiltreert.'

'Dat klopt. Hij komt net thuis.'

'Heeft hij nieuws?'

'Nee, niet echt. Zal ik hem even geven? Dan kan hij het u zelf vertellen. Jelle, wil je even met mijn oom praten?'

'Ik heb niets te zeggen,' zegt Jelle. 'Op dit moment zie ik geen uitweg.'

'Oom Evert, hoort u wat Jelle zegt? Wat moeten ze nu?'

'Ik laat het er in elk geval niet bij zitten, kind. Je hoort nog van me.'

Naomi hangt op. 'Ik vind het heel erg voor mijn oom. Niemand heeft meer zin in hun feest. Dat Elise niet nadenkt! Ze lijkt wel gek geworden. Hoe was ze?'

'Nou, eh, eigenlijk ging het wel goed met haar,' zegt Jelle.

'Zo te zien dan, hè? Ik vond haar niet gek. Het is een keuze, Naomi. Ik ben bang dat je dat zult moeten respecteren.'

'Respecteren?!' roept Naomi. 'Weet je wel wat je zegt? Moet ik mijn zus respecteren die met een stelletje engerds aanpapt? Die zover gaat dat ze haar moeder en haar broer dakloos maakt? Weet je wel wat dit voor Steven betekent? Hij zal de boerderij moeten verkopen, zijn droom waar hij zich alles voor heeft ontzegd. Hij komt met lege handen op straat te staan. En mam moet zeker in een of andere woonwijk gaan wonen? Dat Elise dat durft tegenover onze vader! De boerderij was zíjn levenswerk. En dat moet ik respecteren?' zegt ze woedend.

Als Jelle zijn ogen neerslaat zegt Naomi: 'Sorry. Het is superlief wat je voor me doet, ik mag ook niet kwaad op jou zijn.' Ze slaat haar armen om hem heen.

Jelle zegt nog steeds niets. Waarom drukt hij haar niet tegen zich aan, juist nu ze hem zo hard nodig heeft?

Het is nu twee dagen geleden dat Jelle bij Naomi was. Daarna heeft ze niets meer van hem gehoord. Voor de zoveelste keer probeert ze hem te bellen, maar zijn mobiel staat uit. Ze snapt best dat hij niet kan bellen als hij in de Ark is. Maar overdag, als hij de vorige keer op de kwekerij werkt, zal er toch wel een minuutje zijn om een sms'je te sturen? Het zit haar niet lekker, vooral omdat hij de vorige keer al zo vreemd en afstandelijk deed. Hij was helemaal niet de Jelle die ze kende. Hij leek uit zijn doen, en dat is misschien niet eens zo gek. Hoe zou ze het zelf vinden om in de Ark te infiltreren? Hij is een heel gevoelig mens, daar is ze inmiddels ook wel achter. Ze had zijn aanbod misschien niet mogen aannemen. Ze heeft helemaal niet nagedacht wat het voor hem betekent. Ze is alleen maar met Elise bezig geweest, omdat ze haar zo graag terug wil hebben. Als het ten koste van Jelle gaat, zou het wel heel erg zijn. Maar hij had het zelf aangeboden. Ze had hem echt niet zoiets durven vragen.

Naomi ruimt de kamer op. Wat moet ze anders? Ze pakt de stofzuiger en zet die aan. Het werd tijd ook, want de vloer ligt bezaaid met kruimels. Ineens zet ze de stofzuiger weer uit. Toch wel raar dat ze helemaal niets van Jelle heeft gehoord. Zo meteen is er iets ergs gebeurd. Hoe lang blijft ze nog wachten tot ze iets onderneemt? Hij is al twee nachten niet thuisgekomen. Hij kan wel een ongeluk hebben gehad en... Niet weer!

Even raakt ze in paniek. Ze gaat Jelle niet ook verliezen. Niet aan denken, zegt ze tegen zichzelf. Als er iets was gebeurd, had ze het wel gehoord. Toen met Eric werd er meteen gebeld. Maar dan bedenkt ze dat Eric van alles bij zich had. Jelle heeft niet eens zijn ID-bewijs op zak.

Gadver, het laat haar niet los. Ze wordt met de seconde gestrester. In gedachten ziet ze zich al bij zijn graf staan. Ophouden, zegt ze tegen zichzelf. Ze moet het uitzoeken. Als ze naar de kwekerij van Rafaël gaat, komt ze zo te weten waar hij is. Het kan best zijn dat hij daar gewoon aan het werk is. Zijn mobiel kan wel kapot zijn. Ze wil het weten! Nu!

Een paar minuten later zit ze op de fiets. De liefde heeft twee kanten: aan de ene kant is ze blij met Jelle, maar daar staat de angst om hem kwijt te raken tegenover. Is ze nu niet een beetje hysterisch bezig? Ze weet dat ze er niks aan kan doen; het komt door wat ze met Eric heeft meegemaakt. Ze zal nooit meer zo onbevangen zijn als voor zijn dood. Laat ze het maar positief bekijken. Het bewijst wel dat Jelle heel veel voor haar betekent.

Wat een roteind. Ze is nog niet eens halverwege. Dat Jelle dat eind elke dag moet fietsen! De schat, daar klaagt hij niet eens over. En dat allemaal voor haar. Ze moet zich wel goed voorbereiden op haar bezoek aan de kwekerij. Het moet niet zo zijn dat ze meteen begint te schelden op Rafaël, want daar schiet ze niks mee op. Haar mobiel gaat. Shit, weer geen Jelle.

'Hoi, Froukje.'

'Heb je al iets gehoord van Jelle?'

'Nee. Ik ben onderweg naar de kwekerij. Ik maak me ongerust.'

'Ben je gek geworden? Wat ga je daar doen?'

'Wat denk je? Kijken of Jelle er is. Ik ben er bijna. Ik zal je straks bellen als ik wat te melden heb.'

'Nee, gek, keer om, nu! Je gaat alles verpesten. Rafaël kent jou toch? Dan weet hij toch wat Jelle van plan is?'

Naomi schrikt zich dood. Froukje heeft gelijk; daar heeft ze helemaal niet aan gedacht. 'Wat erg! Ik was zo ongerust dat ik bijna het hele plan had verpest.'

'Dat is niet zo gek,' zegt Froukje. 'Jij hebt al een keer iets verschrikkelijks meegemaakt. Daar had Jelle aan moeten denken. Wat is het nou voor moeite om even een sms'je te sturen? Zal ík naar de kwekerij gaan? Mij kent Rafaël niet.'

'Je bent een schat.' Naomi geeft het adres. 'Ik wacht hier in een café op je. Café De Dame, zie ik staan, daar ga ik heen.'

'Zodra ik iets weet kom ik naar je toe,' zegt Froukje. 'Jelle zal wel woest worden als hij mij ziet, maar ik waag het erop.'

Naomi gaat het café binnen. Ze moet nog van het telefoontje bijkomen. Als Froukje niet had gebeld, had ze alles verpest. Dan was Jelles plan helemaal voor niets geweest. Het zegt wel iets over haar huidige toestand. Op het moment doet ze de raarste dingen. Gisteravond zocht ze uren naar haar sleutels. Die vond ze later terug in de koelkast. En de vuile was had ze in de vuilnisbak gestopt.

Naomi bestelt een café latte. Het zal wel even duren voor Froukje bij haar is. Ze kan maar beter even aan iets vrolijks denken.

Ze zit diep in gedachten verzonken als Froukje binnenkomt. Naomi springt op. 'En?'

'Nou, hij is springlevend, hoor.' Froukje bestelt een koffie.

'Heb je hem gezien?'

'Nee, ik sprak een of andere gast.'

'Oswin?'

'Ja, ik geloof dat hij Oswin heette. Hij zei dat Jelle vandaag niet zou komen werken; hij had een belangrijke ontmoeting. Ik vroeg natuurlijk waar hij was en of ik hem kon bereiken, maar hij zei dat Jelle zijn mobiel uit had staan. "Zegt de Ark je iets?" vroeg hij toen.'

Naomi zucht opgelucht en geeft Froukje een zoen. 'Ik ben blij dat er niets met hem is. Hadden ze niets door?'

'Nee, volgens mij niet.'

Naomi's mobiel gaat. Ze neemt op. 'Hai, oom Evert.'

'Meisje, ik hoor maar niets, dus ik denk: ik bel maar eens.'

'Er is nog geen nieuws. Jelle zit nu al twee dagen in de Ark. Ik heb niets van hem gehoord.'

'Dat is een goed teken, kind. Nou ja, we hebben nog even. Het geld moet over acht dagen op de rekening van de Ark staan.'

‘O, dan is Jelle allang weer boven water,’ zegt Naomi. ‘Met Elise, hoop ik.’

‘We houden contact,’ zegt oom Evert. Hij wil ophangen.

‘Bent u er nog?’ vraagt Naomi gauw. ‘Hoe is het met Steven en mam?’

‘Wat denk je? Ze zijn in de war, maar dat zijn we allemaal.’

Naomi heeft nog steeds niets van Jelle gehoord als er opeens bekende voetstappen op de trap in het huis ernaast klinken. Die moeten van Jelle zijn. Ze rent naar het raam. Zijn fiets staat er! Hij is thuis.

Raar, hij heeft niets gezegd. Zal ze wachten tot hij naar haar toe komt? Misschien wil hij haar wel verrassen. Nu ze weet dat hij er is, houdt ze het bijna niet meer uit. Ze houdt het raam in de gaten.

Na tien minuten hoort ze Jelle naar beneden komen. Hij komt naar buiten met een propvolle rugtas om. Maar hij komt niet haar kant op; hij loopt door naar zijn fiets. Dit wordt haar echt te gek en ze rent naar buiten. ‘Jelle, waar ga je heen?’

‘Naomi,’ zegt hij, terwijl hij langs haar heen kijkt. ‘Ik kan niets meer voor je betekenen. Sorry, je moet me vergeten.’

‘Wat?’ Naomi pakt hem vast.

‘Ga naar binnen,’ zegt hij terwijl hij zich losmaakt, ‘en vergeet me. Vergeet mij en je zus. Het gaat heel goed met haar.’ Hij stapt op zijn fiets en rijdt weg.

Naomi heeft het gevoel alsof de grond onder haar voeten wegzakt. Dit kan niet, denkt ze als ze Jelle nakijkt. Hij kan het niet zomaar uitmaken. Er moet iets zijn gebeurd. Ze rent naar binnen en grist haar fietssleutel van tafel. Haar handen trillen als ze haar slot openmaakt en even later racet ze achter hem aan.

'Jelle!' roept ze, maar hij reageert niet. Ze vraagt zich af waar hij heen gaat. In elk geval niet naar de kwekerij.

Jelle rijdt keihard. De afstand tussen hen wordt alleen maar groter. Als het verkeerslicht op rood springt vloekt ze. Ze kijkt of ze door kan rijden, maar het is veel te gevaarlijk, dus ze remt af en stopt. Heel in de verte ziet ze Jelle. Ze ziet nog net dat hij rechts afslaat. Zodra het verkeerslicht op groen springt, racet ze de weg over. Na een tijdje slaat ze rechts af, maar ze ziet Jelle nergens. Ik ben hem kwijt, denkt ze. Op de gok slaat ze een paar straten in en ineens ziet ze hem in de verte fietsen. 'Jelle!' roept ze weer. Als hij niet reageert, belt ze hem op. Hij haalt zijn mobiel uit zijn zak. Neem op, denkt ze. Neem alsjeblieft op. Ze ziet dat hij naar het schermpje kijkt en dan zijn mobiel wegstopt. Hij neemt een sprint. Naomi probeert hem bij te houden, maar Jelle gaat veel sneller. Ze racet achter hem aan.

Ineens herkent ze de omgeving en weet ze waar hij heen gaat.

Ze fietst achter hem aan langs het water. In de verte ziet ze een gebouw liggen. Jelle scheurt het pad op. Wat gaat hij daar doen?

'Jelle!' roept ze. Ze ziet hem met iemand praten. Naomi rijdt zo snel als ze kan het pad op, maar twee vrouwen in blauwe gewaden staan in de deuropening en nemen Jelle mee. Naomi springt van haar fiets en gooit die op het pad neer. 'Jelle, wacht!' Maar de deur is al dicht.

Ineens wordt het Naomi duidelijk wat Jelle van plan is: hij gaat zelf ook bij de sekte! In plaats van dat hij Elise eruit heeft gehaald, heeft hij zich om laten praten. Wat afschuwelijk! Hij heeft er niets over gezegd; hij heeft haar bedrogen. Hij verlaat haar voor een sekte.

Naomi staat te trillen op haar benen en de tranen springen haar in de ogen. Door een waas kijkt ze naar de dichte deur. Ze pakt haar mobiel en belt naar haar moeder, maar ze krijgt haar oom aan de lijn.

'Is er al nieuws?' vraagt oom Evert.

Zodra ze de vertrouwde stem van haar oom hoort begint ze te snikken. 'Ik heb slecht...' zegt ze huilend, '... heel slecht nieuws. Ik kom naar huis.'

'Volgens mij moet jij er hier uit.' De buschauffeur wenkt naar Naomi.

'O, eh... natuurlijk. Sorry, bedankt.' Ze staat als verdoofd op, groet de chauffeur en stapt uit. Buiten wankelt ze even. Ze heeft geluk dat deze chauffeur haar nog van vroeger kent, anders had ze doorgereden tot het eindpunt.

Eigenlijk had ze dat liever gedaan, want ze ziet ertegen op haar familie te zien. Wat moet ze zeggen? Ze is woedend, vooral op zichzelf, omdat ze haar liefde aan Jelle heeft gegeven. Ze vertrouwde hem en hij heeft haar bedrogen. Hij is er zomaar tussenuit gestapt en laat haar barsten. Hoe kan het toch dat ze dat niet heeft gezien? Ze was zo trots op Jelle; ze had gehoopt dat hij Elise op andere gedachten zou brengen. Maar hij heeft zich laten overhalen. Hij is een lafaard. Als ze niet naar buiten was gegaan, was hij zo vertrokken, voorgoed, zonder iets te zeggen. Ze schaamt zich zelfs tegenover Eric dat ze met zo'n loser is gegaan.

Met gemengde gevoelens loopt Naomi naar de boerderij.

Ze is er bijna. Meestal werkt Steven op het land, maar ze ziet hem nergens. Als ze het pad op loopt, komt haar moeder haar tegemoet. Dat is nog nooit gebeurd, in al die jaren niet. Naomi geeft haar een zoen.

'Kom binnen, kind,' zegt haar moeder. 'Het is me allemaal wat. Je oom en je tante zijn er ook. Ik ben blij dat Evert ons hiermee helpt. Hij heeft al een brief naar die advocaat geschreven dat er in geen geval wordt betaald. We wachten het maar af. Je broer is er kapot van. '

Naomi gaat de kamer in. Oom Evert en tante Anna zitten aan tafel. Steven staat voor het raam met zijn rug naar hen toe. Hij staart voor zich uit. Hij merkt niet eens dat ze binnenkomt. Naomi slaat even een arm om hem heen, maar hij reageert niet. Ze geeft tante Anna en oom Evert een kus en gaat ook aan de tafel zitten. Er hangt een beklemmende sfeer. Het doet haar denken aan de dag dat haar vader was overleden; toen werd er alleen gemolken en werden de dieren gevoerd. Moeder zet koffie voor haar neer en gaat zelf ook zitten; ze trekt nerveus met haar schouder.

'Zo, meis,' zegt oom Evert. 'Wat is er gebeurd? Je zei dat je slecht nieuws had.'

Naomi knikt.

'Dus het is je vriend niet gelukt?'

'Nee,' zegt Naomi met gesmoorde stem. 'Het is nog erger: hij heeft zich ook bij die sekte aangesloten.'

'Wat?!' roept haar moeder. 'Hoe kan dat?'

'Ik weet het niet,' zegt Naomi. 'Hij is beïnvloed, denk ik.'

'Heel verdrietig voor jou, kind,' zegt oom Evert, 'maar laten we ons nu op Elise concentreren. Ze moet daar weg, dat is duidelijk. Het arme kind. Ze hebben haar tot iets vreselijks gedwongen. Het kan niet anders dan dat ze onder druk is gezet.'

Naomi kijkt naar Steven, die de kamer uit loopt.

'Steven!' roept oom Evert.

'Laat hem, alsjeblieft,' zegt Naomi's moeder sussend. 'Het is te veel voor hem.'

Een busje van TNT stopt voor het huis. Naomi staat op en opent de deur. 'Als je hier even wilt tekenen?' De postbode geeft haar een pen. Ze ziet dat de brief van de advocaat van de Ark komt.

'Mam, een brief,' roept ze als ze terugloopt naar de kamer.

'Dat is een reactie op mijn schrijven,' zegt oom Evert. 'Zo-iets was te verwachten.'

Naomi ziet de vingers van haar moeder trillen als ze de brief openscheurt.

'Wat staat erin?' vraagt Naomi als haar moeder niks zegt.

Ze geeft de brief door aan Naomi.

'Lees maar voor, Naomi,' zegt oom Evert.

'"Geachte mevrouw Hageman,"' leest Naomi hardop. '"Namens mijn cliënt moet ik u mededelen dat, indien u niet zorgt dat het verschuldigde bedrag op de afgesproken datum op onze rekening staat, mijn cliënt, Jonathan Scheepsmaker, een schokkend familiegeheim zal onthullen dat verstrekkende gevolgen zal hebben voor uw gezin en uw aanverwanten."'

Naomi snapt niets van deze brief. Een familiegeheim, waar slaat dat op?

Oom Evert rukt woest de brief uit haar handen. Hij wordt krijtwit en daarna rood. 'Wat denkt die vent wel?!' buldert hij. 'Ons een beetje chanteren. Ik zal dat heerschap eens een lesje leren.'

'Rustig, Evert,' sust tante Anna. 'Maak nou geen brokken. We negeren dit gewoon.'

'Hoezo familiegeheim?!' brult oom Evert. Kokend van woede loopt hij door de kamer heen en weer. 'Als hij denkt dat wij ons laten chanteren, dan heeft hij het mis.'

Naomi heeft haar oom nog nooit zo woest gezien.

'Zijn vuile, smerige spel is afgelopen!' schreeuwt hij. 'Vanmiddag is die meid weer hier, daar ga ik persoonlijk voor zorgen. Ik rijd nu meteen naar de Ark en ik haal haar op.'

Naomi kijkt naar haar moeder, maar die zegt niets. Zo kent ze haar moeder niet. Het is net alsof alle energie en levenslust uit haar zijn weggestroomd. 'Zo makkelijk is het niet,' zegt Naomi. 'Ik ben er zelf ook heen geweest. Ik wilde mijn zus spreken, maar ze deden gewoon de deur voor mijn neus dicht.'

'Niks mee te maken!' schreeuwt oom Evert, die er nog steeds verhit uitziet. 'Als ik mijn nicht ophaal, dan doe ik dat, deur of geen deur. Hij heeft met een boer te maken; die laat zich niet zomaar wegsturen. Met geen tien paarden houden ze me tegen, al moet ik die deur intrappen.'

'Dan ga ik met u mee,' zegt Naomi beslist.

'Niet nodig,' zegt oom Evert. 'Ik doe dit alleen.'

'Ik wil niet dat je er alleen naartoe gaat,' zegt tante Anna bezorgd. 'Je bent veel te opgefokt. Laat Naomi meegaan, Evert. Ze biedt het toch zelf aan? En ze is er al geweest.'

'Je mag mee,' zegt oom Evert, 'maar op één voorwaarde: je blijft in de auto op me wachten. Het is daar misschien veel te gevaarlijk. Dit varkentje was ik zelf. Die Jonathan krijgt met mij te doen, helemaal alleen met mij.'

Naomi

'Hoe pakken we het straks aan?' vraagt Naomi, die naast haar oom in de auto zit.

'Jij blijft gewoon in de auto wachten, Naomi. Dat hebben we afgesproken.'

'En, eh... als het u niet lukt om naar binnen te gaan?'

'Lieve schat, jouw oom is daar straks binnen, en geloof me: op de terugweg zit je zus achterin.'

Naomi is echt niet van plan in de auto te blijven. Ze wil mee. Misschien ziet ze Jelle; dan kan ze hem eens flink de waarheid zeggen. Ze voelt dat haar hart sneller gaat kloppen.

'Daar is de Ark.' Ze wijst naar een groot huis in de verte. Oom Evert rijdt erheen. Hij stuift het pad op, parkeert zijn auto midden op het pad en springt eruit.

Naomi blijft braaf zitten.

De vorige keer dat ze hier was werkten er mensen in de tuin, maar nu ziet ze niemand. Of toch... Er komt een meisje naar oom Evert toe. Naomi draait het raam open, zodat ze kan verstaan wat ze zegt. Ze is nog jong – jonger dan ik, denkt Naomi. Wat erg dat zo'n jong meisje in die sekte gevangenzit!

'Jij kunt iets voor me doen,' hoort ze haar oom zeggen. 'Breng me naar Jonathan.'

'Dat kan niet,' zegt het meisje timide. 'Sorry, ik mag niemand binnenlaten. En ik kan het nu ook niet aan de anderen vragen, want iedereen is bezig met de voorbereidingen van het inwijdingsfeest.'

Zou dat voor Elise zijn, denkt Naomi.

'Dat komt goed uit,' zegt oom Evert. 'Daar kom ik juist voor. Ik ben uitgenodigd om het feest bij te wonen.'

'Dat is heel ongebruikelijk,' zegt het meisje verbaasd. 'Ik mag u niet zomaar binnenlaten. Jonathan is in de gebedsruimte. Hij bidt met Elise, die wordt ingewijd.'

'Klopt,' zegt oom Evert. 'Hij verwacht mij. Hij zal zeer teleurgesteld zijn als ik niet op tijd ben.'

'Ik kan het hem vragen,' zegt het meisje aarzelend. 'Wacht u maar even.' Ze wil de deur achter zich sluiten, maar oom Evert heeft zijn voet er al tussen gezet en beent achter haar aan. Naomi schiet de auto uit, neemt een spurt en glipt naar binnen. Ze ziet oom Evert achter het meisje aan door de gang lopen. Het meisje moet weten dat oom Evert meeloopt, maar ze durft er blijkbaar niets van te zeggen. Ze opent een deur. Naomi blijft achter een pilaar staan, zodat ze haar niet zien.

'Jonathan, er is hier iemand die de plechtigheid wil bijwonen. Ik wilde hem niet binnenlaten, maar hij liep mee. Sorry.'

Oom Evert gaat in de deuropening staan en Naomi schiet ook naar voren. Ze ziet haar zus, die verschrikt opkijkt.

'Ik denk dat wij even moeten praten,' zegt oom Evert.

Het meisje kijkt naar Jonathan. 'Ze liepen mee,' zegt ze weer verontschuldigend.

'Het is goed, Gabriëlle,' zegt Jonathan. 'Laat ons maar even alleen.'

Naomi ziet haar zus angstig naar oom Evert kijken.

'Ik kom Elise ophalen,' zegt oom Evert, en hij loopt naar voren. Elise doet een stap richting Jonathan. Het is duidelijk dat ze bescherming zoekt.

'Er is geen sprake van dat Elise meegaat,' zegt Jonathan kalm.

'Je bent op haar centen uit, engerd! Je hebt je zeker al rijk gerekend. Daar zal ik een stokje voor steken. Weet je wel met wie je te doen hebt, vuile huichelaar?'

Jonathan blijft heel rustig. 'Ja, dat weet ik inderdaad. Ik heb hier te doen met de man die van zijn positie misbruik heeft gemaakt en Elise jarenlang heeft misbruikt.'

'Leugenaar! Hou je kop dicht! Dat zuig je uit je duim! Je gelooft dit zelf toch zeker niet?'

'Ik moet het helaas wel geloven,' zegt Jonathan. 'Je hebt haar zelfs op haar vijftiende jaar zwanger gemaakt. De vrouw die bij haar abortus heeft gepleegd, wil in de rechtszaal getuigen.'

'Wat?' Naomi kijkt haar zus aan. Is dit waar? Ze ziet de gekwelde blik in Elises ogen en het lijkbleke gezicht van haar oom. Het moet wel waar zijn!

'Wilt u de e-mail van die dame zien?' vraagt Jonathan tergend kalm.

'Vuile schoft! Jij...!' Oom Evert stapt met gebalde vuisten op hem af. 'Ik zal je krijgen!'

Jonathan pakt het zware bronzen kruis van het altaar om het gevaar af te wenden en houdt het met gestrekte armen voor zich.

Naomi kijkt naar haar zus, die vol vertrouwen naar Jonathan kijkt, naar zijn ogen vol vuur. Ze denkt vast dat het kruis oom Evert zal tegenhouden, maar die rukt het kruis uit Jonathans handen.

'Nee!' gilt Elise. 'Niet doen! We houden van hem!'

Naomi ziet hoe het kruis woest tegen Jonathans hoofd wordt geslagen. Bij de derde slag stort hij op de grond neer. Zijn ogen zijn open en Naomi ziet bloed uit zijn mond sijpelen. Elise gilt. Door een waas ziet Naomi mensen binnenrennen. Hun gekrijs en geschreeuw dringen nauwelijks tot haar door, en dan valt ze flauw.

November 2011

Elise

'Kom binnen.'

De psychiater houdt de deur van haar kamer voor Elise open.

'Fijn dat ik meteen mocht komen, Christien,' zegt Elise en ze loopt naar binnen.

'Wat is er gebeurd?' vraagt de psychiater als Elise verkrampt blijft staan.

'De politie was net bij ons op de boerderij. Hij deugde niet, het is zo afschuwelijk.' Ze slaat haar handen voor haar gezicht. 'Ze zijn erachter gekomen dat hij niet deugde.'

'Hij zit nu opgesloten, hij wordt veroordeeld,' zegt Christien rustig. 'Je hoeft niet meer bang voor hem te zijn. Ga even zitten.'

'Het gaat niet over mijn oom,' zegt Elise terwijl ze gaat zitten. 'Het gaat over Jonathan. Hij deugde niet. De priesteressen zaten ook in het complot. Ze hebben bekend. De politie vertrouwde het niet, en toen hebben ze alles uitgezocht. Ze kwamen erachter dat er telkens een groot bedrag van de rekening van de Ark naar Costa Rica was verdwenen. Het geld was zogenaamd om de Ark mee te kopen. Maar de Ark was helemaal niet te koop. Over twee maanden zou het pand worden gesloopt. Ik vertrouwde hem. Ik heb mijn hele familie aan hem opgeofferd. Ik heb iedereen ongelukkig gemaakt omdat ik geloofde wat ze zeiden.' Elise slaat haar handen voor haar gezicht. 'De priesteressen bleken zijn vrouwen te zijn. Ze zouden naar Costa Rica vertrekken. De politie heeft de tickets gevonden. Over een maand zouden ze al weg zijn geweest. Ze wilden daar een luxe bordeel opzetten. Ze hadden al vrouwen gekocht... Hoe kon ik zo stom zijn...?'

'Elise.' Christien pakt haar hand. 'Jij bent jezelf verloren door wat je oom je heeft aangedaan. Daardoor heb je je toevlucht genomen tot de sekte. Je komt erdoorheen, daar werken we samen aan. Over een tijd zul je veel sterker zijn en dan heb je ook geen medicijnen meer nodig. Het is een pijnlijk proces, een gevecht. Je moet erdoorheen, maar je hoeft het niet alleen te doen. Ik help je daarbij.'

Jelle

Jelle stapt de tram uit en loopt naar de kwekerij van Rafaël. Het is weer voor het eerst na Jonathans dood dat hij in Amsterdam is. Hij heeft langer dan twee maanden bij zijn neef gewoond. Hij had wel langer willen blijven, maar het is niet meer zoals vroeger. Zijn neef heeft een vriendin. Hij voelde wel dat hij niet langer welkom was; daarom is hij opgestapt. Hij heeft geen huis meer, geen werk en geen geld. Hij hoopt dat Rafaël hem kan helpen.

Als hij aan komt lopen ziet hij het al: het hek voor de kwekerij is dicht. Er hangt een groot bord op. WEGENS OMSTANDIGHEDEN GESLOTEN. Shit! Daar staat hij dan. Wat moet hij?

Hij denkt aan Naomi. Hij kan proberen of ze hem terug wil nemen. Ze was wel heel erg gek op hem. Hij hoorde pas achteraf dat Naomi in de Ark was toen Jonathan werd vermoord. Ze schijnt te zijn flauwgevallen. Het lijkt hem ook afschuwelijk getuige te zijn van een moord. En als de moordenaar dan ook nog je oom is... Iedereen was in paniek.

Jelle is meteen na de moord naar zijn neef gegaan. Voor hem was de Ark een probeersel, de zoveelste mislukte kans om gelukkig te worden. Voor de rest van de groep was het veel erger. Zij woonden daar. Hijzelf had weinig te verliezen. Nou ja, Naomi natuurlijk, maar hij zag toch al geen toekomst in een leven met haar. Nu ook nog niet, maar ze is zijn laatste strohalm. Hij heeft helemaal niets meer, net als vroeger: geen huis, geen geld, geen werk. Hij was echt wel dol op haar, dat was het niet, maar hij was weer in paniek geraakt. Het is goed dat er een paar maanden overheen zijn gegaan. Misschien snapt ze het.

Als hij vlak bij Naomi's huis is, ziet hij een bloemenstal. Zal hij rode rozen voor haar kopen? Hij aarzelt even, maar hij doet het niet. Zo meteen denkt ze nog dat hij haar wil omkopen. Hij loopt de straat in. Het voelt nog erg vertrouwd. Haar fiets staat er, dus ze is thuis.

Schuin aan de overkant blijft hij staan. Hij probeert naar binnen te kijken, maar hij ziet haar niet. Ga dan naar haar toe, zegt hij tegen zichzelf. Hij staat er nog niet zo lang als de deur opengaat en Naomi naar buiten komt.

Schiet op, stap op haar af! Maar wat moet hij zeggen? Besluiteloos blijft hij staan. Hij ziet haar op haar fiets stappen, en dan rijdt ze weg. Jelle ziet haar de hoek om verdwijnen. Ik ben je kwijt, denkt hij. Ik ben je voorgoed kwijt. Hij is weer zoals altijd te laat.

Jelle sjokt de straat uit. Waar moet hij heen? Hij heeft niets en niemand meer, alleen Ollie. Ik zou voor je zorgen, denkt hij. Ik zou je in huis nemen, maar het is me niet gelukt, en het zal me nooit lukken. Ik ben een grote loser. Hij wordt duizelig en het zweet breekt hem uit. Hij trilt over zijn hele lichaam. Met bevende vingers pakt hij zijn mobiel uit zijn zak. Hij bladert door zijn adresboek. Even aarzelt hij en dan toetst hij het nummer van Chocolate in.

Elise

Voor het eerst na maanden is er een zware last van Elises schouders gevallen als ze de therapieruimte binnengaat.

Christien Dennenmonde kijkt haar cliënt aan. 'Zo te zien zijn de ergste wolken voorbijgedreven. Klopt dat?'

Elise knikt. 'Ik heb goed nieuws: Anna's hoeve is verkocht. Mijn tante is er al uit. Oom Evert zal dus niet meer terugkomen.'

'Dat zal een hele opluchting zijn.'

Elise bijt op haar nagel en kijkt dan op. 'Ik heb een besluit genomen. Ik ga niet meer terug naar Amsterdam. Mijn zus mag in het huis blijven wonen met haar vriendin.'

'Die zal wel blij zijn. En jij? Wat ga jij doen?'

Elise stapt uit de bus. Nog nooit heeft ze zo ontspannen langs Anna's hoeve gelopen. Voor het eerst durft ze naar binnen te kijken. De boerderij is helemaal leeg. Het is voorbij.

Ze loopt langs het weiland. Bij het begin van hun pad blijft ze staan. Er gaat een schokje door haar heen. Een ijsvogel! Er zit een ijsvogel, op precies dezelfde plek als toen. Het is of ze haar vader ziet glimlachen.

Steven rijdt op de trekker over het land. Hij zwaait naar haar. Als hij dichterbij komt vliegt de ijsvogel op. Elise kijkt hem na. Pas als hij uit het zicht is verdwenen loopt ze het pad op – haar pad. Ze kijkt naar boven.

'Pap, jouw meisje gaat eindelijk doen wat jij al zo lang geleden had voorspeld.'